悪役令嬢後宮物語　3

ジューク
現エルグランド国王。真面目で有能だがシェイラを想うあまりに暴走しがち。園遊会を経てディアナと和解した彼のもとに、一通の報告書が舞い込んで……？
カイ
隠密稼業者の少年。ノリが軽く、謎が多い。『牡丹の間』側室リリアーヌに雇われているが、ディアナを気に入って現在は二重隠密として活動している。
シェイラ
カレルド男爵家令嬢。外見は儚いが強い意志を持ち、真実を見定めることのできる少女。国王の寵妃の可能性アリとして、後宮内の闘争に巻き込まれる。
ディアナ
クレスター伯爵家令嬢。冷酷そうな美貌ゆえに周囲から誤解されてしまうが本当は心優しい少女。側室筆頭『紅薔薇』として崩壊寸前の後宮の安定に尽力する。
悪役令嬢後宮物語
登場人物紹介

デュアリス
ディアナの父にしてクレスター家当主。国の現状を憂いつつも側室となったディアナを案じている。
エドワード
ディアナの兄。後宮に入ったディアナのサポートのため、社交界での情報収集に当たる。
エリザベス
ディアナの母。天使のような美貌の持ち主。デュアリスを公私にわたり支える。
アルフォード
近衛騎士団団長。まだまだ未熟なジュークを全力で支えている。エドワードの友人。
キース
貴族ながら任官試験を受けて官吏になった変わり者。とある事情から全面的にクレスター家に協力する。
フィオネ
ディアナの叔母。商家に嫁いだが表向きは独身貴族として振る舞う。壮絶な色気の美人。

目次

プロローグ

豊かな自然に恵まれ、人々が平和に暮らす広大な国、エルグランド王国。

数年前に前王が死去し、その息子が若くして王位を継いだりとか、新王に妃がいなかったことから後宮が開設されたりとか、その後宮に五十人近い未婚の貴族令嬢が側室として集められたりとか、それに伴って貴族同士の派閥争いが激化したりとか、平和なりにごたごたはしている。

とはいえ、当たり前のことながら、そんな貴族たちのあれこれなど、平凡に生きる一人一人の国民には関係ない、わけで——。


「うおいっ、この前決済下りた橋の修繕《しゅうぜん》管理書どこだよ？　アレがねえと作業始めらんねえぞ！」

——エルグランド王国外宮、三省直結下部機関『外宮室』では、今日も室員たちの怒号《どごう》が飛び交っていた。

「橋の管理書？　最終確認で内務《ないむ》に回しませんでしたっけ？」

「誰だよ、そんなムダ足踏んだ奴！」

「向こうが勝手に『確認させろ』つって持ってったんですよ！　室長も補佐もいなかったから止められなくって」

「あー、もう管理書なくて良いから現場行ってこい。老朽《ろうきゅう》化した例の橋だろ？　放置しとく方が

危ない。あそこは湖に近い分、深いからな。落ちたら確実に死人が出る」

「うぃっす！　室長、ありがとうございます！」

橋の修繕監督を任された室員は、扉を蹴破らんばかりの勢いで飛び出して行き、机の上で大量の未決裁書類と格闘していた室長は、うがぁと髪を掻《か》き毟《むし》って立ち上がる。歩き出しざま、隣で同じように書類を捌《さば》いていた青年に声を掛けた。

「キース、悪いけど後任せる」

「内務に催促《さいそく》ですか？」

「それだけじゃねぇよ。このままじゃ、下町の下水工事も診療所への助成金《じょせいきん》も、孤児への生活支援策だって頓挫《とんざ》するぞ。回した決裁書が全部戻ってきてねぇ」

「そういえば、先日流れ着いた異国船への対応も保留にされていましたね」

「それもあったか！　ったく、俺は紙切れ回収係かよ！」

毎度毎度の台詞《せりふ》を吐き捨て、熊のような巨体を俊敏に動かして、今度は室長が出て行った。かなり鬱憤《うっぷん》が溜まっているらしい彼を見送り、後を任された青年、キース・ハイゼットは目の前の見積書に視線を戻す。……この忙しいときに、これ以上無駄な雑事《ざつじ》を増やさないで欲しい。室員たちが、そろそろ爆発する。

外宮室は殺伐《さつばつ》としていた。ある者は目にも止まらぬ早さで算盤《そろばん》をはじき、ある者は膨大な量の紙束を分類ごとに仕分け、またある者は目指す資料に向かって脇目《わきめ》も振らず突進し……早い話が、全員忙《せわ》しなく立ち働いている。

――そう人数が多いわけでもなく、部屋が広いわけでもない。限りある人員が常にフル稼働している、これが外宮室の日常であった。ここ一月《ひとつき》あまりは、とある理由からその忙しさに拍車がかかっている。

エルグランド王国の王都、その中央にそびえ立つ巨大な城、王宮。王族たちの住まいであると同時に、王の執務を補佐し、国の政《まつりごと》を行う統治機関でもあるその建物の一画に、外宮室は存在している。主な仕事は、財務省、外務省、内務省――まとめて『三省』と呼ばれる行政組織の補佐だ。それぞれ必要とされる役割が異なる三省の下部に外宮室は存在し、総合的な観点から全体の補佐を行う……と言えば聞こえは良いが、その実態は面倒な仕事を押し付けられる『何でも屋』だ。書類整理から計算、翻訳、挙げ句の果てには工事現場の監督作業まで、その内容は幅広い。

ちなみに、エルグランド王国の王宮は大まかに『外宮』と『内宮』とに分かれている。官吏《かんり》や貴族たちが政務を行っている部分が『外宮』、国王を含む王族の私的生活空間が『内宮』だ。『外宮室』の名前の由来はここからで、設置されたときから便利に使う気満々だった気配が窺《うかが》える。

雑用係だと馬鹿にされることも多い外宮室ではあるが、仕事内容が多岐にわたるため、ここに長く勤める人間は実のところ有能揃《ぞろ》いだ。にもかかわらず軽視されるのは、外宮室に国王へ直接進言する権限が認められていないからだろう。

キースはその『何でも屋』で、若くして室長補佐を任されている、同世代の中では飛び抜けて優秀な青年である。現《げん》ハイゼット男爵の長男で、将来は爵位を継ぐ立場にあるが、自ら望んで官吏に志望し、一年のほとんどを王宮で過ごしている。

幼い頃から本の虫、朝も昼も夜も暇があれば本を読み漁《あさ》り、当然の結果として目が悪くなった彼は、いつも眼鏡をかけている。床屋に行くのを面倒がり、伸ばしっぱなしの薄茶の髪は後ろで一まとめ。かといってずぼらなわけではなく、どちらかといえば几帳面な性格で、仕事用の文官服《もんかん》はいつもきっちり着こなしている。……仕事が恋人過ぎて、将来を室長から心配されているのはここだけの話だ。

そんな室長補佐が、目を通していた見積書と手元の会計報告を揃え、要点を書き記したところで、外宮室の扉がものすごい音と共に開かれた。見れば、腕に紙束を抱えた青年が、憤怒《ふんぬ》の形相《ぎょうそう》で立っている。

「コレまとめろって、押し付けられました！」

内務省に完成した書類を届けに行っていた室員、カシオである。まだ若いが交渉術に優れ、室長に次いで三省とのやり取りを任されることが多い。

扉近くにいた古株の室員オリオンがカシオに近付き、一番上の紙をめくるやいなや、ぎゅっと眉根に皺《しわ》を寄せる。

「『王都民の生活改善に関する要望』⁉　こんなの福利部の仕事だろ、しかも何ヶ月分だよ！」

「『内務省は只今《ただいま》後宮に関わる事案において大変忙しく、雑務にまで手が回らぬ。誰にでもできる簡単な仕事ゆえ、外宮室で引き受けてもらいたい』だそうです。……めちゃくちゃ暇そうでしたけどね、カードしてましたけど！」

怒り心頭のカシオの叫びに、ついにどこかでブチッと何かが切れた音が聞こえた。

キースの単なる勘違いでない証拠に、間髪《かんぱつ》入れずオリオンが持っていた目録《もくろく》を机の上に叩き付ける。大柄で力のあるオリオンにそんなことをされては、机の上に積まれた書類たちはたまったものではない。どさどさなだれ落ちた。

可哀想な書類たちに構うことなく、オリオンは怒鳴る。

「突き返せ馬鹿野郎！　だいたい後宮のドコが忙しいんだよ、園遊会終わったばっかじゃねぇか！」

「デュアリス様の娘さんが『紅薔薇様』になってから、新しい側室も上がってませんしね！　内務が後宮にしてることなんてほぼゼロでしょ！」

「むしろ内務の奴らよりディアナお嬢さんの方が忙しいよ、絶対！　園遊会でふらふらだったって、エドワードさんガチギレしてたじゃないですか」

「あぁもう、落ち着きなさい！」

一気に不満が噴出《ふんしゅつ》した室員たちを前に、キースも立ち上がった。気持ちは分かるが、ここで怒鳴ったところで労力の無駄遣い以外の何物でもない。集中が途切れたなら途切れたで、建設的なことに時間を使うべきだ。

「いったん休憩にしましょう。……クロード、お茶を淹《い》れてもらえますか」

「分かりました」

算盤を高速ではじいていた、外宮室新入りの少年が頷いて立ち上がり、給湯《きゅうとう》室に消えていく。

キースは未だ憤懣《ふんまん》やるかたない様子のカシオから一度紙束を受け取ると、労《ねぎら》いの意味を込めて肩を叩いた。

「ご苦労様でした。ですが、お前が押し切られるなんて珍しいですね」

「……僕だって最初は突き返そうと思いましたよ。けど、念のために一通り確認したら、火急《かきゅう》の要望もそこそこあって」

「なるほど。であれば、このまま放置されるのは問題ですね」

キースはうっすらと微笑み、要望書の束をぱらぱらめくって内容を把握してから、カシオに返す。

「火急の案件のみ、抜き出して室長の机に。まとめるのは後でも構わないでしょう」

「はい！」

「……ったく、内務の奴ら、調子に乗りやがって。俺らはてめえらの小間使いじゃねぇってんだ」

オリオンの愚痴《ぐち》に、室員たちが一斉《いっせい》に頷く。カシオも怒りを隠さない。

「報告書が一段落ついた後だったから良かったものの、そうじゃなかったら本気で応戦するところでしたよ」

「あー、今朝までの忙しさはマジあり得なかったもんなぁ……てかキース、その報告書どうなった？」

「朝一でアルフォードに渡してそれっきりですよ」

「え、まさかスルーされた⁉」

オリオンだけでなく、室員全員の顔色が変わる。人数分のカップをトレイに載せて戻ってきたクロードも聞いていたらしく、顔面蒼白だ。

余計なことを言ったオリオンに肘鉄を食らわせ、キースはクロードに笑いかける。

「大丈夫ですよ。完全に無視されたら、即座に連絡が回ってくることになっていますから。お茶、頂きますね」

「あ、はい。……補佐、大丈夫でしょうか」

「私たちは最善を尽くしています。信じて、待ちましょう」

顔色が戻ったクロードが躊躇《ためら》いながらも頷いたのを見て、キースは眼鏡の奥で目を細くした。まだ幼いながらも、思いやり深く仕事に誠実なクロードを、キースは大切に育てたいと思っている。あえて言葉にはしないが、それは全員に共通する気持ちだろう。そのためならば、これくらいの忙しさなどどうということもない。

――常日頃から忙しい外宮室が、寝る間もなくなる戦争状態に陥ったそもそもの発端は、およそ一月前。外宮の隅の隅にある『資料室』にて、キースがクレスター伯爵と偶然顔を合わせたところまで遡《さかのぼ》る。

貴族からの評判は最悪のクレスター伯爵家。現当主は『魔王』と呼ばれ、その息子にして跡取りである長男は『女を取っ替え引っ替えして遊んでいる』と噂され、娘に至っては『人の不幸を見るのが何よりの楽しみの悪女』と囁《ささや》かれている。『王国の悪を牛耳《ぎゅうじ》る、裏社会の帝王』と、代々名高い一族だ。……それが単なる噂に過ぎず、実際の彼らは少々常識が通じないところはあるものの、基本的には気の良い親切な一家と知ってから、外宮室は密かにクレスター家と懇意《こんい》にしている。

困ったことがあれば何くれとなく世話を焼いてくれる、気さくで優しい彼らが『悪の帝王』とまで揶揄《やゆ》されるその原因は、ひとえに彼《か》の一族の〝顔〟にある。はっきり言って、これで善人と思う方が無理のある〝悪人面〟なのだ。本人たち曰く、クレスター家伝統らしい。

その顔のせいで散々誤解され、『悪の総本山』『虎視眈々《こしたんたん》と重臣の座を狙っている』などと言われることも多い彼らだが、その実、権力に一切の興味がないどころか忌避《きひ》している節さえある。そんな一族の末娘ディアナが夏に後宮入りし、側室筆頭となる『紅薔薇』の座を与えられたと聞いたときは、キースを先頭に皆が驚いたものだ。あちこちから聞こえてくる噂や、後宮でのディアナの動きを見ているうちに、どうやら何か裏があるらしいとはすぐに分かったけれど。

ここ数十年、エルグランド王国では、古参貴族の一部が新興貴族を毛嫌いし、保守派と革新派に分かれての派閥争いが続いている。貴族令嬢たちが集められた後宮では、その対立が目に見える形になって表れていた。位の高い保守派貴族の娘たちが、立場の弱い新興貴族の娘を冷遇する。このままでは娘の扱いに不満を抱いた貴族たちの鬱憤が王に向きかねない。その状況を打開するために、イレギュラーのオンパレードたるクレスター家の娘を投入したというのが、良識ある面々の事情らしい。

「裏がありそうだとは思っていましたが、そういうことでしたか」

「それは、デュアリス様も気苦労が絶えんことでしょうなぁ」

「そうなんだよ。分かってくれて助かる」

キースと会ったデュアリスが、室長への挨拶がてら外宮室に顔を見せ、一通り愚痴を吐き出したことから、室員たちは後宮の詳しい現状を知った。知ったからには、そのままにすることはできない。女官長以下、女官のほとんどが保守派であり、新興貴族いじめに荷担《かたん》していると聞いては尚更《なおさら》だ。

外宮室はその立場上、三省からありとあらゆる情報を集めることができる。後宮管理は内務省の管轄、調べられることも多いはずだと、外宮室一同はデュアリスに協力することを決めた。

――状況が変わったのは、それからすぐのことである。

女官長と女官の職務態度、後宮から上がってくる会計報告書、王宮内での行動。情報集めの段階で既に怪しい彼女たちを、深く調べれば調べるほどその疑惑は確実なものとなり――比例するように、最年少室員クロードの様子がおかしくなっていったのだ。彼の一番上の姉は女官長の右腕として女官の職にあり、報告書に名前が上がることも多い。最初はそのせいだろうかと思っていたが。

「今日をもって、辞めさせてください。――俺はもう、ここにはいられないんです」

園遊会の勅命《ちょくめい》が下った翌日、ついに辞表まで持ち出した彼に、室長がキレた。

「馬鹿かお前は。事情も話さずに勝手に決めつけるな。ちゃんと説明しない限り、俺はこんなもん受け取らねぇぞ」

「どうしてですか。俺は、全然ここで役に立っていないのに！」

「新人が使えないのは当たり前だろうが！　いずれできる奴になると見込んでるから引き留めるんだよ、悪いかコラ‼」

熊みたいな大男の彼は粗暴《そぼう》な印象を与えがちだが、言動も見た目を裏切らず粗暴であった。……が、この場合はそれが功を奏したらしい。室長の剣幕に飲まれたクロードは言葉を失い、ややあってじわじわと目に涙を浮かべ、ついにはしゃくり上げて泣き出した。

巨大な身体をおろおろさせて焦る室長から泣きじゃくるクロードを引き取り、キースは彼を優しくなだめた。これからもクロードにここで働いて欲しいと諭し、抱えている荷物をそろそろ教えてくれないかと穏やかに尋ね――とんでもない爆弾を引き出したのである。

「後宮の女官たちは、日常的に公金を横領しています。過去の会計報告を見比べれば、おかしいことはすぐに分かりました。……俺の姉も、その一人です」

クロードはメルトロワ子爵の末息子で、女官として働いている長姉《ちょうし》とは十の年の差がある。彼は姉に育てられたようなもので、彼女をとても慕っていた。しかし、彼が六歳になる頃、姉は王宮勤めの職を得て領地を離れ、利発だった彼もやがて王都の学院に通うようになる。最も早く卒業できる教育課程を選び、十五歳という若さで官吏になり、雑用係と揶揄される外宮室に放り込まれた少年には、確かな目標があった。

「メルトロワ子爵領は、痩せた土地が多くて、領地運営が大変なんです。一番上の姉が王宮で働いてるんですけど、その給金をずっと仕送りしてくれてて。俺も働けば、ちょっとは姉の負担も減るかなと思って」

十歳になる前に領地を離れたクロードは、それからほとんど生まれた土地には帰っていない。子爵領は王国の最南端にあり、行き帰りだけで大変だからだ。けれど、だからこそ、その思い出は美しい。自分を慈《いつく》しんでくれた姉が、領民たちを頻繁に訪ねて回っていたこと。貧しい土地に心を痛め、民の暮らしが豊かになるようにと努力を重ねていたこと。働き出してからは仕送りを欠かしていないことを、彼はずっと後ろから見ていた。大きくなったら姉さんの手伝いをしたい、いつしかその思いは膨らんで。

念願叶って官吏になった少年は、姉の軌跡《きせき》を少しでも知りたいと過去の記録を閲覧し……皮肉なことに、姉が不正を行っている事実を突き止めてしまったのだ。

「俺はすぐに、父に手紙を出しました。姉がこれまで仕送りしていたのは給金だけじゃない、横領した国財も含まれているはずだと。早く姉を止めて欲しいと」

けれど——返ってきた言葉は、『余計なことをするな』という、罵詈雑言の嵐だった。

金の出所など、聞きさえしなければ知らぬ存ぜぬで押し通せる。身内の不始末を暴いて、貴様はいったい何をしたいのか。

綴られた文字が信じられず、クロードは絶望した。公金横領は重罪だ、見つけたからには進言しなければならない、そう叫ぶ良心と、姉を慕う弟の情、そして。

「罪になるのは、分かっていました。けれど、たとえ罪を犯して手に入れた金でも、それで民の暮らしが少しでも楽になるなら。積極的に暴く気持ちに、どうしてもなれなかった」

……民を思う、領主一族としての責任感。押し寄せるいくつもの想いの狭間で揺れ、結局クロードは、暴いた真実を胸の内に留めることを選んでしまったのだ。

詳しい事情を聞き終えたキースの胸に、労りと切なさが過《よ》ぎった。クロードはまだ十五歳。一昔前ならともかく、今どきの貴族の子弟が、その年頃から働きに出るのは珍しい。何か事情があるのだろうとは思っていたが……それがこれほど重く、一人では抱えきれないほどのものだったとは。その苦しみを孤独にしまい込んでいた少年の心境を思うと、嘆息せずにはいられなかった。

「そんなその場しのぎがいつまでも通用しないことくらい、少し考えれば分かったでしょう。……それで最近、塞《ふさ》ぎ込んでいたのですね」

「入ったばかりの俺が、ちょっと目を通しただけで分かる違和感です。本格的に先輩たちが調査したら、気付かないはずがない。そう思ったらもう、どうして良いか分からなくなって」

「……辞めて、どうするつもりだったのですか」

「この件が明るみに出たら、どのみち勤め続けることはできませんから。それくらいなら自分から辞めて、父を直接説得する方が建設的だと思ったんです」

年齢にそぐわない達観《たっかん》した表情を見せるクロードは、本人無自覚だろうがとても痛々しかった。

こんな重いものをまだ幼い子どもに背負わせたメルトロワ子爵に、外宮室の面々は怒りを覚え。

「よく話してくれましたね、クロード。――もう、大丈夫ですよ」

即座に、クレスター家に連絡を取った。正確には、連日資料室にいるらしいデュアリスを連れてきて、洗いざらい説明し、『外宮室は全面的にクレスター家に協力する、だから結末がどうなろうと、クロードの官吏としての地位だけは守ってやって欲しい』と懇願《こんがん》した。

頼まれたデュアリスはむしろ「よっしゃ、これで繋がった！」と喜び、外宮室が味方に付いてくれるなら心強い、よろしく頼むと言い出した。そのまま、なし崩しに打ち合わせに突入し、今度は女官長を失脚させるため、〝黒〟を示す証拠集めに奔走《ほんそう》することになる。

――そうして外宮室が本格的に忙しくなったのとほぼ同時に、内務省から園遊会に関連した雑事がちらほら舞い込むようになり。

程なくしてクレスター家経由で、クロードの姉ミアがディアナ側についたという、この上ない朗報が届けられた。

仲間を着々と増やし、女官長の包囲網を完成させていく、『紅薔薇』ディアナとクレスター家。彼らを援護すべく外宮室は、王に事態を知らせるための作業に入った。

外宮室には、国王に上奏《じょうそう》できるだけの権限がない。唯一怪しまれずに滑り込ませることができるのは『報告書』だけだ。それだって内容次第では、うっかり見つかったら最後、王の目に触れる前に握りつぶされてしまいかねない。それを念頭に置いて作成された『切り札』は、一見しただけではただの報告書、しかしきちんと考えて目を通せば内宮関連の金の動きについて不自然さが浮かび上がり、もっと深く読み込めば公金横領の可能性にまで辿《たど》り着ける、全員の知恵を結集させた傑作である。訂正に訂正を重ねて今朝ようやく完成し、朝一番でキースが国王近衛騎士団団長のアルフォードに直接手渡した。――クレスター家の真実を知る者同士で親しくなった彼もまた、後宮と外宮、クレスター家を繋ぐ協力者だ。


「――けどよ、キース。現実的に考えて、成功率はどれくらいと思うよ？」

ここに至るまでの、長いようであっという間だった一ヶ月を反芻《はんすう》していたキースに、お茶を飲み干したオリオンが声を掛けた。クロードのことを気にしてか、いちおう声は抑えている。

「近頃の陛下、後宮のことは考えたくない様子だったろ？　内務の奴らがいらついてたの、小耳に挟んだぜ」

「園遊会しろって言い出したり、放置したり、ワケ分かりませんよねー」

相槌《あいづち》を打つカシオも遠い目だ。このところ、普段の三倍忙しかった外宮室は、だからこそ王宮全体を何となく把握できている。

「ディアナ姫も園遊会の準備で大変だったんでしょう？　散々苦労かけといてあの雑な扱いじゃ、ちょっと報われませんよ」

「まぁ、ディアナ様も久しぶりにご家族と顔を合わせることができて、肩の力が少しは抜けたようですから。それだけでも、園遊会を開いた甲斐はあったと思いますよ」

「なら良いですけど。危なっかしいくらい頑張ってましたもんね、あのお姫様」

貴族ではないカシオは、尊敬と親しみを込めてディアナのことを『姫』と呼んでいる。ちなみに直接会ったことはない。

同じく貴族ではないが、こちらはあまり身分にこだわらないオリオンは、大きく伸びをしながら口を開く。

「そのお嬢さんのためにも、陛下に動いてもらわねぇとだろ。あの『報告書』がちゃんと狙い通りの効果を発揮するか……そこんとこどうよ？」

「と、聞かれましても……私とて、陛下にお目通りしたことはありませんし。アルフォードの話を聞く限りでは、期待しても良いように思いますが」

「何か仰《おっしゃ》っていたんですか？」

「園遊会をきっかけに、陛下にもいろいろと心境の変化があったようですよ。ディアナ様に対しても、非を認めて謝罪されたとか」

「マジでか！　あの陛下が、『氷炎《ひょうえん》の薔薇姫』に頭を下げたって？」

「その呼び名、ディアナ様は嫌がりますよ」

「そのお話が本当なら、少し希望が持てますね」

「ほ、本当ですか、カシオさん！」

どうやら途中から話を聞いていたらしいクロードが、目に涙を溜めながらカシオに詰め寄った。声を抑えることを忘れていたカシオは慌てて、クロードの方を向く。

「ほらほら泣かないで、クロード。補佐も言ってるでしょう、きっと大丈夫ですよ」

最年少の仲間を励ましながら、剣ではなく知を武器とする戦士たちは、束の間の休息にしばし、心の錘《おもり》を外していた——。

† † † † †

――時を同じくして。

「アルフォード。少しこれを見てくれないか」

外宮室で今まさに話題に上っている、近衛騎士団団長として国王側近の立場にあるアルフォード・スウォンが、国王本人から『切り札』を手渡されていた。朝一番に彼がキースから受け取り、密かに王の執務机に紛れ込ませていた、件《くだん》の『報告書』である。

年若いこの国の王、ジューク・ド・レイル・エルグランドは、王位についてまだ日が浅く、それゆえに未熟なところも目立つ。しかし基本的には、真面目で勤勉な性格の持ち主であった。

先日、側室たちの家族を集めて行われた、史上初となる後宮園遊会。そこで起こったあれやこれやを通してこれまでの自分を省みたジュークは、請われるままに判子《はんこ》を押していたこれまでの執務態度を改め、一つ一つの案件にきちんと目を通し、分からないところがあれば調べ、質問し、考えたうえで決断を下すようになっていた。当然その分、執務の時間は長くなる。

そんな中で、目立たないよう置いていた『報告書』に気付いてもらえるか、内心案じていたアルフォードであったが、ジュークは重臣たちとの面会の空き時間にきちんと目を通してくれた。

――そして。

「気になることがあるんだ。お前の意見も聞かせて欲しい」

「俺が見ても問題ないやつか、それ？」

「あくまでも『報告書』だからな。問題ないだろう」

今日予定されていた臣下《しんか》の面会が全て終わった午後の休憩時間に、アルフォード以外の騎士の退室を命じたジュークは、険しい顔で彼に『報告書』を差し出したのである。

キースから『切り札』を渡された張本人であるアルフォードは、当然その中身も熟知《じゅくち》している。が、彼はそんなことはおくびにも出さず、ぱらぱらとめくって内容に目を通した。

「『内宮諸経費についての報告書』か……。見た感じ、過去五年間の内宮における歳入歳出費の推移をまとめたもののようだが」

「あぁ、俺にもそう見えた。……どう思う?」

「俺の意見の前にジューク、お前の意見を聞かせてくれ。どう思ったんだ?」

「――妙だ。毎年上がってくる財務総括《そうかつ》だけでは気付かなかったが、こうして内宮だけを抜き出されてみると……」

重い口調ではあったが、ジュークに迷いは見当たらない。アルフォードを見上げ、はっきり断言する。

「二年前は、父上が身罷《みまか》られた年だ。当然、それに伴い多少の歳出増加が見られないとおかしいのに、この報告書からはそんな様子は見受けられない」

「だな。一応、葬儀費の名目《めいもく》が入っちゃいるが、こんなに少ないはずがないだろうって額だ」

「それに、今年もだ。後宮が機能し始めて、国庫の負担はかなりのもののはず。だが……」

「極端すぎるよな、増加の仕方が。後宮に人が増えたからといえば、いちおう筋は通っているが、いくらなんでもこんなに突然請求が立て続くのは不自然だ」

歳出が不自然に少ない年と、多い年。五年前から内宮だけを抜き出してまとめられたことで、ここ二年半の金の動きが妙な線を描いていることがくっきりと浮かび上がる。更に付け足された補足は、疑惑を確信へと進める決定打となるものばかりだ。

「俺、知らなかったんだけど。先王陛下の崩御《ほうぎょ》の翌年に、内宮名義の寄付があったのか？」

「これによると、そのようだな。寄付金は基本、歳入歳出費とは別枠で処理されるから、目立たなかったんだろう」

時期も何もかも、いろいろと不自然である。しかもおあつらえ向きに、寄付先は相手の事情により秘匿《ひとく》されている。

「……怪しいな」

「そうだよな。あと、こっちも」

アルフォードが指さしたのは、内宮と仕事をしている商店の一覧と、各店からの請求だ。

「こうしてまとめられるとよく分かるよな。特定の商会からの請求だけ、飛び抜けて高い」

「俺はこういった相場に詳しくないから、こんなものとして受け取っていたが。一覧にされると、一目瞭然《りょうぜん》だな」

「これまで表に出なかったのは、小出しにしてすぐに処理済みの箱に流してたからだろう」

かなり詳細に、かつ分かりやすくまとめられた『報告書』を読み込み、男二人は苦い顔になった。

「……で？　この報告書を見て、お前はどういう可能性を考えた？」

「考えたくはないが……この不自然さを説明できる可能性は、一つしかないだろう」

公金、横領――。

重々しく呟いたジュークの言葉が、執務室内に響いて消えた。

かすめ取った金を一年単位でばれにくい項目に上乗せして、その年の歳出報告としてまとめていたため、これまで見つからなかった、官吏としては最悪の不正。王宮の外の商人まで絡んでいるとなると、かなり大がかりなものだ。

アルフォードは舌打ちをした。

「一体誰の仕業だ？」

「俺まで上がってくる書類を操作していたとなると、かなり上の方だ。女官長、それから、もしかしたら財務省の大臣たち……」

もともと、執務に関しては勤勉で優秀なジュークである。違和感に気付けば、後は早い。

「とにかく、話を聞かなければ」

「話？　誰に何を聞く気だ？」

「女官長に……聞いても答えてはくれない、だろうな」

「女官長が犯人なら、しらばっくれて終わりだろ。証拠があるならともかく、今の段階じゃ」

なんかコレ不自然なんだけど、と尋ねられて、それは私が不正をしていたからです！　と答えてくれる悪党はいない。動かぬ証拠を突きつけられてもまだ足掻《あが》こうとするのが、正しい悪の姿というものだ。

「だが、もしも公金横領が事実なら、放っておくわけには」

「そうだな。……そういえば、その報告書はどこから上がってきたんだ？　証拠固めなら、そいつらがもう動いているかもしれないぞ」

「そ、そうか、なるほど！」

答えを提示することは簡単だが、ジューク本人に気付いてもらわなければ意味がない。あえて問いかけたアルフォードの意図には気付かぬまま、ばさばさ紙を捲《めく》ったジュークは、最後のページに記されていた名前を見て、訝《いぶか》しげな声を上げた。

「が、外宮室……？」

「あぁ、三省の補佐組織だな。国王執務室に直接上奏する権限はなかったはずだから、報告書って体裁《ていさい》を取ったのか」

「それは、つまり、外宮室が内宮の不正に気付いて、密かに調べているということか？」

「可能性は高いんじゃないか？　あそこは仕事量ハンパないけど、その分有能な人材が揃っているからな」

「……お前、ひょっとして知り合いがいたりするのか？」

半信半疑で問い掛けてきたジュークに、アルフォードはよくできましたとばかりに頷いた。

「俺はこれでも顔が広いんだぞ。──外宮室室長補佐ならすぐ引っ張ってこれるけど、どうする？」

表情を輝かせて「頼む！」と叫んだジュークに、アルフォードは全てが動き出す予兆を、はっきり感じ取った。──そうと決まれば有言実行、その足で外宮室に向かう。

「スタンザ帝国との交易記録はドコですか？」

「診療所の件、粘って直接支援の許可をもぎ取った！　材木屋に連絡つくか⁉」

「クロード、走れますか？　橋の修繕管理書、届けてきてください」

「了解しました！」

……が、意気揚々とやって来た外宮室は、さながら嵐のごとくに荒れ狂っていた。一歩入って空気を読んだアルフォードは、一瞬出直そうかとまで考えてしまう。

「あれ、アルフォード様？　――あっ、陛下のご用事ですか⁉」

踵《きびす》を返す前に、お使いを頼まれていた小柄な少年と視線が合う。クレスター家繋がりで外宮室に出入りすることも多いアルフォードは当然、室員たちとも顔馴染みだ。

クロード少年の叫びに、室内の視線が一斉に突き刺さった。……何故《なぜ》だろう、何も悪いことはしていないはずなのに、反射的に謝りそうになってしまう。

「あー、ええと、『報告書』の件で陛下が話を聞きたいって……」

「――遅い」

案の定、目的の人物からは、地を這うような低い声と氷のような冷たい視線が飛んできた。

「『報告書』を渡したのは今朝ですよ、それがどうしてこんな時間になるんです。我々がもっとも忙しいのは今ですよ、何を考えているのですか」

「陛下も執務のやり方を変えて頑張ってるんだ、そう怒るな」

「まぁ、放置されなかっただけ良かったと思うべきなのでしょうね」

それでもすぐに立ち上がってくれる辺り、実は優しい男だと、アルフォードはキースを勝手に評価している。

「室長、帰って来られたばかりで恐縮ですが」

「大丈夫だ、行ってこい。――頼んだぞ」

毛むくじゃらで巨大な外宮室室長に頭を下げ、二人は外宮室を後にする。

「室長、どっか行ってたのか？」

「いつものように三省を巡って、決裁書の催促ですよ。仕事が遅いのは勝手ですが、そのせいで民に迷惑がかかっては困りますからね」

「相変わらず苦労してるなぁ、お前ら……」

「これでも昔よりはかなり進歩していますよ。――それよりも」

眼鏡の奥で、キースの細い瞳が光る。

「あなたが私を呼びに来たということは、陛下が自ら『報告書』の真意に気付かれた、と解釈して構いませんね？」

「あぁ。ここからは、お前に任せる。……陛下と話すのは初めてだよな、大丈夫か？」

「ご心配なく」

キースはそう応え、うっすら笑みを浮かべると。

「――外宮室室長補佐、キーズ・ハイゼット。お召しにより、只今罷《まか》り越しました」

「あぁ、顔を上げてくれ、キース・ハイゼット。突然の呼び出しにもかかわらず、よく来てくれた」

初めての国王執務室にもかかわらず、一切動じず完璧な臣下の礼を見せ、王相手に怯《ひる》むことない眼差《まなざ》しを向けた。

「陛下のお呼びとなれば、即座に召喚に応じるのが臣下の務めというもの。――近衛騎士団団長殿のお話では、何やら我ら外宮室にご用がおありとか」

「あぁ。そなたたちが作成した、この『内宮諸経費についての報告書』についてだ」

ジュークはキースを前に改めて、『報告書』から覚えた違和感と、そこから導き出した不正の可能性について説明した。

王の言葉を黙って聞いていたキースは、彼の言葉が終わるのを待って、大きく息を吐く。

「――ようございました」

「キース？」

「この報告書を上げても、陛下が内宮の――女官長の不正に気付いてくださらなければ、我々にはどうすることもできませんでしたので」

「では、ではやはり……！」

「はい。現女官長、サーラ・マリスは、職についた二年ほど前から、横領と不正を繰り返しております。帳簿の不自然さからそれは明らかでしたが、我々が気付いた端から書き換えられ、一年単位で見るだけでは分からないように細工されていたのです」

キースの言葉は淀みない。外宮室にとってもここが正念場であり、彼は仲間たちから全てを託されてこの場に立っている。それだけに、その言葉には力があった。

「サーラ・マリスの素行不良は、それだけに留まりません。調べたところ、彼女が女官長の職についてから、身分の低い侍女や女官がかなりの数、王宮から去っております。その何人かに話を聞いたところ、女官長の差し金で王宮内に居づらくなり、半ば追い出される形で辞めざるを得なかったと」

「何だと!?　我が王宮に仕える者に、一介の女官長が個人的感情から危害を加えていたというのか？」

「はい。表には出していないようですが、側室方への対応にも、随分な差をつけているとか。侯爵家令嬢でいらっしゃる牡丹様には毎朝毎晩の挨拶を欠かさぬのに、側室の頂点であらせられるはずの紅薔薇様には、伯爵家令嬢というだけの理由で、ろくに挨拶もしないそうです」

「馬鹿な……！」

ジュークの顔に、本物の怒気が昇っている。つい先日までとは、その迫力は比べものにならない。

「我々には、捜査《そうさ》権限はございません。故に調査は全て非公式に、秘密裏に行っております。現在、交代制でサーラ・マリスの周辺を洗っているのですが……聞き捨てならない報告もありまして」

「……今の話以上に聞き捨てならぬと？　どのようなことだ」

「いいえ、陛下。これはまだ証拠がございません。確たる証拠が見つかり次第、追って報告致しますので」

「構わぬ。——話せ」

真横でやり取りを聞いていたアルフォードは、ジュークが無意識のうちに、〝王〟の顔をしていることに気付いた。公金横領だけではない、女官長が自らの〝民〟を苦しめている、その事実を告げられて、ごく当たり前に彼は憤《いきどお》っているのだ。

キースもアルフォードと同じことに気付いたのか、眼鏡の奥で、微かに目を見張る。

「——陛下。たとえ陛下であっても、証拠もなく人民を裁くことはできないのですよ」

「そのようなことは分かっている。だが、民の血税で成り立つ王室の財を着服し、それだけでは飽き足らず身分で他者を踏みつけるような真似を繰り返すような輩《やから》を、放置するわけにはいかぬ。余罪があれば全て明らかにし、罪の重さに応じた罰を与える必要があるはずだ。証拠がないならばこれから揃えれば良い、今は知ることから始めねば」

冷静に、沈着に。〝王〟だからと色眼鏡で見ることもなければ、これまでの〝ジューク〟を判断材料にして侮《あなど》ることもなく、ただ今目の前にいるジュークを〝官吏〟の目で眺めていたキースは、しばし無言で視線を注ぎ――やがて深々と頭を下げた。

「はい、陛下。御心のままに」

「それで、聞き捨てならぬ報告とは？」

「あくまでもその者が見ただけですので、確かとは言えぬのですが――後宮宝物庫に納められているはずの品が、彼女の屋敷を通してやり取りされているようなのです」

黙ったまま、ただ目を大きくしたジュークに、キースは続けた。

「外宮室は、三省の補佐が職務です。後宮設置が決定された後、備品点検に我々も同行致しました。私は不勉強にして美術品に対する造詣は浅いのですが、普段はなかなか見ることのできない後宮の宝物を間近で拝んで喜んだ者もおりまして。……その者が女官長の屋敷を見張っていたときに、たまたま物品のやり取りがあったそうなのです」

「見張っていた者の目は確か、なのか？」

「官吏になれなかったら鑑定士になれと言われていた程度には」

見張っていたというのはキースの作り話だが（通常業務に加えて『報告書』作成に追われていた外宮室に、見張りに割く人的余裕はない）、王都にある女官長個人の屋敷を確認しようと仕事帰りに足を運んだオリオンが、窓の隙間から後宮備品のはずの美術品を発見したのは事実だ。いつぞやキースが話していたのを、アルフォードも覚えている。帰宅したはずのオリオンが外宮室に戻ってきて、「信じられるか、アーリンの遺作だぜ？　アレを盗み出して、しかも日に焼ける窓際に飾るとか、マジ何考えてんだ、あのババァ！」と怒鳴りだしたときは、睡眠不足がたたってついに頭がおかしくなったのかと思ったとか。ちなみにアーリンとは素朴な味わいが売りだった百年ほど前の工芸家の名前で、彼の作品を一目見ただけで判別できる鑑定家は王国に十人いるかいないかと言われている。それだけの眼を持ちながら、安月給の官吏の道を選んだオリオンは、さすが変人揃いの外宮室に相応《ふさわ》しい面子《メンツ》と言わざるを得ない。

有能ながら変人揃いの外宮室について思いを馳せていたアルフォードの前で、ジュークはしばらく言葉を発しなかった。指を組んで、執務椅子に座ったまま、目を閉じて考え込んでいる。そんな彼を、アルフォードとキースは、ただ静かに見守った。

「――アルフォード。後宮近衛のグレイシー団長に連絡はつくか？　……誰にも知られぬように」

「は。直ちに」

顔を上げて一点を見据えたジュークは、アルフォードも見たことがないほど、大人びた表情をしていた。

一．真夜中の闖入者《ちんにゅうしゃ》

目が回るようなアレコレを乗り越えて、迎えた当日にもイロイロありながら、表向きはつつがなく終えることができた、後宮園遊会。采配を一手に任され、慣れない準備にあっぷあっぷあっぷしたのも、過ぎてしまえば良い思い出――になるかもしれない、そのうち。
終わって三日じゃ、まだそこまで懐かしさには浸れないわよね……と、側室筆頭『紅薔薇』の名を冠する少女、ディアナ・クレスターは冷静に思った。

園遊会が終わってからのディアナは、これまでの忙しさを心配した侍女たちから、ひっきりなしに「休め」と言われていた。彼女自身も別にそこまで出歩きたいわけではなかったため、言われたとおり大人しくのんびり過ごすことにして。本を読み、毛糸で編み物し、新しいハーブのブレンドを考える。少し前までならあり得なかった悠々自適《ゆうゆうじてき》な生活だ。

部屋に閉じこもってばかりなのは性に合わない彼女ではあるが、別に部屋の中でする遊びが嫌いなわけではない。ハーブの調合などは暇があればやっている。……現物を摘みに行こうとするから、話がややこしくなるだけで。

そんなこんなでディアナが引きこもっている後宮は、しかし園遊会で劇的デビューを果たした後宮近衛騎士団の女性たちによってしっかり守られていた。近衛は王族に直接仕えるエリート武術集団、正妃不在の現後宮ではその直接的な管理権は国王にあり、女官長の権限すら及ばない。その立場を、団長になったクリス――公にはされていないが、ディアナの兄エドワードの婚約者で、将来の義姉《あね》になる彼女は、最大限に利用するつもりらしい。

「ボク、あのオバサン嫌いなんだよねー」

後宮近衛騎士団のデビューから開けた翌日、挨拶の名目で『紅薔薇の間』を訪れたクリスは、のん気にお茶を飲みながらそう話していた。

「それは、女官長のことですか？」

「そうそう、マリス伯爵夫人。あのヒトが女官長になる前に、何度か社交界で顔を合わせたことあるんだけどね。表面上は誰にでも親切でもさ、ボクらみたいな末端の貴族を相手にするときとか、目が全然笑ってないの。ボクなんか、変わり者で通ってたから余計にだと思うけど」

武術の家、グレイシー男爵家に生まれた彼女は、幼い頃から剣を振るのが好きだったらしく、それを隠すこともしていなかった。社交デビューより前に〝剣を振り回す変わり者の令嬢〟とレッテルを貼られ、いざデビューしてみると案の定まともに扱ってもらえない。そんな貴族社会に嫌気がさしたクリスは社交界から距離を置き、剣の腕を更に磨くことに重きを置いた。エドワードと出逢ったのも腕磨きがきっかけだったらしいが、詳しいことはディアナも知らない。

女が剣を使えたところで、褒められるどころか「何の役に立つんだ」と馬鹿にされる中、周囲の声などものともせずに自分の道を進み続けたクリスが国王直属の騎士となったのだから、考えてみれば皮肉な話ではある。――ちなみに、そうやってクリスを公然と馬鹿にした者（大概はひょろっちい若い男だ）には、その後もれなく些細《ささい》な不幸が訪れた、らしい。誰の仕業か、ディアナはあえて考えないことにしている。

――それはともかく。

「しかし、お義姉《ねえ》さまと女官長の仲がよろしくないのであれば、お仕事がやりにくいのでは？」

「逆でしょ？　あっちはボクに関わりたくない、こっちも特に指示とか必要としない。正々堂々と好き勝手できるよ」

「正々堂々の使い方が違う気もしますが……仰ることは分かります」

「ていうか、あのヒト勘違いしすぎ。昨日も園遊会が終わった後、呼びつけられてさ。何事かと思ったら、後宮の安定を考えるのであれば、『名付き様』や身分の高いご側室を優先的にお守りすべきって語り出して。アレ、確実に『牡丹派』を優先させようとしてたよね」

ディアナを含む『名付き』の側室五人はともかく、それ以外で身分の高い側室は、基本的に『牡丹派』だ。女官長に言われた通りにすれば、護衛のバランスが偏《かたよ》るのは間違いない。

後宮にやって来たのはつい最近のクリスだが、エドワード経由でこれまでの事情は熟知している。ディアナにとっては実にありがたい存在だ。

「それで、どうなさったのです？」

「ん？　にっこり笑って『女官長のご意見は、陛下にしかとお伝えしておきますね』って答えといた」

実にイイ笑顔のクリスである。『ボクに何か言えば、そのまま陛下に筒抜けになるよ』と教え、手っ取り早く女官長を追い払う辺り、実はクリスの社交スキルは高い。

「ボクの個人的事情を除いても、女官長の言う通りにしちゃ、陛下のご要望に沿えないし。――ま、シェイラ嬢を主に守って欲しいだろう陛下のご要望だけに沿っても『近衛』の意味がないから、さじ加減が難しいところだけど」

「……ご面倒をお掛けします」

「ボクのことはいーの。これくらい、織り込み済みで来たんだから。それよりディアナ！　ボクが来たからには、もう一人で無茶はさせないからね」

びしっ！　と人差し指を立て、クリスは、めっとディアナを睨《にら》んだ。

「エドにも、うるさいくらい頼まれてるんだから。あんまり家族に心配かけるもんじゃないよ」

「それはもう、あちこちから叱られました……」

園遊会を一緒に乗り切った密かな協力者、ライア、ヨランダ、レティシアの三人からも、「終わって速攻で倒れるくらい忙しかったなら、どうしてもっと頼ってくれなかったのか」と、立て続けに手紙が届いた。侍女たちに至っては、言うに及ばずである。

ソファーの上でしゅんと小さくなるディアナを見て、クリスは優しい笑みを浮かべる。

「それだけみんな、ディアナのことが好きなんだよ。もちろん、ボクもね」

「――はい、クリスお義姉様」

優しく、頼りになる義姉《あね》は、決して多くはない後宮近衛の女性騎士たちを見事に采配し、広く浅く後宮全体を警護するように見せかけ、その実、身分の低い側室たちの有事に即座に対応できるような体制を組み上げた。それだけで、ディアナの気持ちはかなり楽になっている。

――そんなクリスの存在もあって、心安らかに過ごせたここ三日間を改めて思い出し、ディアナはくすりと笑った。

(束の間の安息、ってことは分かってるんだけど)

こんな日がずっと続けば良いのにと願ってしまうのは、平穏を望む人間であれば仕方ない。

窓の外に目を向ける。月もかなり高い位置に昇った。規則正しい生活を取り戻すためにも、そろそろ眠らなければ。

読んでいた本を机に置き、手元を照らしていた灯《あか》りを吹き消そうと、ディアナは椅子を引いて立ち上がる。――背後に気配を感じたのは、そのときだった。

「ディアナ」

「カイ?」

少し驚きながらも、ディアナは振り返った。月明かりに照らされて、彼特有の紫紺が鋭く光る。

――一切の気配を立てず、いつの間にか、カイがそこに立っていた。

『牡丹の間』側室のリリアーヌに雇われながら、何故かディアナに肩入れしてくれ、近頃ではむしろ「いや、それは言っちゃだめだろ、オマエの立ち位置的に」な情報まで教えてくれる隠密《おんみつ》、それがカイだ。天井裏だの隠し通路だのを自由自在に動き回る彼は、その気になれば朝だろうが夜だろうが侵入可能。だが、こんな夜遅くにこの部屋に訪ねてくることなど、これまでなかった珍事《ちんじ》である。

「どうしたの? ……何か、あった?」

「あったみたいだね。――その灯り消して、こっち来て」

そう答えた紫紺の瞳は、ぞくりとするほど冷徹な光を放っていた。口調は軽いのに、逆らうことを考えさせない。

言われるままに灯りを吹き消し、ディアナはカイの手に引かれて、プライベートルームの隅《すみ》に移動した。すぐそこにある本棚にカイが手を突っ込んだ瞬間、隅の壁がぐるりと回る。

「……っ」

「よっ……と。大丈夫?」

窓も燭台もない、一切の光を拒む空間で、しかしディアナは冷静だった。即座に、ここが隠し部屋であることに気がつく。

「ええ、平気。仕掛け扉か、ここにあったのね」

「あることには気付いてたんだ？」

暗闇の中、カイの表情はまるで見えない。それでも彼が面白がっていることは声の雰囲気で分かる。ディアナも笑い返した。

「メインルームとプライベートルームの間の壁が厚すぎるもの。どこかにはあるんでしょうね、ってリタと話していたわ」

「見つけようとは思わなかったの？」

「リタはたぶん見つけてたと思うけど。私はそうね……興味なかったから」

「たぶんここ、いざというときの緊急避難場所だよ？　知ってたら便利なのに」

「だからよ。私は正妃として『紅薔薇の間』に入ったわけじゃない。この部屋の秘密は、正妃の宝冠《ティアラ》を被る人が知っておいたら良い話だわ。──むしろ、私が知っちゃったらマズいでしょ」

それでも、隠し部屋がこの辺りにあるだろうことは、何となく察していた。だから、闇の中でも恐怖はない。……独りではないことも、大きいかもしれないけれど。

動揺を見せないディアナに、カイも苦笑したようだった。

「相変わらずだねぇ、ディアナは」

「それはともかく、どうかしたの？」

「あー、もうすぐ来ると思うよ」

カイがそう言ったのと、仕掛け扉の向こうでキィ、と微かな金属音が響いたのは同時だった。

ディアナはごく自然に気配を殺し、扉の向こうの様子を窺う。

どうやら寝室に繋がる扉が開いて、誰かが入ってきたらしい。今日は湯浴みを終わらせた後、全員下がらせたはずだから、『紅薔薇の間』の侍女ではないだろう。第一、彼女たちはこんなに忙しない足音を立てたりしない。

歩く度に微かに鳴る金属音、硬いものが地面を叩くような足音と、布同士が擦《こす》れ合う、男性服特有の衣擦《きぬず》れ音――しかし、それらの音はいずれも、男性ではあり得ないほどに軽い。息遣いや気配から伝わる動き方も、女性のもの。男性服を着て、しかも帯剣までして、後宮の一室に忍び込める女性といえば、できたてほやほやの後宮近衛騎士団しか思い浮かばない。気配から察するに、まずクリスではなさそうだが。

(けど、後宮近衛騎士が、こんな時間に何のために?)

侵入者の目的が分からず、ディアナは音を立てずに首を傾げた。こんな時間に鍵のかかっているはずの扉――寝室と廊下を繋ぐ扉は、日が落ちると鍵がかけられる――から、無許可で入室してくる者など、正体が何であれ、残念ながら穏やかならざる目的しか思い浮かばない。

一通りプライベートルームを見て回ったらしい侵入者は、そのままメインルームへ移動し、しばらくして戻ってくると再び寝室へ入っていった。寝室より向こうの気配はさすがにディアナには分からない。

が、今ディアナの隣にいるのは、その道の玄人《プロ》である。しばしの無言の後、彼はふぅ、と息をついた。

「行ったか」

「部屋から出ていったの？」

「あぁ。寝室に居座られたらどうしようかと思ったけど、さすがにそんなことはなかったみたい」

――でもしばらくは念のため、ここにいた方がいいだろうね。

常の彼ではあまり聞かない固い声でそう言われて、ディアナの頭は横に傾いた。

「随分と慎重なのね」

「あくまでも念のため、だけどね。……さっきの、何か分かった？」

「私の知っている人じゃないってことと、後宮近衛騎士の誰かだってことと、たぶん私を探してうろうろしていたこと、くらい？」

「……それだけ分かれば充分な気もするけど」

深々と、息を吐き出す音が響く。

「いつも思うけどさ、クレスター家はいったい何と闘ってるの？」

「別に、闘っているつもりはないわよ？　我が家を敵視している方は大勢いらっしゃるみたいだけれど、直接危害を加えられない限り、反撃することもないし」

「物騒だなー、ホント」

「失礼ね」

クレスター家ほど、代々波風立たない平和を好んでいる一族もあるまいと思っているのだが。なかなか信じてもらえないのが苦しいところだ。

「それで、さっきの人がどうしたの？」

「危害を加えられるかもしれなかった、とは思わなかった？」

「物騒な雰囲気はしたけど。殺気とまではいかなかったんじゃない？」

「相手は素人だよ。シリウスさんたちみたいに、自由自在に殺気を出し入れできるような技能持ってないから。人を殺す本質だって分かってないしね。殺気なんて纏《まと》わなくても、敵意だけで殺せちゃう」

「……ある意味、怖いわね」

ディアナがそこそこ戦えるのは、実家に仕える隠密集団『闇』の首領シリウスに仕込まれたからだ。戦闘のスペシャリストにみっちり師事した彼女は、殺気に対して反射的に身体が動く。だが、ただの敵意相手にそこまで敏感になれるかと問われたら、答えは否《いな》だ。

「カイから見て、あの侵入者は私を殺すつもりだったと思う？」

「はっきりとは断言できないけど、少なくとも『紅薔薇の間』に向かってくるときの気配には、無視できないものがあったね」

断言できないと言いながら、彼の言葉には迷いがない。らしくない出現の仕方といい、どうやら本当に危ないところだったようだ。

カイのいる場所を何となくで探り、ディアナはにこりと笑った。

「ありがとう、カイ。助けてくれて」

「どういたしまして。大したことじゃないけどね、これくらい。たまたま気付いていちばん近くにいたのが俺だったってだけで、『闇』の人たちも同じことしただろうし」

「そうか。ちょうどこの時間は、定時連絡と交代で上が空くのよね」

「さすがにそこまで分かって侵入してきたとは思えないけどねぇ……」

「分かってたら逆に困るわ。皆のことがばれてる前提になるじゃない」

光が全く差さないこの空間では、どれだけ時間を置こうと目が慣れることはない。すぐ近くにいるはずのカイの表情も見えないままだ。……が、彼が笑ったことは何故か分かった。

穏やかな気配を醸《かも》し出す彼に、見えないながらもディアナは問い掛ける。

「にしてもよ？　後宮に来てたった四日目の近衛騎士さんが、どうして私を狙うのかしら？」

「俺は、女官長側の動きを逐一《ちくいち》監視できてるわけじゃないから、単なる想像だけど。――外宮側で動きがあったことと関係があるんじゃないかな」

「外宮に、動き？」

聞いた瞬間、ディアナの頭は見事に切り替わった。

侵入者よりもむしろ、重要なのはそちらである。

「何があったの？」

「食いつき早すぎ。単に王様が、ディアナの撒き餌《まきえ》にちゃんと気付いて食べてくれただけだよ」

カイの言葉は抽象的ではあったが、その内容が意味するところは明らかだ。

女官長、サーラ・マリスの悪事が明らかになり、彼女をこれ以上、この職に置いておくわけにはいかないと、ディアナとクレスター家の面々とで、意見が一致したとき。

いつ、どうやって、彼女の悪事を明るみに出すか、大まかな流れを家族と決めた。

折しもその頃、公的権限を一切持たない側室のディアナは、何をとち狂ったのか園遊会の全采配を任されたばかりで。サーラ・マリス率いる女官たちに、ここぞとばかりに非協力的な態度を取られ、ただでさえ時間もないのに足を引っ張られているところだった。

このタイミングでサーラの悪事を告発すれば、園遊会が開催不可能になることなど、火を見るよりも明らか。園遊会そのものも、後宮と外宮の繋がりをジューク王に意識させるためにとディアナの仲間、『名付き』の側室たちが仕掛けた一手だったので、中止になるのは極力避けたかった。

そこでデュアリスとエリザベスの助言もあり、サーラの悪行の数々を外宮に告発するのは園遊会が終わった後にして、今はひとまず園遊会を成功させることを第一に、サーラ及び女官たちをディアナに従わせる方向で作戦を立てたのだ。

サーラを告発するのは、園遊会が終わった後、タイミングを見計らって。その役目は、おそらく外宮室に頼むことになるだろう。どの辺りの悪事を中心に抜き出すかはまだ未定だが、サーラにいちばんダメージが大きい告発文をこれから考えよう、と。

あれから約一月《ひとつき》、いろいろありはしたものの、計画そのものを大幅に見直したという連絡は入っていない。外宮室に弟がいる『紅薔薇の間』の女官ミアが、定期的に外宮室の様子を見てくれて、どうやら国王陛下に直接『報告書』を上げることになっているらしい、とは聞いていた。――それが、首尾良く運んだということか。

『報告書』が上がったところで、ジュークが気付かなければ意味がない。これまでの彼を見るに、重要度の低そうな書類は後回しにされかねないなと考えていたディアナは、王が動くまで、最短でも一週間はかかると踏んでいたが。

「そう。――もうちょっとかかるかと思ったけれど、早かったのね」

「王様、ちゃんと資料を見て、不正の可能性を見抜いてたから。そこからアルフォードさんと相談して、外宮室の室長補佐さん呼んで」

「あら、キース様を？」

「え、知ってる人？」

「お父様ともお兄様とも親交がある方だから。顔見知り程度よ。……そっか、キース様が出ていらしたなら後は早いわね」

「そ。女官長が宝物庫の高級品ちょろまかしている容疑まで聞いた王様が、こっそりクリスさん呼んで、明日……もう今日か、秘密裏に宝物庫の点検をするから鍵を用意しておくように、って命令出したんだよ」

「宝物庫の鍵は女官長の管轄《かんかつ》……そりゃバレるわね」

深々と頷いたディアナに、カイは軽く笑い声を上げた。

「クリスさんって面白い人だよね。女官長にも内密に、って命令受けたからって、堂々と女官長の部屋に空き巣に入ってたよ」

「いくら空き巣に入っても、鍵がなくなっていたら気付くでしょう。さすがの女官長でも」

「すぐにはバレないように偽物置いてきたらしいけど。まぁ、どこかからばれたんだろうね」

「侵入者の近衛騎士さんが女官長側の人だったら、お義姉様の動きを察するのだって簡単なことでしょうからね。自分の悪事を全て知っているのは現時点で私だけだ、って女官長は考えているはずだし、宝物庫をあれこれ調べられてボロが出る前に口封じを、なんていかにも彼女が考えそうなことだわ。『紅薔薇』が死ねば騒ぎになって宝物庫どころでもなくなるし、一石二鳥ってところかしら」

問題は、侵入者の素性である。クリスでさえ、後宮近衛騎士の素性と人柄を、まだしっかりとは把握できていないらしい。彼女たちを選んだのは主にアルフォードだから、ひとまずは信用していたが、彼の目を掻《か》い潜《くぐ》って悪事を働くような者が紛れ込んだということだろう。その人物はおいおい突き止めることにして。

「――それはそうと、カイ」

先程から、気になっていたことがある。

おそらく目の前にいるであろう男を、ディアナはじろりと睨みつけた。

「かーなり、詳しいのね？」

「なんの話～？」

「とぼけない。外宮の、しかも国王執務室の様子を、まるで見てきたように話すのね？」

「〝まるで〟じゃないよ。見てきたまんま話してる」

……やっぱりか。

ディアナは大きくため息をついた。

「いちおう言っておくけど、それ、見つかったら即座に死刑って知ってた？」

「見つからないよ。あの執務室には、俺の気配を探れる人間は出入りしない」

「それでも、王国に生きる人間なら、あそこだけは遠慮するのよ」

「例外だってあったでしょ？　『アズール内乱』のときとか」

国中の貴族が、国王側と反国王側に分かれて争った、およそ百五十年前の『王国最大の内乱』。直接知る者が誰もいなくなった、最早遠い昔の出来事ではあるが、大きく荒れたあの時代を教訓にする風潮は今も根強い。――クレスター家も同じく。

彼《か》の時代を教えられているからこそ、ディアナは首を横に振る。

「あのとき、王宮は完全に敵だったわ。今の国王陛下は、私たちの敵じゃない」

「そう。敵じゃないだけだ。——完全な味方でもない」

カイの声音が変わった。見えないはずの紫紺が、どういうわけか浮かび上がって射抜いてくる。

「クレスター家の『闇』さんたちは、主の意向に従うんだろうけどね。俺に主はいないから。好きにさせてもらうよ」

「カイ！」

「——お人好しの『紅薔薇様』」

光の存在しない世界で、お互いの声が、呼吸が、体温が、何より近く感じられる。境界線すら融け合う錯覚が起こったのが先か。

——自分ではない誰かの熱を、手首に感じたのが先、だったのか。

「自分よりも他人、いつだって頑張るのは自分以外の誰かのため。その手に抱えきれないくらいに沢山守りたがるくせに、何一つとして手に入れようとしない」

「カ、イ……？」

「分かるよ。ディアナは宝箱の中に宝石をしまい込むより、似合う人にあげちゃうタイプなんだよね。それで自分の宝箱が空っぽになっても気にしない」

「ねぇ、何を怒っているの……？」

カイの声が、これまで聞いたことのないくらいに緊迫《きんぱく》した気配を宿している。余裕なく、沸き出る熱を必死に押し殺しているかのように。

何かは分からないが、どうやらカイの逆鱗に触れてしまったらしい。謝ろうと口を開いた瞬間、手首を掴《つか》む力が強くなった。

「怒ってない。——怒ってるとしても、それはディアナに対してじゃない」

「じゃあ、どうして」

「俺を、止めないで」

ぐ、と壁に押し付けられる。これまで経験したことのない——けれども決して不快ではない空気が、ディアナの口を閉じさせた。

「俺は、俺だけは、ディアナに守られたりしない。——だから、俺を案じて、俺を止めるな」

「——……それは」

「お人好しでいじっぱり、欲張りで無茶しい、そのくせ空っぽの宝箱が大好きなディアナには、一人くらい、言うこと聞かない奴が傍にいた方がいいよ」

耳元で囁かれた言葉の意味を問い返す前に、手首の熱は離れていた。あれほど張り詰めていた空気が、ふっと霧散する。

「カイ」

「うん、侵入者さん、もう戻っては来ないみたいだねぇ。明日は……っと、もう今日か、騒がしくなるだろうし、ディアナは早く寝なきゃ」

「カイ！」

熱を遮《さえぎ》るように、反射的に手を伸ばす。ざらりとした触感の布を、気付けば強く掴んでいた。彼が、何事もなかったように別れようとしていることくらい、ディアナにも分かった。けれど、そんなことはできない。――できるはずが、ない。

彼の言いたいことはあれでおしまいでも、こちらにだって言いたいことがあるのだ。

服を掴んだ手の強さを感じたのか、カイの動きが止まる。

少しの沈黙の後、声が響いた。

「……なぁに？」

「止めるな、って言われたから、もう、やめろとは言わない。……でも」

カイの雰囲気からディアナが読み取った、ただ一つのこと。――彼は、状況次第で、どんな無茶でもする。

自分のために、なんて自惚《うぬぼ》れるつもりはないし、そもそも『牡丹』の隠密の彼が、こちら側に好意を持って接してくれることこそが、奇跡のような現実だ。本当なら、ディアナが言うべきことではないのかもしれないけれど。

無茶をするひとだ、と直感してしまったから。言わずには、いられない。

「お願い。自分を大切にして。私を欲張りだと見抜いたのなら、気付いているはずよ」

カイの言う通り、ディアナは欲張りだ。相手の事情なんて知らない、ただ感情の赴《おもむ》くままに、大切なものばかりが増えていく。

――昂ぶるままに、ディアナは告げた。

「……私が喪《うしな》いたくないひとに、あなたも既に、入っているの」

「――っ」

ぐるんと回った仕掛け扉、ぐいと引かれた右腕――一瞬背中に感じた力強い腕。

それら全てが過ぎ去ったとき、ディアナはたった一人、プライベートルームの本棚の隣にいた。

「カイ⁉」

〈……まったく、狡いね、ディアナは〉

「どっちが狡いの、返事くらい聞かせてよ！」

姿が消えた相手に、ディアナは何故か、猛烈な苛立《いらだ》ちを覚えた。

「そうよ、だいたい、狡いのはあなたの方でしょう⁉　私はあなたのことを何も知らないのに、あなたは私をどんどん見抜いてく！」

〈それ、別に俺のせいじゃないから。ディアナ、だいぶ分かりやすいよ？〉

「言われたことないわ、そんなこと。話逸らそうたって無駄よ、返事しなさい！」

〈すごく理不尽に怒られてる気がするけど……、――分かったよ〉

声だけの彼は、苦笑しているようだった。

〈無茶はしない、危なくなったらさっさと逃げる。それでいいんでしょ？〉

「……信じていいの？」

〈教えてあげるけど。大抵の人間はね、自分が一番可愛いんだよ。俺もそのうちの一人〉

軽いのに重たい、不思議な響き。信用できないと思う側から、このひとなら信じられるという想いが沸き上がってくる。そんな矛盾に眉根を寄せたディアナに、柔らかな声が落ちてきた。

〈ひとまず休みなよ。ないと思うけど、また侵入者が来たら、叩き起こしてあげるから〉

「……私の護衛は、あなたの仕事とは違うんじゃない？」

〈何の話？　俺は単に、『紅薔薇の間』を監視してるだけだよー〉

とんだ〝監視〟もあったものである。

呆れながらも、ディアナは言われるままに、ベッドに潜り込んだ。……そろそろ本気で眠かったのも確かだ。

「無理だけは、しないでね。お休みなさい……ありがとう」

眠りに落ちる前に放った言葉が彼に届いたのか、確認する前に、ディアナの思考は沈んでいった。

果たして、彼女が眠りに落ちた部屋の上では。

(俺、いちおう敵方、なんだけどなぁ……まだ)

顔だけ悪人、中身は超のつくお人好しで、自分が殺されかけたことより他人のことを気にかける少女に、黒を纏った隠密が苦笑を零《こぼ》していた。

自分のことなど、よくいる稼業者の一人と捨て置いてくれればよいものを。それができないのがディアナであり、たとえ捨て置く選択肢を示されたとしても、彼女は決してそれを選ばないのだろう。

――だからこそ。

「お休み、『紅薔薇様』。……良い夢を」

穏やかに寝入る少女に、彼はそっと、呟いた。

二．招かれざる訪問者

カイの予想は、結果としてずばり当たった。

「どういうことなのですか、紅薔薇様ッ!!」

現在、普段よりも少し遅い朝食中。昨晩のあれこれで夜更かしした分、いつもより日が高くなってから目覚めたからだ。——侍女たちも全員揃い、和やかで爽やかな朝を満喫している最中に飛び込んできた『嵐』に、ディアナの表情が一気に冷めたものになる。

「女官長様！　取り次ぎもお待ちにならず、ご無礼ではありませんか！」

「黙れ、身の程を弁《わきま》えよ！　お前たちは下がりなさい！」

「控えなさい、女官長」

突発的事態にもかかわらず、見事な侍女魂で女官長の前に立ったユーリを侮辱《ぶじょく》され、ディアナは早々に割り込んだ。……この人は、相も変わらず、何か勘違いをしてはいないか。

音を立てず、しかし鋭くティーカップをソーサーに戻し、自らは椅子に座ったままで、底光りのする眼差しを向け、ディアナは静かに言い放つ。

「あなたの職務は侍女、女官の監督であって、支配ではないわ。それは、陛下含む王室の方々の領分です。身の程を弁えるのは、あなたの方よ」

「……っ、正妃気取りというわけですか。陛下の寵愛も得られぬ方が」

「勘違いしないで欲しいわ。寵愛を『得られない』のではなく、寵愛を『得ていない』だけよ」

最初から欲していないものを、得ることはない。言葉は正確に使ってもらいたいものだ。

言葉より雄弁に、余裕ある態度と冷徹な視線で、ディアナは呆れと軽蔑の感情を叩き付けた。

――来客を想定していなかった彼女は、髪型も衣装も普段とは比べものにならないくらい地味なのに、自らは一切動かず纏う気配だけで相手を圧倒する。

「それで？　わたくしの朝食を邪魔してまで、何の用？」

「……し、白々しいことを、仰らないでくださいませ！　お約束が違うではありませんか！」

完全にディアナの作り出した空気に呑まれていた女官長だが、食って掛かる程度の気力は残っていたらしい。侍女たちの冷たい視線もはねのけて、ディアナに迫ろうとする。

クレスター家からディアナについてやって来たリタが女官長を大して敬っていないのはともかく、これまで一緒に仕事をしてきたはずの王宮侍女たちまでもが尊敬と真逆の感情を露《あら》わにしている辺り、彼女の人望が推し量れるというものだ。『紅薔薇の間』の侍女四人、ユーリ、ルリィ、アイナ、ロザリーは特に、後見の弱さから散々蔑《ないがし》ろにされてきたと聞いている。それだけに、怒りも深いのだろう。

完全に四面楚歌《しめんそか》の女官長だが、空気を察して出て行こうとはしない。根性か意地かは不明だが、氷山を背負ったディアナを前に、ぶるぶる震えつつ立ち続けている。

これは、きちんと相手をしない限り追い払うのは無理そうだ。ディアナは細い息を長く吐いて、背もたれに体重を預けた。

「――約束？　何の話かしら？」

「わたくしが従順である限り、告発はしないと。紅薔薇様は確かにあの夜、お約束くださいました」

「覚えていてよ。それがどうかした？」

「まだ惚《とぼ》けられるおつもりですか！」

突如声を張り上げた女官長が、足音高く、一歩前に踏み出した。

密かに身構えたリタを手で制し、ディアナは視線だけで、女官長に続きを促してみせる。

無言の誘導に、女官長はほいっと乗っかった。

「――今、陛下が！　近衛騎士と共に、宝物庫を調べていらっしゃるというではありませんか！」

彼女の渾身の叫びにディアナは、大袈裟《おおげさ》でもなければわざとらしくもなく、軽く目を見開くことでごくごく自然に驚いてみせた。――実際、少し本気で驚いた。

（昨夜の襲撃のことを考えても、女官長は宝物庫を調査することを知っていると思っていたけれど）

ここまで焦って、全身全霊で訴える様子から見ても、今さっき状況を知って飛んできたようだ。

……演技だろうか？

探りの意味も込めて、少し会話を続けてみることにする。

「陛下が宝物庫の調査を？　それは本当？」

「……まさか。ご存知では」

「外宮の動きを、わたくしが？　知っているわけがないでしょう。後宮の内部でさえ、掌握《しょうあく》できていないのに」

「いいえ……！　そんなはずはない。今回の件が、あなたの意思でないはずはないのです！」

ディアナを疑う女官長の言葉も、態度も、視線も、全て本気がにじみ出ている。どう控えめに見ても、彼女は本気で慌て、迫る破滅に怯えていた。

そんな状態の彼女への違和感が膨らみつつ、一方でディアナの視線は艶を帯びて、女官長を絡め取る。

「それは誤解よ。わたくしは何もしていないわ。……それに」

軽く小首を傾げ、立ち尽くしている女官長を見上げる。笑顔にさえ見える表情だが、獲物を見定めた獣の瞳が、可愛らしい仕草を完全に裏切っていた。

「そもそも、あなたが何をそんなに問題視しているのかも分からないの。陛下と近衛騎士が宝物庫を調査することに、何か不都合でもある？」

これほど見事な手のひら返しもあるまいと思えるほど、堂々とした台詞である。

ディアナの傍で一連の流れを静観していたリタはこっそりため息をつき。朝食という、ある意味非常に間の悪い時間帯、たまたま全員集合していた王宮侍女たちは、揃って内心、同じ言葉を呟いていた。

――このひとだけは、怒らせてはならない、と。

さすがにこれだけ仕えていれば、主の機嫌の良し悪しくらい分かる。今のディアナは、表面上はとっても穏やかだが、終始激昂《げっこう》している女官長より百倍怖い。社交界での彼女の呼び名、『氷炎の薔薇姫』――燃え上がる絶対零度の炎を纏った、鋭い棘を持つ美しき花、そのものだ。

職務に忠実なことには定評のある『紅薔薇の間』専属の王宮侍女たちでさえ、現実逃避気味にそんなことをつらつら考えたくらいだ。真正面からの直撃をくらった女官長の衝撃は、彼女たちの比ではないだろう。ふらりとよろめいたのが何よりの証拠だ。

「な、な……な」

「分かったらお帰りなさい。こんなところで油を売っている暇は、あなたにはないはずよ？」

「あんまりでございます、紅薔薇様！　……そうです、わたくしが捕らえられてしまえば、黙っていた罪であなた様とて無事ではいられぬはず！」

「心配要《い》らないわ。わたくしはあくまでも側室、女官を裁く権限などないもの。『紅薔薇の間』を与えられた者として、改心を促しただけ。その結果がどうなろうと、わたくしに傷はつかないわ」

珍しく邪気のない笑顔で笑ってみせる。が、はっきり言って、裏の無さそうなクレスター家の微笑みほど、信用できないものもない。

この顔をしたディアナが一番怖いことを知っているリタは、こっそり心の中で女官長に向かって手を合わせておいた。

「むしろ今あなたが気遣うべきは、これまで〝とっても〟仲良くしていた『牡丹様』なのではない？　どこまで悪いことをしていたのか知らないけれど、あなたと仲良くしていたという理由だけで疑われてしまうなんて、リリアーヌ様もお気の毒ね」

もうやめてあげて！　という叫び声の一つや二つ、聞こえてきそうな追撃ぶりだ。こうなった以上、リリアーヌ……というよりランドローズ家が女官長を切り捨てにかかることは確実で、ディアナが手のひらを返しきった今度こそ、女官長の逃げ場は消えたことになる。

「全て——全て、あなた様の筋書きどおり、というわけですか」

「人聞きの悪いことを言わないでちょうだいな。まるでわたくしが、計算高い悪女みたいだわ」

――この場合は、女官長の見解が正しい。

リタ含む侍女全員の心は、再び一つになった。

ディアナは確かに、何一つとして嘘をついていない。女官長と取引したあの夜より前に、実家を通じて外宮室との連携を完了させていたのだから。クレスター家が非公式に集めた証拠を外宮室に引き渡し、『毎日様々な書類に目を通している外宮室が、内宮の不自然さに気付いて調査した』体裁を整えた。クレスター家が気付くより先に、外宮室に勤務するミアの弟が気付いていたのだから、あながち全てが方便というわけでもない。

こうして外宮側から女官長の悪事が明るみに出るよう準備した後に、『言うことを聞けばお前の悪事を『ディアナ自身が』暴くことはしない」と持ち掛けたのだから、ディアナは約束をきっちり守っているのだ。女官長と取引してからは、彼女のしてきたことについて、ディアナはちゃんと沈黙している。

――とまぁ、詭弁《きべん》、屁理屈、卑怯のオンパレードを駆使した計画であったが、上手く転んで何よりである。外宮室が提出した『報告書』に陛下が食いついてくれるかどうかだけが賭けであったが、園遊会を越えて、彼も意識が変わってきたようだ。

「わたくしにこのような振る舞いをして……このままでは済ませませんよ。わたくしは今でこそ伯爵夫人ですが、実家は侯爵位にあるのです」

「だから何？　勘違いしているようだから教えてあげる。――『貴族』という身分はね、そこに付随する義務を誠実に果たして、初めて貴《とうと》いものになるのよ。貴族である意味をはき違えている者の爵位など、麦粒ほどの値打ちもないわ」

クレスター家は、身分で人を測らない。行いが則《すなわ》ち、その者の価値だ。だからディアナには、女官長――サーラ・マリスを、貴ぶ理由がない。

これは別にクレスター家に限ったことでなく、『重い責任を果たすからこそ貴族は貴ばれる』というのはエルグランド王国の建国当時から続く普遍《ふへん》の価値観だ。なのだが、これをよりにもよって、悠々と椅子に座ったことで上向きになった体勢で、鋭い切れ長の瞳を更に細めた眼差しと、弧を描いた赤い唇をオプションにつけて、更にディアナの心情を余すことなく表現している凍えた空気を背景に言われると、どうにもまともな台詞に聞こえない。雰囲気だけなら完全に、雑魚《ざこ》を見下す女王様だ。

が、いつものことながら、言っている本人にその自覚はないわけで。ただ淡々と、正論だけを言葉にする。

「あなたは改心しなかった。だからこうなった。それだけのことよ」

「全てを仕組んでおきながら……！　こんなものは濡れ衣だ、誰もわたくしを捕らえることなどできぬ！」

「――随分な自信ですね」

突如響いた第三者の、しかも明らかに男性の声に、全員が弾かれるように扉の方を向いた。メインルームの、半分だけ開いた扉の陰に、文官服を着た眼鏡の青年が佇《たたず》んでいる。

侍女たちが血相を変えて駆け寄る前に、青年は無表情のまま頭を下げた。

「失礼しました。『紅薔薇の間』へお伺いするのに取り次ぎを待たないことが無礼であることは重々承知ですが、何度扉を叩いても返答がなかったもので」

「……あなたは？」

「外宮室室長補佐官、キース・ハイゼットと申します」

ユーリの問い掛けに如才なく挨拶した彼を、ディアナは目線だけで招き入れた。

「ハイゼット補佐官。後宮は原則として、陛下と近衛騎士以外の男性が入って良い場所ではありません。あなたが身分を明かして入っていらしたということは、その『原則』を破らねばならない事態が起こったと判断してよろしいですか」

「はい、紅薔薇様。今回私は、外宮室代表として、女官長殿をご案内する役目を仰《おお》せつかりました。行き先を聞いたところ、女官長殿は『紅薔薇の間』においでだと」

「外宮室が女官長を？　何のためにです」

「詳しくは申し上げられませんが。――これは、陛下のご意向でもあります」

伝家の宝刀をあっさり抜いたキースは、そのまま女官長に向き直った。

「というわけで女官長殿。恐れ入りますが、ご足労願います」

「何を言う。たかが外宮室に、わたくしを拘束する権限などない！」

「もちろん拘束はいたしません。我々はただ、陛下のご命令に従い、動いているのみですので」

遂に顔色を青から白に変えた女官長は、がたがた震えながらもキースを睨むことは忘れなかった。

「わたくしは罠に嵌《は》められたのです。わたくしに掛けられた疑いの全ては、クレスター家が仕組んだこと。あの家がどれ程の悪事を働いてきたか、陛下ならばご存知のはず！」

「お話がおありなら、陛下の御前でどうぞ。仮にも女官長の職にあるあなたが『紅薔薇様』のご実家を侮辱なさって、陛下が快く思われるかどうかは疑問ですが」

　無表情の奥で、キースの瞳に怒りがちらついた。クレスター家にぶつけられる中傷にはいつも、本人たちより周囲が怒る。よく見れば、侍女も皆、先程にも増して凍てついた眼差しを向けていた。

　ディアナは苦笑し、姿勢を正すと立ち上がった。

「お役目、ご苦労様です。後宮のことはこちらに任せて、陛下のご命令に従ってください」

「――承知致しました。さぁ、女官長殿。参りましょう」

　キースに促され、女官長は、ディアナに正真正銘、殺意の籠った視線を放った。

「――終わりませんよ、わたくしは」

　踵を返し、キースと共に、女官長は扉の向こうへ消えていく。

　完全な静寂が訪れて、三拍。

「お、わった、んですか……？」

　ロザリーがへなへなと崩れ落ちた。事態の急展開に、どうやら腰が抜けたらしい。

　彼女が動いたのを合図に、部屋の空気が変わる。

「ディアナ様……。これで、女官長様は、免職されるのですね？」

「そうなると思う。外宮がどう動くかは分からないけれど、先程の補佐官殿は陛下のご意向を受けておられるみたいだったから」

「でも、まだ油断は禁物ですよ。窮鼠《きゅうそ》猫を噛《か》むと言いますから」

「そうね。あり得そうな展開としては、女官長が全ての悪事をわたくしの差し金と言い出すとか？」

「無理がありませんか？　ディアナ様が後宮にいらっしゃったのは、夏からですよ」

呆れたようなルリィの言葉にくすくす笑い、ロザリーが立ち上がるのに手を貸してから、ディアナは全員を見回した。

「さぁ、忙しくなってきたわよ！　ライア様たちに連絡して、後宮の様子を探らないと。あの慌てふためいていた女官長が、人目につかずここまで辿り着けたとは到底《とうてい》思えないし。どんな噂が出回っているか確認して、必要なら情報操作をお願いしないと。ここで方々に暴れられても困るもの。早速行ってもらえるかしら？」

「切り替え早いですねぇ、ディアナ様」

笑いながらも、侍女たちは頷き合う。阿吽《あうん》の呼吸で食卓を片付け、一人、また一人と部屋を出ていった。

「リタ、あなたも行って。情報は、少しでも多く集めなきゃ」

「分かりました」

一人残ってくれたリタもいなくなって――。

ようやく焦燥を表に出し、ディアナはプライベートルームを駆け抜けて、寝室の奥にある衣装部屋へ滑り込んだ。

「――誰か、いる？」

〈ディアナ様？〉

驚いたような声が、すぐさま上から聞こえてきた。運良く、『闇』が控えてくれていたらしい。

「ねぇ、カイはどこ？」

〈は、カイ、ですか？　あの小僧は最近、昼間は外宮まで出入りしているようですが……〉

「多分、陛下の動きを探ってくれているのよ。陛下、今は宝物庫よね？　じゃあ宝物庫の近くにいるかしら」

〈かもしれませんが……ディアナ様？　一体何をなさるおつもりですか？〉

「至急、カイと話をする必要があるのよ」

『闇』と話しながら部屋着を脱ぎ捨て変装用の侍女服に着替え、いつもの鬘《かつら》を被って金髪を隠す。大きめの帽子を頭に乗せれば、ちょっぴり背の高い侍女の完成である。

〈ディアナ様⁉　カイと話があるのでしたら、我々が呼んで参りますので〉

「待てない。ここからなら、わたくしが出向いた方が早いわ。それよりあなたたちは、『紅薔薇の間』の侍女たちとミア、シェイラ様をきちんと守って」

女官長と話しているときの違和感は、彼女が囚《とら》われの身となって確信に変わった。

昨夜の侵入者は女官長の手の者だと思っていた。宝物庫の鍵の管理は女官長の仕事で、彼女以外の者が用もなく鍵の保管箱を開けるはずもなく、クリスが鍵をくすねてすぐそのことに気付けるなんて、タイミングから見ても女官長以外考えられない。ディアナに弱みを握られている女官長があの段階で『牡丹』に頼るとも考えづらく、必然的に彼女自身が、後宮近衛に紛れ込んだ『仲間』に、ディアナを殺して騒ぎを起こすよう命じたのではないかと。

――だが、だとしたら。先程の女官長の態度はやはりおかしい。あれはどう見ても、今の今まで宝物庫に調査が入ることを知らなかった者の慌て方だ。キースに引っ立てられるとき、彼女は本気でディアナに騙されたと怨《うら》み、怯えていた。

女官長は、宝物庫に調査が入ることを知らなかった。結論としてはそうなる。……ならば。

（昨夜の侵入者は、一体何者……？）

『牡丹』、ランドローズではあり得ない。彼女たちが新たな仲間を引き入れたのなら、カイが気付かないはずがないからだ。消去法で女官長しかいないはずが、それも違うとなると。

（――私たちの知らない、もしかしたらお父様も知らない、敵がいるかもしれないってこと？）

あくまでも可能性だ。こんな不確かな情報を、いきなり実家に送るわけにもいかない。まずは昨夜の侵入者について、カイからもっと詳しい話を聞かなければ。

変装という名の身支度を整え、ディアナは部屋を飛び出した。

三．修羅場

宝物庫は『紅薔薇の間』から近い。正妃が暮らす部屋と宝物置き場が近いのは、当然といえば当然のことではあるが、ディアナは宝飾品に全く興味がないので、場所を教えられたときは「へぇ、意外に近いのね」くらいの感想しか持たなかった。――こうなってみると、実に便利である。

「これも、こちらも、模造品です！」

「何てことだ……」

「国宝保管室の鍵は⁉」

「今、後宮近衛のグレイシー団長が探しに行っています！」

部屋から出て少し歩き、物陰に隠れてちらりと様子を窺うだけで、宝物庫周辺が、阿鼻叫喚《あびきょうかん》の地獄絵図と化していることが分かる。陛下とアルフォードの姿は見当たらないから、宝物庫の奥の方にいるのだろう。

〈売る方も売る方だけど、買う方も買う方よ。いずれバレてこうなることくらい、分かりそうなものなのに〉

しかし誤算だった。キースが女官長を連れていったので、宝物庫の調査はあらかた終わったものだとばかり思っていたが、肝心要《かなめ》の国宝保管室がまだのようだ。意図せずして、一番の修羅場を傍観する羽目になりそうである。

〈なーにしてるの、ディアナ？〉

「あ」

反射的に上を見たが、もちろん姿はない。あきれ声を隠そうともしない彼に、ディアナは周囲を警戒しつつ、やや膨れてみせる。

「ご挨拶ね。あなたに会いに来たのよ」

〈俺に？〉

「ちょっと話したいことがあってね」

〈ふぅん……？　ちょっと待って〉

言われて頷くと、本当に『ちょっと』で、正面の壁――扉ではない――が、ぱかりと開いた。

こんな非常識を白昼堂々とやらかす人間に呆れられる筋合いはない、と思いつつ、壁の中に抵抗なく入るのだから、結局はディアナも同類だ。足音を殺して通路を進むと、曲がり角で探し人が待っていた。

「どれだけの隠し通路を熟知してるの？」

「それ、『闇』の人たちを従えてるクレスター家の人にだけは言われたくないよ？」

明るいときに隠し通路に入ってみると、通気口やモザイク模様の隙間から外の光が漏れ入ってきて、神秘的な雰囲気さえ感じられる。お互いの顔もよく見えた。

「話、先にしようか？　それとも、そろそろクリスさん戻ってくるけど、国宝調査とやらを見物してみる？」

「……正しくは、修羅場見学、よ」

「――ふぅん？」

楽しそうなのに物騒な声で、カイは笑った。

「修羅場になるのは決定なんだ？」

「十中八九決まりかしら。……言っておくけれど、私たちのせいじゃないわよ？」

「女官長さんの自業自得ってことは知ってるよ。そっか、なら、大人しく先に修羅場を見学しよっか」

カイは意外と泥沼好きなのだろうか。首を傾げつつも、ディアナはカイに案内されるまま、隠し通路を進んだ。

「ここ、二重構造になってるんだよね。隠し階段上がった先に、かーなり古い隠し部屋があるんだ」

「隠し通路の中に、更に隠し階段……？」

「この城建てた人って、よっぽどヒマだったか変だったんだろうね。おかげで俺は助かっちゃってるけど」

王宮全体がこの調子では、隠密にとっては、まさにここは天国だろう。せせこましい天井裏に隠れなくても、のびのび活動できる。

言われるままに階段を上がり、用途不明の隠し部屋に入った。そう広くはない室内には、バランス良くいくつかの家具が配置されている。どれも上等なものだが、いかんせん埃《ほこり》だらけで、ついでにかなり前時代的。

室内を一通り見回し、ディアナは目をしぱしぱさせた。

「これ……百年じゃ利かない年季が入ってるわよ。この手の装飾が流行《はや》ったのって、確か二百五十年くらい前じゃなかったかしら」

「わぁすごい。古そうだなー、とは思ってたけど、ホントに古いね」

「それで、この部屋がどうかしたの？」

「うん。この下、国宝保管室ってやつ」

倒れなかった自分が不思議だと、ディアナは真面目に思った。

「こ、国宝保管室？　この下が？」

「だから思うわけ。この城造った人、相当な変人だったんじゃないかってさ」

「泥棒さん大歓喜のお部屋だものね……家具まであるし」

「逆に騎士さんたちは涙目だけどね」

守らせる気がゼロとはこのことである。

ディアナは痛む頭を指先で押さえた。

「ここのことは、絶対に秘密にしなきゃ。女官長にばれたら、嬉々として全部泥棒さんの仕業にするわよ」

「まぁ現実的に、この部屋に辿り着くには結構な技量使わなきゃだから、普通の泥棒には無理だろうけど」

「そんな常識外の『現実』知らないわよ」

後宮に侵入するのも手間暇がかかれば、隠し通路も隠し階段も専門知識がなければ見つけ出すことすら不可能だろうし、出入り口の開閉方法まで解明しなければ辿り着けないわけだから、理屈としては分かる。カイがいなければ、ディアナとて一生縁のなかった部屋だろう。……ちなみに、帰り道すら危うい程度には、隠し通路は入り組んでいた。

凄腕の隠密だからこそ潜り込める場所という意味で、彼の言いたいことは十二分に理解できるディアナであったが、できれば常識とも仲良くしていたい。人間業じゃないと言いたくなるようなあれこれを平然としてくれる方々の『現実』など、知らない方がたぶん平和だ。

現実逃避気味にそんなことを考えたディアナの真下から、聞き慣れた声が響いてくる。

『――開きました、陛下』

『うむ。ご苦労、グレイシー団長』

外の光がうっすら差し込むだけの薄暗い部屋で、姿の見えない者たちの声だけが聞こえるというのは、実に不思議な感じがする。――それにしても。

「……随分はっきり声が聞こえるのね？」

「たまにこういう部屋があるんだよ。造りが特殊らしくて、下とか横の声が響くようになってる。ついでに、この部屋での会話は、よっぽど大声出さない限り下には聞こえない」

「ますます建造者の変人説が強まるわね……」

立ったままも疲れるので、ディアナとカイはソファーに積もった埃をぱたぱた払い、適当に腰掛けた。その間も、床下の会話は続く。

『まさか、あれほど多くの品が、偽物だったとは』

『後宮設置前はこんな風ではなかったと、外宮室の者たちが証言しています。この春頃から、宝飾品の換金を行っていたのでしょう』

『国の財を、何だと思っているんだ……！』

『陛下。お怒りはごもっともですが、今は国宝を確かめねば』

カイが短く口笛を吹く。

「役者だねぇ、アルフォードさん」

「全体的に器用なのよね。こういうところ見ると、お兄様のお友だちなのねー、って思うわ」

先程から話しているのは、王とアルフォードだけだ。後宮に置いてある国宝は、正妃のティアラとネックレス、ブレスレットの三点のみ。故に国宝保管室自体、そう広い部屋ではないのだろう。かちゃりと鍵の回る音、かこんと箱が開く音がする。こんな小さな音までしっかり聞こえてしまうと、妙な罪悪感を感じてしまうから不思議だ。

「これは、盗み聞きしてました、って言えないわね……」

「そもそもどこで聞いてた、って話になるよ？」

「それもそうか」

　割り切るしかなさそうである。

『うむ……、国宝は、さすがに揃っているようだな』

『ブレスレット、ネックレスと、……こちらが、宝冠《ティアラ》ですか？』

『あぁ。この国の正妃だけが身につけることができる、由緒正しい宝物だ。……どうかしたのか？』

『……いえ、』

『どうしたのだ、アルフォード。何か気になることでもあるのか？』

　顔を見なくとも、声だけで、アルフォードが我が目を疑っていることは分かった。――演技ではなく、だ。

『この、ティアラは……精巧に作られてはおりますが、代々この国に受け継がれてきた国宝とは、別のものです』

『な……、なんだと⁉』

　動揺する王の声が、大きく響く。

『それは間違いないのか、アルフォード！　私の目から見ても、これは本物のように見えるぞ？』

『確証もなくこのようなことを申し上げることはできません。確かに、信じられないほどよくできています。これだけの模造品を作るには、並大抵でない金銭と労力を要したはずですが……』

『だから、なぜ偽物だと分かるのだ！』

『……ティアラを彩る守護石には、それぞれ細かい傷がついているのです。優れた技師がその傷すらも輝きに変わるよう細工したので、一般には、その傷のことは知られていませんが』

音しか聞こえない隠し部屋からでも、王が無言でティアラを凝視したのが分かった。カイが意外そうな声を上げる。

「アルフォードさん、変なことに詳しいね？」

「アル様のご実家は、歴史研究の大家だからね。この手の知識を語らせたら、王国内で右に出る者はいないわ」

「本気でびっくりしているみたいに聞こえるなぁ。本当、演技上手な人だね」

「いいえ、これは演技じゃないと思うわよ。女官長が国宝にまで手を出しているってことは、アル様にお話ししていないから」

「……そうなの？」

「敵を騙すには、まず味方からって言うし。実はね、私も、女官長が国宝に手を出したことは知ってるけど、詳しいことは知らなかったのよ」

頬に手を添え、ディアナはふぅ、とため息をついた。

「それにしても、まさか宝冠《ティアラ》を盗むなんてね。陛下が即位なさって、すぐにはお妃様をお選びにならないようだという話になって、欲を出したのかもしれないけれど。正妃不在なんて状況がいつまでも続くわけないし、いざ戴冠式《たいかんしき》となったとき、どうごまかすつもりだったのかしら。大人しく手前の装飾品だけで満足しておけば良かったのに」

「手前のにだって手を出しちゃダメでしょ。ていうか、宝冠《ティアラ》の偽物は気合い入れて作ったってことは、いちおう隠し通すつもりだったんじゃないの？」

「――さぁ、それはどうかしらね？」

ソファーにゆったり腰掛け、何かを思い出したように口端を上げ、しかし蒼の瞳は正反対に厳しい色になったディアナを見て、カイは大方の事情を察したらしかった。

ディアナは、一人で闘っているわけではない。後宮という、外部から遮断された空間にいてなお、彼女には信じられる仲間が大勢いる。詳しい事情を説明されなくても、余裕でいられるほどの。

女官長が、国宝にまで手を出している。そう実家に報《しら》せてから今日までのあれこれを思い出し、いくつかの推論がディアナの頭の中で組み上がった。ここから先、どのように動くべきなのかも、大まかに考えておく。

『まさか……まさか、正妃に与えられるべき宝冠《ティアラ》まで、このようなことに！』

『いかがなさいますか、陛下。これは……ことを内々に収めるには、あまりにも』

『もとより内で済ませるつもりはない。――女官長はどこだ?』

ジュークの声は、これまで聞いたものとは比べものにならないほど、低く硬質なものだった。

……思えば、仕事中の彼の声を聞くのは、これが初めてである。

『ハイゼット補佐官に身柄を確保した後見張るよう、頼んでありますす』

『補佐官より、伝言を預かっております。女官長の執務室にて、待機させているとのことですが』

『よし、行くぞ』

「あら、お義姉様、ずっと控えていらしたのね」

「こうやって声だけ聞くと普通の人みたいだよね、クリスさん」

キースの言葉を伝えたクリスは、常とはまるで違った言葉遣いだ。『紅薔薇の間』にいるときのクリスをちゃっかり覗き見していたらしいカイに、苦笑しつつディアナは返す。

「擬態《ぎたい》が得意技だから、お義姉様。その気になれば、淑《しと》やかな令嬢にだってなれるのよ」

「クレスター家と仲が良い人はみんな変わってる、って結論でいい？」

アルフォードが聞いたら盛大に異議を唱えそうなカイの台詞に笑って頷きながら、ディアナは下の気配を探る。数人分の足音がばたばた響き、国宝保管室は静かになった。

「……予想したほどの修羅場でもなかったわね」

「どの程度の修羅場を想定してたワケ。相当だったと思うけど」

「陛下が暴れて手を付けられなくなるとか、宝冠《ティアラ》を偽物だと見抜いたアル様を陛下が信じず泥沼になるとか、女官長が乗り込んできて言い訳大会開催とか？」

「……ちょっとは王様側のことも信用してあげなよ」

「別に信用していないわけじゃないわ。ただ、最悪の事態を念頭に置く癖がついているだけ」

「厳しいねぇ」

くすくす笑ったカイが立ち上がる。

「修羅場見学も終わったことだし、話を聞こうか？」

紫紺の瞳が煌《きら》めく。『修羅場見学』よりもディアナの話をカイが重要視していることは、その目が十二分に物語っていた。――この状況の中、ディアナがわざわざ変装する手間を掛けてまで自分を探しに来たことの意味を、勘の良いこの隠密は理解している。

そのことに密かに感謝しながら、ディアナは頷いた。

「実はね――」

泡を食って駆け込んできた女官長の様子と、そこから導き出した推論を、順序立てて説明する。

朝から『紅薔薇の間』に突撃してきた女官長は、確実に今回の宝物庫調査について知らなかった。

ということは、昨夜、あのタイミングで、ディアナに危害を加えるよう、画策することはできない。

――つまり、昨夜の侵入者は、女官長の手の者ではなく、他の誰かが動かしていたことになること を。

全部聞き終えたカイは、ふっと表情を消して沈黙した。……裏方に徹する仕事をしているのがもったいないほど顔の造作が整っている彼が真顔になると、驚くくらい迫力がある。

考え事をしているらしい彼の邪魔をするのも気が引けて、ディアナはしばらく、カイの横顔を眺めていた。

やがて、彼の表情が変わる。実に楽しそうな、満面の笑みへ。

「……てっきり女官長さんの差し金だと思ってたんだけどね。味なマネするじゃん？」

「って、目が笑ってないわよ」

顔と声が楽しげな分、物騒に光る瞳が真剣に怖い。

ディアナの突っ込みなどものともせず、カイは笑い声すら立てた。

「あの侵入者は『牡丹』とは関係ない。それははっきり断言できるよ。それで女官長とも繋がってないとなると……」

「やっぱり、私たちの知らない誰かが動いているってことになるのかしら」

「そういうつもりでいた方が、話は早そうだね。……心当たりは？」

「……多すぎて絞れない」

「クレスター家のお嬢様で、『紅薔薇様』じゃあ、仕方ないか。――分かった。俺の方で、探れるだけ探っとく」

「ちょっと待って。昨夜の侵入者さんのこと教えてもらえたら、探るのはこっちでやるわ」

本末転倒な申し出に、思わず立ち上がって割り込んだ。カイに調べてもらうために、この話をしたわけではないのだ。クレスター家の『闇』ではない彼に、余計な負担を掛けるなど、とんでもないことである。

「カイ！」

――その瞬間、カイの気配ががらりと変わった。

獰猛《どうもう》な笑みを浮かべ、カイがディアナを視線だけで威圧する。

「ひょっとして、それ聞くために会いに来たの？　無駄足だったね」

「心配しなくても、シリウスさんに会ったら話は通しとくよ。でも、ディアナには言わない」

「何言ってるの。あの侵入者は後宮近衛の誰かよ。私だって役に立つわ」

「……昨夜と同じこと、もう一回されたい？」

笑顔のままで、カイが大きく一歩、近付いてくる。

何故だか背筋に震えが走り――気付いたときには後ずさっていた。

……どうして、だろう。ここにいるのは、間違いなくカイなのに。目の前にいる彼が、突然見知らぬ男に見えた気がする。

距離を取ったディアナに、カイは満足そうに笑った。

「そうそう、そうやって大人しくしとくこと」

「……あなた、変よ、カイ。昨夜から、一体どうしたの？」

以前と同じようでいて、実際同じひとのはずなのに、どうしてときどき、違うひとのように感じてしまうのか。

分からないまま戸惑うばかりだったディアナに、カイはやっと、見知った笑顔を浮かべた。

「さぁ、どうしたんだろうね？　俺は自分が何か変わったとは思わないけど」

「……嘘ばっかり」

「嘘じゃないって。強《し》いて言うなら──そうだね、見つけたくらいかな」

「見つけた？　何を？」

「──大事なものを」

ふ、と優しい瞳をして。そう言ったカイに、意味の分からない胸騒ぎを覚える。

「カイ、」

「さて。話も終わったことだし、そろそろ帰ろうか」

問い掛けようとした言葉は遮られ、敢えて遮った彼の様子から、これ以上は聞いても答えてもらえないことを知る。

「……ええ。道案内よろしく」

「はいはい」

もやもやした気持ちを抱えたまま、ディアナは隠し部屋を後にした。

四．予定外の巡り合わせ

——なんだろう、カイが見つけた大事なものって。

隠し通路から普通の通路に無事戻り、同時にカイとも離れたディアナは一人、後宮の中を歩いていた。……気を抜くと、先程の会話が繰り返し、蘇ってしまう。

侵入者についてはぐらかされたこともそうだが、それ以上に。

カイを、あれほどまでに違って見せる〝大事なもの〟とは、いったい何なのだろう。

大切なものなら、ディアナにだって沢山ある。家族はもちろんのこと、『紅薔薇の間』の侍女やライア、ヨランダ、レティシアたち。そしてシェイラ……。後宮に入る前には予想だにしていなかった、この閉ざされた世界で、これほど多く大切にしたいひとができるなんて。

けれど、カイが見つけた〝大事なもの〟は、そういった意味合いとは少し違う〝何か〟のような気がした。気がするだけで本当のところが分からないから、余計にすっきりしない。

とぼとぼ、人気のない方へと、ディアナは歩を進めていく。カイに会うという目的を果たした今、なるべく早く部屋に戻るべきだと頭では理解していても、そういう気持ちになれなかった。

（帰ったら……ユーリに怒られるだろうなぁ）

常々、単独行動を諫めてくるユーリだ。さすがにこれだけ時間が経てば、ディアナが部屋にいないことはバレているだろう。それは分かるが、今は誰もいないところでしばしゆっくりしたかった。

うろうろ散策し、最終的に落ち着いたのは、裏庭にある古ぼけたベンチ。人目を避けたいときにディアナが使うお気に入りスポットの一つだ。ベンチ自体は王宮にあるものらしく上質なのだが、かなり昔からそこに置き去りにされたまま忘れ去られているらしく、周囲の植物と同化して、不思議な落ち着きを与えてくれる空間となっている。どうもこの後宮は、蔦庭といいこのベンチといい、放置された備品の多い場所だ。……まぁ、無理もない。ジュークが即位するまで、少なくともここ百年は、後宮が後宮として機能することはなかったのだから。

ベンチに腰掛け、力を抜いて背にもたれる。目を閉じると、日差しの温かさが、落ち着かない心を癒してくれるような気がした。

今日は風も穏やかなので、寒さよりは温もりが勝っているようだ。もうしばらくしたら、外でのんびりするには厳しい季節になるだろう。

「……そこにいるのは、もしかして、ディー？」

――半分眠っていたのかもしれない。よく知った声が耳に届き、ディアナはそこでようやく、背後に人の気配を感じ取った。慌てて身を起こすと、くすくす笑い声が響く。

「やっぱりディーね？　こんなところで寝てたら風邪引くわよ？」

振り返ることはできないが、後ろにいるのは間違いなくシェイラだ。園遊会で最悪の鉢合わせをしてから、シェイラも部屋に引きこもりがちだとかで、どう接するべきか悩んでいたところだったのに。

「大丈夫よ。私、身体が丈夫なことだけが取り柄だもの。……シェイラ、どうしてここに？」

してから、ディアナは気まずくて、『ディー』としてすらシェイラに会いに行く勇気が持てなかった。シェイラも部屋に引きこもりがちだとかで、どう接するべきか悩んでいたところだったのに。

――背後の気配はどう控え目に見ても、引きこもってうじうじしている人間のものではない。

「ディーもここ、知っていたのね。私も最近見つけたの。人も滅多に来ないし、気分転換にはもってこいの場所よね」

「いえあの、場所の話でなくてね？　……その、」

「――もしかして、園遊会でのこと、気にかけてくれていた？」

ディアナの沈黙を肯定と取ったのか、シェイラが一歩近づく足音がした。

「ごめんね、心配かけて」

「シェイラが謝る必要なんてない。あのときだって、どうしてシェイラが『紅薔薇様』に頭を下げたの？　あなたの叔父様が彼女に無礼を働いたことは確かだけど、それは彼の罪であってあなたは悪くないのに」

「相変わらず、ディーは私の心配ばっかりね。公衆の面前で侮辱された紅薔薇様のことはいいの？」

「よくはないけど……。私は、『紅薔薇様』よりシェイラの方が気になるの。友だちを心配するのは、当たり前でしょ？」

よほど振り返りたい衝動を抑え、ディアナは続けた。

「園遊会が終わってから、あなたは元気がないって聞いたわ。あんなことがあったのだから当然だろうって、皆様気遣っていらっしゃったけれど」

「ありがたいことよね。あんな父親がいる側室なんて、後宮追放になってもおかしくないでしょうに」

「保護者は保護者、シェイラはシェイラよ。あなたを知る者なら、彼とあなたを同一視したりしないわ」

「ええ、本当に感謝しているの。――特に紅薔薇様には」

何故そこで『紅薔薇』の話になる？

小首を傾げた様子は、後ろからしっかり見られていたようだ。シェイラの鈴のような声が響く。

「あれほど侮辱した叔父にも、私にも、何一つお咎めなくお許しくださったのよ？　あれほどお優しくて、気高くて、お強いお方を、私は他に知らないわ」

「それはシェイラ、色々と買い被《かぶ》りすぎな気が……」

「いいえ、紅薔薇様は素晴らしいお方よ。私、園遊会ではっきり分かったの。――嫌われてしまったから、御前に出ることは今後一切控えるけれど、ディアナ様のためならどんなことだってする。……そう、決めたの」

ディアナは本気で、自分の耳と頭の心配をする羽目になった。今、最初から最後まで、理解不能な言葉を聞いた気がする。……そうか、これが幻聴というやつか！

「信じてないでしょ？　いいのよ、ディアナ様の素晴らしさは、私だけが分かっていれば良いんだから」

「そこで拗《す》ねられても困る……というか、あれだけ最悪の空気になったのに、どうしてそこでその結論⁉」

「最悪の空気を作ったのは、ディアナ様でなくて叔父よ？　あれだけ無礼な真似をされて、口頭注意だけで済ませる度量の持ち主はいないわ」

「それは多分、『紅薔薇』として園遊会を台無しにすることができなかっただけだと思う」

「ええ、そう。個人的感情より立場を優先させて、多くを救おうとなさる方なのよ。私ですら、叔父の無礼に怒りで震えが止まらなかったのに、あの方は凛《りん》とお立ちになって……どう、貴いお心をお持ちでしょう？」

まぁ、確かにシェイラの叔父、ゲイル・カレルドの振る舞いは、貴族社会の常識的にいろいろとまずかった。が、ディアナはクレスター家の人間だ。あからさまな小者から蔑《さげす》まれることなど、こう言ってはなんだが慣れっこである。シェイラを〝寵姫〟呼ばわりしたことは今でも許せないが、自分に対するあれこれは、正直既に流している。

ただそれだけのことに、貴いもへったくれもない。……が、背後のシェイラが発する奇妙な迫力を前に、無言を押し通す度胸もディアナにはなかった。

「えっと、うん、まぁ、そういう風にも考えられる、かしらね……？」

「もう、素直に認めないいんだから。ディアナ様にまつわる噂があのように酷いものばかりだなんて、私には信じられない。きちんと見れば、そんな悪い方のはずがないって、分かるはずなのに」

「きちんと見てくれる人が極少数なのが現実です……」

「何か言った？」

「いえ、大したことじゃないわ」

思わず零れ落ちた本音にひやりとしつつ、この際だから幻聴の続きについても、突っ込みを入れておくことにした。

「ところでシェイラ、『紅薔薇様』に嫌われたというのは？　そんな噂が流れているの？」

「え？」

「いや、『え？』じゃないでしょ。あの話の流れで、どうして『紅薔薇様』がシェイラを嫌うなんて思うの？　さっきも言ったけれど、悪いのはあなたじゃなくて、あなたの叔父でしょう？」

「こんなに厄介事ばかり運んでくる側室を、むしろどうして嫌わずにいられるの？」

「あなたがいつ、厄介事を運んだのよ」

「陛下とのことにしてもそうだし、助けて頂きながらお力になれなかったし、園遊会ではあぁだったし」

「それ、全部シェイラのせいじゃないから！　『紅薔薇様』がその……そこそこできる人間なら、それくらいのこと分かるでしょう普通！」

シェイラがきょとんとしたのは、顔を見なくても分かった。

「……そう思う？」

「これで『紅薔薇様』がシェイラを嫌いだとか抜かしたら、私は彼女の脳天かち割りに行くわよ」

「それは物騒だからやめて。嫌われても仕方ないと思っているし、嫌われていても構わないのよ私は」

「『私』が良くないの」

何が悲しくて、友人に『自分が彼女を嫌っている』と誤解されなければならないのか。百歩、いや千歩くらい譲って崇拝の眼差しは諦めるとしても、これだけは断固として認められない。

「なんなら、『紅薔薇様』に会いに行ってみなさいよ。杞憂《きゆう》だって分かるから」

「ディーまでそんなこと言うの？　できるわけないじゃない。あんなに迷惑かけたのに」

「気にしなくていいって」

「良くない。言ったでしょ？　私は陰ながら、ディアナ様をお助けできたらそれでいいって」

……そういえば、そんなことも言っていた。

「……念のため、何がどうなってそう決めたのか、聞かせてもらってもいい？」

「簡単なことよ。ディアナ様は後宮で、私たち立場の弱い側室の力になってくださっている。その御恩に報い、尚且つあのお方のご不快にならないように、姿は見せずにお役に立つの」

どこの隠密だ、それは。既に『闇』とカイがその枠に収まっているので、シェイラまでそちらに方向転換する必要は全くない。むしろシェイラには、これまで以上に側室枠で、友人枠で、頑張ってもらいたいのだが。

「園遊会のとき、ある方からお言葉を頂いてね。それから考えて考えて、これが一番、ディアナ様のお役に立つ方法だって気付いたのよ」

「その気持ちは実にありがたいんだけども……」

「ディー？」

あまりの事態に、『ディー』の皮が剥がれそうになっている。園遊会前に会ったときも思ったが、シェイラの浮上理由は常識のナナメ上だ。まさかの隠密枠参入宣言、これをどう思い留まらせるべきか。

「ディー、どうしたのよ？」

「――そうだ、シェイラ。話はがらりと変わるけれど、陛下から何か便りはなかった？」

「……本当にがらりと変わったわね」

苦肉の策で、陛下を持ち出してみた。友人の言葉は聞けなくても、恋人の言葉なら素直に聞く女も多いという、聞きかじりの、真偽すら定かではない情報を思い出したからだ。

怪訝そうな声で、それでもシェイラは答えてくれる。

「園遊会の後、後宮近衛の団長様が、密かに陛下からのお手紙を届けてくださったわ」

「あら。——差し支えなければ、内容を教えてもらっても？」

「ディーに隠すことなんてないわよ。『これまで悪かった、俺は何も分かっていなかった』……そう始まって、『俺の気持ちはシェイラにしかない、それだけは信じてくれ』『だが、今の俺では、情けなくてシェイラの前に顔を出せない。王として、男として、もっと成長してから、もう一度お前のもとへ行く』『そのときには、お前のことを、色々聞かせてくれたら嬉しい』……とか、そんなことが書いてあったわ」

シェイラの声音は、先程までと微妙に違っている。手紙越しでも王の変化を感じ取り、少しの戸惑いと喜び、不安を滲ませた複雑な色。——言葉には出せずとも、彼の存在がシェイラに、少なくない影響を与えていることは明らかだった。

「……シェイラは、どう？　手紙を読んで、どう思った？」

「それは……」

「嬉しかった？　——信じたいと、思った？」

この沈黙は、肯定の証だ。見えないだろうが微笑みを浮かべ、ディアナは頷いた。

「羨《うらや》ましいわ。そんな風に思える殿方がいらっしゃるなんて」

「ディーは、陛下のこと……」

「興味ないわね。王として優秀なお方かどうかは気になるけれど、男として見たことはないわ」

言ってはみたものの、男の人を『男として見る』という意味は、実のところディアナにはよく分かっていない。父も兄もアルフォードも陛下も男だ。彼らを男の人だと思うことが『男として見る』ということではないのか。……かなり前にエリザベスに尋ねたときは、『そのときになったら分かるわ』としか言われなかった。そのときとは具体的にいつだ。

ちょっとシェイラに聞いてみたい気もしたが、そんな話を持ち出せる空気でもない。途切れた会話を、シェイラの声が引き継いだ。

「……そんなに、いいものでもないわ。綺麗《きれい》なだけじゃないもの」

「誰かを、想うということが？」

「身の程知らずな感情や、ドロドロとした苦いものも覚えてしまったもの。……知らない方が良かったと、思う日すらある」

「そういうもの、なの？」

「こんな感情が自分の中にあるなんてね。——もしかしたら、見つけちゃったらもう、手遅れなのかもしれない」

シェイラの声は苦かった。恋を知った女性は幸福できらきら輝くというが、彼女の様子を見る限り、その格言も怪しい。

おそらく、まだ、認められないのだろう。自分の中にある想いが、特別な種類のものだと。だから必死に、抵抗する。

そんなシェイラが、なんだかとても、悲しげに思えた。

——ふと、園遊会で、母に縋り付き子どものように泣きじゃくった自分を思い返す。

恋心と、誰かを守りたいと望む心。種類は違えど、ディアナもつい先日まで、自分の中に確かにあるその心から、目を逸らし続けていた。

叶《かな》わないことが、怖いから。素直に認めて、その先にある茨道へと足を踏み入れる、強い覚悟が持てなかったから。

……同じ、なのだろうか。もしかしたら、シェイラと、自分も。

だとしたら、それはとても苦しい。目を逸らして、逃げて、強がって走って、そしてディアナは気がついた。——その先にある、虚無に。何かを守るために、大切なひとを傷付けて、そんな風にしか立てない自分に絶望する。自分から逃げた先には、結局自分への絶望しかない。

他ならないシェイラだからこそ、思う。逃げないで欲しいと。他の誰でもない、自分自身から。

素直に自分の心を認めることは、怖いけれど。認めることで、その先にある景色にも、きっと気付けるはずだから。

大切な人を守りたいと、その強い願いを受け入れたディアナが、守りたいと願うひとたちに支えられ、自身も大切に想われているのだと、気付けたように。

——ジュークへの想いを、苦くドロドロしたものも含めて、シェイラが受け入れることで。見えるものは、必ずある。

「私には、よく分からないわ。理性では止められない、そんな強い想い、まだ知らないから」

「ディーって、変なところ子どもね」

「——それでも、これだけは思うんだけど」

凛と背筋を伸ばして、ディアナは言葉を、まっすぐシェイラへ投げかけた。

「自分自身と向き合う勇気のないひとに、誰かを助けることなんてできるのかしら？」

「……え？」

「この世で一番、乗り越えなきゃいけないものは、他でもない自分だと思う。自分の中にある、不安や恐怖、劣等感や絶望が、私にとってはいつも、一番の強敵だから。……多分それは、『紅薔薇様』だって同じじゃないかな」

――そうだ。己の中に巣くう暗闇から目を背け、見ないふりをして、強がることは誰にだってできる。自慢じゃないが、彼らから逃げるのは得意だ。

だが、本当に、ひとを強くしてくれるのは。その暗闇に向き合った先にある〝何か〟ではないのか。弱さを排除して得られる仮初《かりそ》めの強さより、みっともなく泥だらけになって足掻き、そこで見つける強さこそ、ディアナが手に入れたいものだから。

「シェイラが本当に『紅薔薇様』の力になりたいと思うなら、自分から逃げるのは却《かえ》って遠回りよ。彼女は、己を偽って得る〝強さ〟を求める人間だと、あなたは思う？」

「それ、は……」

「シェイラの言うことを信じるなら、『紅薔薇様』だってきっと、ままならない現実を前に苦しんでいる一人よ。そんな彼女を救うために、どんな力をあなたは望むの？」

――大切な存在を、守りたいだけ守るために。必要なのは、どのような力なのだろう？

シェイラへの問い掛けは、そのままディアナ自身にも返ってくる。それ以上、言うべき言葉は見つからず、ディアナも口を閉ざした。

沈黙が舞い降りる。一陣の風が、二人の間を駆け抜けた。

問い掛けにすぐには答えられないシェイラだけれど、だからこそ言葉が届いていると伝わってくる。ディアナの言葉を真摯に受け止め、答えを探そうとしてくれていることが。

シェイラは、決してか弱いだけの少女ではない。闘うことを、立ち向かうことを知っている。理不尽な境遇にも心を歪めることなく、辛い現実の中でも精一杯生きようとする、しなやかな強さ。その姿はまさに、荒れ野に咲く美しい野の花のよう。――その強さで、『紅薔薇様』だけでなく、彼女を想い、彼女が想うジュークをも、きっと救えるときが来る。

気負わなくてもそう信じられることに、ディアナは知らず、微笑んでいた。

「――ところでシェイラ、お昼は食べた？　そろそろ昼食の時間も過ぎるけれど」

「え、……あ」

「まだみたいね。私もなの。……部屋に、戻りましょうか」

柔らかい声音を心掛けたディアナの気遣いは、シェイラにも伝わった。

ふわりと、笑う気配がする。

「えぇ、そうする。……ありがとう、ディー」

「お礼を言われるようなこと、何もしていないわよ？」

「もう、あなたってそればっかり。……ごめんね」

そっと、肩に手が置かれる。細い指先に、ふと力が込められた。

「――私、もう一度しっかり、考えてみる」

可憐な声には、強い決意が込められていた。

五．鳴り響いた闘いの鐘

「今まで一体、どこで何をしていたんですか！」

　侍女専用の扉を開けて『紅薔薇の間』に戻った瞬間、待ち構えていたらしいリタに、開口一番、小声で怒鳴りつけられた。怒られるだろうなとは思っていたが、これは些《いささ》か理不尽だ。

「わたくしにだって事情があるもの。いつもいつものんびり待ってはいられないわ」

「そういう問題ではありません！　ここはお家ではないのですから、おてんばもほどほどにしてくださらなくては」

「ちょっと待ちなさい、リタ。誰がおてんばですって？」

「ディアナ様以外にいらっしゃいます？」

　リタの笑顔が本気で怖い。問答無用で衣装部屋へと押し込まれ、ディアナは侍女の服を剥ぎ取られた。

「リタ？」

「とっとと着替えてください。いつユーリさんが爆発するか、こっちはひやひやしているんですから」

「……ひょっとして、何かあった？」

「――陛下が、女官長を連れて、先程から、メインルームでお待ちです」

一言一言噛み締めるように告げられたディアナは、さすがに深く反省した。と同時に疑問にも思う。

『紅薔薇』として庭を散策するとき用のドレスを装着しながら、感じた疑問をリタにぶつけた。

「なぜ陛下が女官長とご一緒に？」

「さぁ、詳しいことは存じません。ただ……」

「ただ？」

「あの様子から察するに、やはり女官長は、ディアナ様に自分の罪を被せようとしているみたいです。ディアナ様がご不在の旨《むね》を伝えたところ、『やはり紅薔薇様はお逃げになったのです！』とか何とか、叫んでいましたから」

「あら。じゃあわたくし、もう一回外に出て、ちゃんとメインルームの方から入り直した方が良いわね」

「早くしてくださいね。ユーリさんがさっきから、女官長のことを刺し殺しそうな目で睨んでいますよ」

言葉は冷静だが、リタが焦っていることは態度で分かる。鬘をむしり取られ、髪をくるくるまとめ、目元を強調させるメイクで『悪人面』に磨きをかけて——無事『紅薔薇』仕様の服になったディアナは、その姿に似合わずびくびく震えた。

「……陛下より女官長より、ユーリが怖い」

「お言葉ですがディアナ様、それを『自業自得』というのです」

「全部終わったら……全力で謝らないとね」

自分に言い聞かせる意味も込めて呟き、一度大きく深呼吸して。

――ディアナは頭を切り替えた。

「行きましょう、リタ」

侍女専用扉からこっそり抜け出し、後宮の廊下をぐるりと回って、正扉の前に堂々と姿を見せる。

扉の前にいた国王近衛騎士たちが、慌てて頭を下げてきた。彼らがこの扉を守っているということは、必然的に王はこの中にいるわけだ。

「これは、紅薔薇様」

「陛下がお待ちと聞いたのですが？」

「はい、中にいらっしゃいます」

「ディアナ様？」

扉が内側から開いた。控えの間にいたらしい、ルリィだ。『正妃の間』と呼ばれることも多いこの『紅薔薇の間』は、正扉とメインルームの間に侍女が控える小さな部屋がある。国王陛下が来ている現在、作法に則《のっと》ってルリィがいてくれたようだ。

ルリィはあからさまにほっとした笑顔で、大きく扉を開けるとディアナを迎え入れる。

「お待ちしておりました。どうぞ」

頷いて、中に入った、――まさにその瞬間。

「いい加減に白状したらどうなの！　自分たちの悪事を全てわたくしに擦《なす》り付け、危なくなったら逃げ出して！　紅薔薇様、いいえ、あの『氷炎の薔薇姫』、ディアナ・クレスターはどこにいるの！」

「控えよ、女官長！」

「陛下！　この場にあの娘がいないということが、何よりの証拠ではありませんか！」

メインルームに続く扉を開けようとしたルリィは、そのままの体勢で固まっている。

向こう側から聞こえてくる、会話とも呼べない音声を聞くともなしに聞いて、ディアナはふう、と息をついた。

「どこかに、音を記録できる機械とかないのかしら。そうしたら、こういう面倒ごとは起こらないのに」

女官長と交わした裏取引だとか、今朝のパニック女官長とのやり取りだとかをそのまま記録しておけば、それをひょいっと提出して一件落着である。自分がうっかり口を滑らせた動かぬ証拠があれば、女官長とてこんな悪あがきはしないだろう。

今の技術なら作れないかなぁ、とどうしようもない現実逃避に走ったディアナを、リタが冷たい目で見る。

「そんな呑気なことを言っている場合ですか」

「いや、だって……天井裏と、部屋の中からと。何人分の殺気と怒気よ、これ？」

「ご安心ください。おそらく、ディアナ様と陛下以外、全員怒っていますから」

どれほど空気が読めない人間でも、本能で察して回れ右する程度には、メインルームが怖い。

（この中に飛び込むのか……）

物凄く怖いが、このままでは真面目に、誰かが女官長に飛び掛かりかねない。王宮内で刃傷沙汰《にんじょうざた》は、あまり好ましくないだろう。

覚悟を決めるとディアナは、ルリィの肩をとんとん叩いて笑いかけ、自らカチャリとドアノブを回した。開いた扉の先に、見慣れた室内の、見慣れない光景がある。

ソファーと机が置かれている応接スペースには、ソファーに座っている国王ジュークと、机の横に立っているマリス女官長。この二人がいるだけで充分見慣れない光景だが、そこにアルフォードとクリスが騎士姿で控え、目立たない位置にユーリもいて、物騒な視線をひたと女官長に向けている。ディアナは思わず、誰の部屋だ、ここはと突っ込みを入れたくなった。

ディアナの後ろから、完全に気配を消したリタもするりと滑り込み、心得た様子で扉番の配置についてくれる。視線だけで頷き合い、二人は前方に注目した。

「あの娘は、危機に気づいて逃げたのです！　今頃は実家で謀略《ぼうりゃく》を練っているやもしれませぬ。どうか陛下、追撃令を！」

「――その必要はないわ、女官長」

ディアナが言葉を発したのを合図に、リタがパタンと扉を閉める。そこで初めて全員の視線がディアナに向き、彼女に気付いたことを教えてくれた。部屋に入ってから言葉を発するまで、室内を一通り観察する余裕がディアナにはあったのだが、アルフォードとクリスまで気付いていなかった辺り、やっぱり相当怒っている。

まるで緊張を感じていないような軽い足取りで、けれどもゆったりと落ち着き払い、ディアナは部屋の中央まで進み出た。

「わたくしの部屋で、一体何の騒ぎです？　まぁ、お茶が冷めきっているではないの。ユーリ、すぐにかわりを用意して」

ディアナの言葉に我に返ったらしいユーリが、茶器を載せているカートに向かう。

ユーリが落ち着いたのを確認し、ディアナはにっこりと、ジュークに笑いかけた。

「ようこそおいでくださいました、陛下。お待たせ致しまして、申し訳ございません」

「い、いや。そこまで長くは待っていない。……どこへ行っていた、紅薔薇？」

「今日は天気がよろしいですから、少し散策に。ですがやはり、風が冷とうございましたわ。もうしばらくすれば、雪の季節ですわね」

話しながら自然な動作で腰かければ、ジュークも釣られたように言葉を返す。

「雪が好きなのか？」

「眺めるのは好きです。移動するには大変なものですので、好きとばかりも言えませんが」

「確かに。冬は視察に苦労する」

笑顔ではないが普通の顔で、ごく自然に『紅薔薇』と会話する王を見て、焦ったのは女官長だ。

「陛下！　どうなさったのです、そこにいるのは『クレスター伯爵令嬢』ですよ！」

「であると同時に、『紅薔薇』だ。女官長、そなたは彼女に、礼を尽くす必要があるのではないか？」

「……何度も申し上げました！　わたくしは紅薔薇様の命で、悪事を働かされていたのです！」

「その言葉が真実であれば、紅薔薇が部屋に戻ってくるとは思えん」

「彼女は『クレスター伯爵令嬢』です。何が起こっても自分は捕まらない、その自信があるのです！」

この件に限定して言えば、ディアナは特に後ろ暗いことをしていないのだから、もちろん『何が起こっても自分は捕まらない』自信はある。……そういえば、クレスター家の伝説の一つに『悪事の証拠を手に入れることができず、罪に問うことができない』とかいうものもあった。やってもいない悪事の証拠があるか、とデュアリスは笑い飛ばしていたが、それはつまりこういうことか。

もしかしなくても、こういう状況ってクレスター家にとっては日常茶飯事《さはんじ》なのかしら、とやるせない気持ちになりつつ、表面上は涼しい顔で、ディアナはジュークに向かい、本題を切り出すことにした。

「――ところで、何の御用でこちらへいらっしゃったのか、お聞かせ頂いてもよろしいですか？」

「今さら何を、白々しい！」

「お黙りなさい、女官長。先程からあなたは、陛下に対し、どれだけの不敬を働くつもりなの」

王が話している最中に割り込み、その言葉を否定する。それだけで、昔なら充分不敬罪だ。さすがに今はそれだけでは罪にならないが、不敬であることには違いない。

女官長を睨んで黙らせ、ディアナは王に向き直った。

「実は、紅薔薇。後宮の宝物庫にて、ある重大な問題が発生した」

「問題、ですか。それは一体どのような？」

「……宝物庫に納められていた宝飾品のうち、およそ三割が、模造品とすり変わっていたことが判明したのだ」

「まぁ……！」

涼やかな切れ目を大きく開き、ディアナはその表情だけで、驚きを示してみせる。真面目な顔をした彼は、大きく頷いた。

「宝物庫に納められている物品は全て、国の財。王の命がなければ、王宮外へ持ち出すことすら、固く禁じられている品々ばかりだ」

「それらが……すり変わっていた、と？　それは確かなお話なのですか？」

「あぁ。先程、直《じか》に赴き、この目で確かめた。……しかも、話はそれだけではないのだ」

事情を説明する王の顔に、激しい憤りが浮かぶ。どうやら本気で怒っているらしい。

「――宝物庫の奥にある、国宝保管庫を調べたところ。そちらにも、何者かが侵入した形跡があったのだ」

ジュークが発した言葉に、ディアナは本気で目を丸くした。彼は、『国宝保管庫に何者かが侵入した形跡があった』と言った。国宝が盗まれているとは、口にもおくびにも出さなかった。どうやら彼は、宝冠《ティアラ》が模造品とすり変わっていることを、意図的に隠すつもりらしい。その事実と――、ジュークがそこまで考えているらしいことに、二重の意味でディアナは驚いたのだ。

「そ……れは、確か、なのですか？　国宝保管庫に、まさか、そんな……！」

「あぁ。……信じがたいことではあるが、真実だ」

「なんてこと……！」

気が遠くなりかけたディアナを、ユーリの手伝いをして新しいお茶を配り終え、後ろで控えてくれていたリタがそっと支えてくれる。――もちろん全部演技だ。

「……お話は、よく分かりましたわ。ですが陛下、何故そのように重大なお話をわたくしに？」

「そなたは……『紅薔薇』であろう」

「それはあくまでも、現後宮内における暫定的《ざんてい》立場に過ぎません。わたくし自身は自らを、他の方々と同じ、一側室であると考えております」

リタに支えられつつ、なるべく衝撃を受けた風に声を装ってはいたものの、話した内容自体は本音だ。ディアナが本当の意味で『紅薔薇』ならば、この件は彼女にも深く関わることであるが、単なる側室でしかない彼女には、逆に全く関係ない。

もちろんディアナは、国王がここに来た、本当の理由に見当がついていた。ついてはいたが、敢えてそこには触れなかったのだ。

――果たして、国王陛下は言った。

「そうだ。そなたは、側室たちの中では最も高位ではあるものの、身分としては単なる側室に過ぎぬ。……ここに来たのは、宝物庫の件とそなたに関わりがないか、調べるためだ」

「わたくしと？」

「あぁ。――実は政務室では、一連の犯人は現女官長、マリス伯爵夫人の可能性が高いとして、調べていたのだが」

「陛下！　どうか、どうか毒婦に惑わされませぬように、お気をつけくださいまし！　わたくしは、ただ、命じられていただけなのです――！」

「と、本人がこのように申すのでな。真偽を確かめに来た」

そう説明する王の表情は、特に気負いなく、さらりとしたものだった。ディアナを疑っているわけではないが完全に信用してもいない、本当に『真偽を確かめたい』だけの顔。

少し前までなら問答無用で女官長の言い分を『真』だと確信していたであろう彼は、自分で宣言したとおり、自ら考え答えを掴もうと努力している。その姿は、どこか気高くすら見えた。

ディアナは、演技ではない微笑みを、口の端に昇らせた。

「――陛下のお考えを、お伺いしてもよろしいでしょうか？」

「……私の？」

「はい。これほど必死に女官長が訴えているにもかかわらず、陛下はわたくしを即座に拘束するわけでもなく、ただ待っていてくださいました。わたくしの勘違いでなければ、そこに陛下のお考えがあるように思えるのです」

義憤に猛《たけ》る表情を取り繕《つくろ》っていた女官長は、ディアナの言葉を聞いて、僅かに不安の色を瞳に乗せた。当然だろう、女官長も保守派の人間、これまで『考えて動くジューク王』とは無縁だったはず。王が自ら考えないことを利用して、散々悪事を働いてきたのだから。

それはつまり、王が頭を使い出したら、色々まずいということだ。

「私の見解になるが、構わぬか？」

「はい」

「では言おう。そなたがこの一件に関わった可能性は、あり得ないとは言えぬが、かなり低いと考えている」

「その理由を、お伺いしても？」

「もちろんだ」

いつの間にか、室内の空気は一変していた。ジュークの語る言葉に、皆が真剣に耳を傾けている。女官長への怒りが消えたわけではないものの、この局面で語られる王の考えに気持ちが引き寄せられているのだ。

「そもそも今回の話の発端は、宝物庫の一件ではなかったのだ。先日、私の元に提出された内宮の歳入歳出費についての報告書を見て、私は、内宮の上の立場にある〝何者か〟が公金を横領している可能性に気づいた。その件について調べていくうちに、後宮の宝飾品が密かに売り出されている疑惑が浮かんだのだ」

「――ですから、それは紅薔薇様が！」

「二年も前、からか？」

ジュークがここで、初めて真正面から女官長と向き合う。その瞳の色は、ひどく険しかった。

「そなたは先程、言った。自分のしてきたことは〝全て〟紅薔薇の指示であったと。だが公金横領は少なくとも、二年前から始まっていたことだ。当時は先代王もご健在で、後宮の主は我が母、現王太后であったのだぞ。そして当然、ここにいる紅薔薇は、後宮とは何の関係もない、一貴族の娘でしかなかったはず。その彼女がどうやって、王宮の中でも最も機密性が高いと言われる後宮で、公金を横領することができた？」

「陛下！　彼女はただの貴族の娘ではありません。お忘れですか？　彼女はあの悪名高き『クレスター伯爵家』の直系姫なのですよ！」

「であれば、そなたはこう言いたいわけか？　自分は『ディアナ・クレスター』と昔から知り合いで、彼女の悪事に荷担させられてきたと」

「はい、そのとおりでございます」

女官長はここで、顔を歪めた。俯き、肩を揺らして、袖口に目頭を当てる。

――迫真《はくしん》の泣き真似《まね》だった。

「国王陛下にお仕えする身でありながら、このような事件に荷担したことは、到底赦《ゆる》されぬ罪でしょう。それは、わたくしも、重々承知しております。……ですが、どうか、これだけは信じてくださいませ。わたくしは、『クレスター家』に弱みを握られ、逆らいたくとも逆らえぬまま、今日に至ってしまったのです。諸悪の根元は、『クレスター家』なのでございます！」

「……と、言っているが？」

濡れ衣を着せられることは珍しくないとはいえ、これほど分かりやすく罪を擦り付けられるなど、クレスター家の歴史を遡ってもなかなか見つけられないのではないだろうか。半ば感心して女官長の演技に見入っていたディアナではあったが、当たり前のことながら頷く要素は欠片《かけら》も見当たらなかった。……というか、ジュークはあくまで『ディアナ』との関係を女官長に尋ねただけなのに、そこで何故『クレスター家』が出てくるのか。その場しのぎの発言にしても、もう少し相手の疑問に沿う言い訳をすれば良さそうなものを。

ソファーでくつろぐ体勢はそのままに、肩を竦める仕草と眼差しだけで、ディアナは呆れきった内情を表現した。そのまま、国王陛下に視線を向ける。

「お疑いなら、どうぞお調べを。我が家のどこを叩いても、女官長との繋がりは出て参りませんから」

「ええ、そうでしょう！　何しろあなた様は、『クレスター伯爵令嬢』なのですから。いつものように、わたくしとの繋がりも消せば良い、そうお考えなのでしょう！」

「何を勘違いしているのか知らないけれど、わたくしたちは、お付き合いしている方々との繋がりを消したりはしませんよ？　当家とお付き合いがあった方が、残念ながら悪事を働いていらしたことは何度もありますが、そのときとてお付き合いを否定したりはしておりません。お疑いなら、調停局に記録が残っているでしょうから、調べてみると良いわ」

「詭弁です、そのような！」

あまりにも、往生際が悪すぎる。ディアナの眦《まなじり》が、鋭く釣り上がった。

「――どちらが詭弁？」

いい加減、見苦しい。仮にも王宮女官の長たる人物なら、去り際くらい潔くあってほしいものだ。

ディアナは深く息を吐き出すと、ひたと女官長を睨み据えた。

「この際だから、はっきり申し上げましょうか。あなたとわたくしは、わたくしが『紅薔薇』となるまで、出会ったことすらありません。『紅薔薇』となってからも、必要最低限の事務的なやり取りしか交わさない仲だったわね？　そんなわたくしがどうして、あなたの悪事を指示できるの？」

「あなたが、『クレスター伯爵令嬢』だからですっ！」

いっそ清々しくなるくらい、きっぱりと断言された。開いた口が塞がらないという言葉が、これほど相応しい場面もないだろう。

「あなたは『クレスター家』の方です、どんな悪事も思いのままに行える、違いますか⁉」

「先程から黙って聞いていれば……わたくしはいつまで、家族や先祖への侮辱に我慢すれば良いのですか？」

細い目を更に細め、表情から一切の和やかさを消して。

凍てつく夜のような冷たい怒りを、ディアナは女官長へ叩き付けた。

一瞬で空気が変わったディアナに、女官長だけでなく正面のジュークも、息を呑んで身体を引く。

心なしか顔色を悪くした女官長に、ディアナはすっと足を組み替え追撃する。

「あなたがわたくしの家をどのように思っていようと、それはあなたの自由ですが。仮にもクレスターの名を持つわたくしを前にクレスター一族を貶《おとし》めるなど、高貴な者にあるまじき振る舞いです。少し言葉に気をつけなさいな」

王も同席しているこの場面で、ここまで直接的に、しかも年下の者から礼儀について諭される。差別思考の強い女官長には、それだけで相当の痛手だろう。しかもこの場合、話しているのは怒りモードのディアナである。〈ウチを馬鹿にして、タダで済むと思わないでよ〉なんて副音声を女官長が聞き取ったことは、想像に難《かた》くない。

――と、そこまで周囲を凍らせていたディアナではあったが、その実、態度のほとんどは演技であった。かちんときたのは事実だが、この程度で本気になって怒っていては血管が保たない。

彼女の正直な気持ちとしては、呆れの方が大きかった。

(『どんな悪事も思いのままに行える』って……いつの間に、当家の人間は『超人』認定されたの？ ウチの人たち、顔がちょっと怖いだけで、他はごく普通なのに)

普通という言葉が盛大に遺憾《いかん》の意を表明しそうな感想を心の中で呟いて、ディアナは一度目を閉じると、改めて冷静な視線を女官長に向けた。

「我が家のことはともかくとしても。そもそも女官長、自分の発言が矛盾だらけだと気付いていますか？　陛下はただ、以前から『ディアナ・クレスターと知り合いだったのか？』と尋ねられただけなのに、あなたは『クレスター家』を持ち出した。わたくしがあなたとの関係を否定すれば、その内容には一切言及せず、まるで『クレスター伯爵令嬢』であればどんな不可能も可能になると言わんばかりの非論理的な発言。いかにもその場しのぎよね。それ、間接的に、あなたとわたくしの間には何もないと認めていることになるわよ？」

「白々しいことを。この期に及んで往生際《おうじょうぎわ》が悪うございますよ！」

「その言葉、そっくりそのままお返しするわ」

（こいつ……！）

だが、あまりにも「お前が言うな！」的な台詞を叫ばれて、そろそろディアナの我慢も限界だ。『紅薔薇』仕様でなかったら、真面目に「往生際が悪いのはどっちだ！」くらいの言葉で応戦していたかもしれない。

組んでいた足をすっと降ろし、ディアナは華麗にソファーから立ち上がった。身体を女官長へ向け、掛け値なしの本気を瞳に宿す。――その視線を女官長へと向ければ、周囲が一斉に息を呑んだのが分かった。

「もとから悪評高いわたくしを『黒幕』だと言い張れば、陛下のお心が動くと、本気で思っているの？『クレスター伯爵令嬢』なら、どんな悪事に手を染めていても不思議ではないから？――あなたはどこまで、陛下を侮れば気が済むのですか！」

高らかに発した言葉に、何故かジュークが驚いている。ディアナはさっきから正論しか言っていないが、正論でもって王への無礼を諫めたことが意外だったのだろうか。

誤解され、何度ぶつかっても、ディアナは王国の民であり、王の臣下だ。夏からは、ある意味いちばん近い場所で彼の奮闘を見守ってきた。

――だからこそ。ようやく前を向き、歩き始めたジュークを、こんな下らないことで躓《つまず》かせてはならないと強く思う。今も必死に、『真実』を見つけようとしている彼を、これ以上侮辱することは赦さない。それが、誰であろうとも。

「あなたが真実を偽れば偽るほど、それは国王陛下に対する冒涜《ぼうとく》になると、何故気づかないのです。今のあなたができること、それは自らの意志で真実を語り、自らの罪を認め、心から悔いる、ただそれだけのはず。欠片でも貴族としての自尊心を持つならば、それこそがあなたの誇りを守る最後の行いであると、分かるはずよ」

そう、それは真理。僅《わず》かでも良心が残っている者なら分からない方がおかしい、それは真っ当な言葉だった。

――けれど。

「黙れ！　お前のような小娘に、説教される筋合いはない！」

良心を捨てきった人間には、響くどころか雑音にしかならない、単なる言葉の羅列《られつ》に過ぎなかったのである。

ここに至って、ディアナは呆れよりも怒りよりも、哀しみの方が大きくなった。……何がどうなれば、ここまで人の心は歪んでしまうのだろう。一生かかっても使いきれないほどの財、つけきれないほどの宝石。そんなものが、それほど大切なのだろうか。

（わたくしには、分からないわ……）

カイ曰く、ディアナは「宝箱の中に宝石をしまい込むより、似合う人にあげて、それで宝箱が空っぽになっても気にしないタイプ」だそうだから。そんなディアナと、宝箱から溢れるほどの宝石を手に入れても尚、満足できない女官長とでは、最初から相容れることはできなかったのかもしれない。

「――マリス伯爵夫人」

ジュークが、最早『女官長』と呼ぶことすら放棄した。厳しく、同時に痛ましい目で、彼女を眺めている。

「誰が言おうと、その言葉の正しさが否定されるわけではない。紅薔薇は確かにクレスター家の人間で、年若い娘だ。だがそれは、彼女の言葉を、宿る心を、否定する理由にはならぬ」

「――陛下！」

女官長が青ざめた。ジュークの言葉は、はっきりと、ディアナの肩を持つものだったからだ。

「陛下、紅薔薇などに騙されては」

「――少々よろしいでしょうか？」

新たな修羅場の始まりか、と一同が息を呑んだタイミングで、涼しげ……というより絶対零度に近い温度の声がした。全員の視線が、いつの間にか開いていた扉に向かう。紙の束を抱えた、いつでもどこでも冷静沈着なキースがそこにいた。

状況が読めない後宮組を置いて、アルフォードがすたすたと彼に近づく。

「どうだった、ハイゼット室長補佐」

「はい。陛下のご指示により、ざっとではありますが、二年前のディアナ・クレスター様の行動を調べて参りました」

「まぁ、そのようなことを？」

非難の声を上げたのは、おそらく怒りがとうの昔に臨界点突破していたユーリ。ぱっと見いつもの無表情、しかし瞳には、ひと一人くらいは余裕で刺し殺せそうな鋭い光を宿して、どこまでも激しく怒っている。ここに来て、ついに黙っていられなくなったようだ。

「紅薔薇様が今回の首謀者だなど、追い詰められたマリス伯爵夫人の苦し紛れの言い逃れ。そのようなこと、どう考えても明らかでしょう。紅薔薇様に何の非もないこの状況で、ご本人の許可もなく、過去を暴くような真似をなさったと？」

「控えなさいユーリ、わたくしは気にしないから」

「いいえ紅薔薇様、いかに陛下のご命令とはいえ、無礼が過ぎるというものです。紅薔薇様にお話を聞きにいらっしゃる前から、首謀者だと決めつけられるような振る舞いですよ」

「だから、少し落ち着きなさい。外宮の考えも伺わないうちから、そのように決めつけるものではないわ」

ディアナはそのまま、キースに視線を滑らせた。

「ご説明願えますわね？」

「紅薔薇様のご了承なく、無礼を働きましたこと、お許しください。マリス伯爵夫人の主張が真実かどうか、我々は調べねばならなかったのです」

言いたいことは分かる。ディアナは鷹揚《おうよう》に頷いた。

「マリス夫人の言が事実なら、わたくしは過去に夫人と出会い、横領を働くよう指図せねばなりませんものね。それも、夫人が女官長職に就くと分かった後で」

マリス女官長が公金横領を働き出したのは、彼女が女官長の座に就いてすぐだ。ディアナが黒幕であるならば、女官長に指図する時機はおのずと限られる。

「――はい。調べたところ、マリス伯爵夫人が女官長に内定した頃、紅薔薇様は遠く離れたクレスター領にいらっしゃいました。夫人が女官長として王宮入りするまでの短期間に、紅薔薇様――当時のディアナ・クレスター様が人知れず彼女と会うことは、現実的に考えて不可能です」

「あり得ません！」

切り裂くような叫び声が響き渡った。青ざめた女官長が、王の足下に倒れ伏す。

「あり得ません。陛下、これは罠です。何者かが、わたくしを陥《おとしい》れるために仕組んだ、罠なのです！」

「見苦しいぞ、マリス夫人！」

アルフォードの一喝にも、女官長は怯まない。むしろ、正義は己にあるとばかりに、きつくアルフォードを睨みつけた。

「見苦しい？　真実を訴えることの何が見苦しいのです。……騎士団長、あなたもわたくしを邪魔に思う一味の一人ですか？　いいえ、あなただけじゃない。室長補佐も、紅薔薇様も、皆！」

――ある意味、正解だ。ここにいるのは、マリス伯爵夫人の排除に動いた功労者たちなのだから。

しかし、彼女が堕《お》ちた沼は、彼女自身が育て上げたものに他ならない。それを『罠』と呼ぶのは、筋違いである。

「わたくしを、罰しますか？　確たる証拠もない、この現状で、わたくしを罰することができますか？　――なら、やってみればいい。証拠もなしに心証だけで『罪人』を作る、そんな世の中にしてしまえばいいい！」

証拠は、いくらでもある。女官長と取引をしていた店から押収《おうしゅう》した証文《しょうもん》、貴族たちの証言や、扱われていた現物。

――しかしそれらは、『女官長が関わっている』ことを示しているだけで、『女官長が主犯』である証拠にはならない。

主犯でなければ、逃れられるとでも考えているのだろうか。女官長という職は、単なる肩書きだけではない。重い責任を伴う、王宮の重職だ。その立場にあるものが、ここまで悪事に関与しているこの状況で、無罪放免にはならないことくらい、冷静になれば分かるはずなのに。

まだ、粘るのか。ここまで来てもまだ、自分の罪を認めることができないのか。

頑なな心が、いっそ憐れだ。……彼女はもう、負けているのに。

誰も動かない、膠着《こうちゃく》しきった空間で、ジュークが瞳に覚悟を乗せ、一歩踏み出す。何かを言葉にしようと、口を開いた――その瞬間。

「陛下！　今すぐ執務室にお戻りくださいませ！」

控え室にいた国王近衛騎士が、血相を変えて飛び込んでくる。

全員の視線をもれなく浴びながら、彼は叫んだ。

「――後宮宝物庫にて保管されているはずの国宝が、王宮外で発見されたそうです!!」

六．鐘が鳴り終わる頃

「馬鹿な！」

女官長が、演技も忘れた悲鳴を上げる。青ざめた頬に驚愕《きょうがく》の色を映した瞳、開いた口からは荒い息遣いが漏れた。

女官長ほどではないにしろ、ジュークもまた、驚きを隠し切れない様子で立ち上がる。

「どういうことなのだ。何故突然」

「――失礼致します」

慌ただしい室内に、場違いなほど落ち着いた声が響く。駆け込んできた国王近衛騎士に続き、『紅薔薇の間』付きの女官ミアが、扉の前で頭を下げていた。

「何者か？」

「こちらの部屋を担当してくれている、女官のミアですわ。――ミア、どうかしたの？」

「はい、紅薔薇様。発見された国宝ですが、城下の民が届け出たそうです。その者の身柄は今、外宮室が預かっているとのこと。……弟より、そう連絡がありました」

キースが心なしか満足そうに頷く。

「ミア殿の弟、クロード・メルトロワは、王宮の巡回を日課にしているほど、真面目な少年ですからね。民が届け出た場面に、偶然居合わせたのでしょう」

「……そうなのか。外宮室にはつくづく、優秀な人間が揃っているのだな」

展開の速さに唖然としつつも、ジュークは難しい顔で唸《うな》る。

「しかし、どうするか……。話を聞こうにも、今、ここを離れるわけにはいかぬ」

考え込むジュークに、ディアナは軽く小首を傾げた。

「もし可能であれば、その届け出た民とやらの取り調べを、こちらで行ってはいかがでしょう？」

「ここ……とは、この『紅薔薇の間』でか？」

「はい。今、この部屋には幸い、この一件の関係者が揃っています。ならば、その民をここに連れてくる方が、目立たず済むのではありませんか？」

国王以外の男性は基本的に入ってはならない後宮ではあるものの、緊急事態であれば話は別だ。何しろ現在、女官たちの長である人物の不正を暴いている真っ最中である。不正のほとんどが『女の園』たる後宮で行われていた以上、調査のために男性が出入りするのは、もう仕方がない。当然、後宮の一部である『紅薔薇の間』にしても同じことだ。

「わたくしにかけられた嫌疑《けんぎ》も、完全に晴れたわけではありませんし。マリス夫人とわたくしが揃って後宮を留守にすれば、何かあったと知らせるようなもの。それくらいならば、民一人を秘密裏にこの部屋へ招き入れた方が、まだ騒ぎは小さくて済みます」

「それは……確かにその通りだが。そなたは、平民を自室に入れても構わぬのか？」

「今大切なのは、わたくしの矜持《きょうじ》より、真実を明らかにすることでしょう。もとより、そのようなことで傷つく矜持の持ち合わせはございませんけれど」

幼い頃から町に出掛け、領民と親しく交流してきたディアナである。貴族の中には、自宅に平民が入ることすら嫌悪する者もいるらしいが、そういった感覚はディアナにはさっぱり分からない。

王宮に平民が入ってはいけないという法があるわけでもなし、後宮の男子禁制も建前となった今、ここは実利を取るべきだ。

ディアナが詳しく話さずとも、ジュークにもそれが一番手っ取り早いと分かっていたらしい。くるりとアルフォードを振り返った。

「人目につかないよう、国宝を届け出たという民を、ここまで連れて参れ」

「はい、陛下。……グレイシー団長、後宮内の誘導を任せても？」

「分かりました。可能であれば、民の身柄を押さえたという外宮室の者も、同行させた方がよろしいかと」

「あぁ、そのようにせよ」

王の肯定を得た団長二人は、音もなく部屋を出ていった。一連の流れを、ただ黙って見ていることしかできなかったらしい女官長は、そろそろ失神を心配した方がよさそうな様子で、ぶるぶる震えている。

——当然かもしれない。後宮外で『本物』が見つかることは決してあり得ないと、彼女は信じていたはずだから。

ユーリにお茶を淹れ直すよう指示し、アイナとロザリーにはお茶請けと軽食を兼ねた料理を持ってくるよう頼む。テーブルの上が新たに整った頃、部屋の外からざわついた気配がした。後宮から王宮正門は一直線、人目を避けたとしても、実はそこまで時間は掛からない。

取り次ぎの言葉も一瞬に、メインルームの扉は開けられた。アルフォードが一礼する。

「お待たせ致しました、陛下」

「それほど待ってはいない。……それで、件の者は？」

「こちらに控えております」

アルフォードが一歩ずれたそこには、平民にできる精一杯かしこまった格好をした、小柄な男の姿があった。年の頃は、推定二十代後半から三十代前半だろうか。更に、彼の斜め後ろには、青年というよりは少年といった方が適切なほど若い男がいる。キースと同じような形の官服に身を包んでいるところからして、ミアの弟クロードだろうと、ディアナは推測した。

名も知らぬ民を目にした瞬間、女官長は大きく目を見開き——ほんの刹那《せつな》、憎悪と怒りに満ちた眼差しで、彼を貫いた。

「そなたが、国宝を届け出た者か」

「はっ……ははぁ！」

床に這いつくばらんばかりの勢いで、男は頭を下げる。ジュークは、恐らく無意識にだろう、適度な親しみを感じさせる微笑みを浮かべた。

「そう怯《おび》えるな。誰も、取って食いはしない。……名を述べよ」

「はい……っ。俺、いえ私は、ハンスと申します！」

「そうか……ハンス。王都の者か？」

「は。三代続く鍵屋を営んでおります」

「おぉ、そうなのか」

古くから農耕を主にしていたこの土地で、鍵は早くに確立、進歩した技術の一つだ。定住するとなれば家が、家が建てば蓄えが、蓄えが増えれば盗みが、盗みが起これば防犯意識が生まれるのは、自然の摂理である。最も手軽に不審者の侵入を阻める鍵の歴史は、ぶっちゃけ王国の歴史より遥かに長い。

そんなものを専門に扱う、ましてや王都の鍵屋ともなれば、下手をすると貴族の屋敷の防犯を一手に担う。徹底した情報管理と信頼がなければ、とてもやっていけない。三代続く鍵屋の店主という肩書きは、王宮側の警戒を解くのにもってこいだ。

見るからに瞳の色が和らいだジュークは、恐縮しきりのハンスに問い掛ける。

「それで、ハンス。何故そなたの手に国宝が渡ったのか、経緯を説明してくれ」

「か、かしこまりました。それが――」

鍵屋のハンスの説明によると、事態はおよそ、こういうことであったらしい。

――鍵屋を営む彼には、時折奇妙な依頼が舞い込んでくる。鍵の専門家ならば開けるのもお手のものだろう、その腕前を活かしてどこそこに忍び込み、こういった品物を手に入れて来てほしいという、まぁ一言でまとめれば泥棒の依頼だ。

善良な一般市民である彼は、もちろんそんな話は引き受けない……と言いたいところだが、稀《まれ》に引き受けざるを得ないこともあった。相手の身分がとんでもなく高く、相手の態度も偉そうで、話を断ったら大変なことになりそうなときは、店と家族を守るため、泣く泣く依頼を受けるのだという。――数日前も、そうだった。

『指定する屋敷に忍び込み、この包みの中身と屋敷の中にあるものをすり替え、屋敷にあった方を持って来い』

盗みに気付かせないよう、贋作《がんさく》を持たされることも、よくある話である。相手はいかにも高飛車な貴族で、むしろそんな人間が、直接出向いてきたことが不思議だった。

断れない雰囲気をひしひしと感じ、彼は渋々包みを受け取ると、言われた屋敷に侵入し、宝物がありそうな部屋を見つけ、中に入って……。

きらきら輝く、見覚えある宝飾品に、度肝を抜かれたのだった。

「私の記憶が正しければ、それは、先の王妃様が身につけていらしたお品でした。たった一度ではありましたが、私は偶然、先の王妃様のお姿を、間近で拝見したことがあったのです。目を疑いましたが……、そこにあって良いはずのものでないことは、さすがに分かりました」

彼は逡巡《しゅんじゅん》したものの、結局すり替えることはせずに品物を持ち去り、依頼主には、もともと渡されていたすり替え用の品を、屋敷にあったものだと偽って渡した。渡されていたものはよくできた贋作であったらしく、依頼人は真贋の区別がつかないまま、満足して帰っていったのだ。

「この数日、悩みに悩みました。私は余計なことをしたのではないか、単なる勘違いで、これは貴族の方ならば誰でも持っている品なのではないか、そう思いましたが……。もしも万が一、本物の宝物ならば、いつまでも私が持っていて良いはずないと、考えまして」

罰を覚悟で名乗り出ることを決めたのだと、彼は説明を結んだ。

話を聞いて難しい顔で黙り込んだジュークに代わり、いつでもどこでも冷静沈着なキースが進み出る。

「あなたの良心と勇気に感謝します。……ついでにもう一つ、訊きたいことがあるのですが？」

「もちろんです、何なりと」

「――あなたにその依頼をした人物は、今、この部屋の中にいますか？」

問われた彼は、恐る恐るではあるが、室内をぐるりと見回し――。

「あ、あちらにいらっしゃるご婦人が……」

顔色を忙しく変えている女官長を、示したのである。

全員の視線を集めた女官長は、怒りに身体を震わせ、大きく歩み出た。

「嘘を言うのはおよしなさい！」

「わ、私は嘘など申しません！　記憶力には自信があります！」

「黙りなさい！　盗人猛々《ぬすっとたけだけ》しいとはこのことです。わたくしがそのようなことを、するわけがないでしょう！」

「ですが、あのときのお客様が、貴族のご婦人であったことは、間違いございません！」

彼の言葉を聞いた女官長は、勝ち誇ったような笑みを浮かべる。

「ほらご覧、お前が分かっていることなど、精々その程度ではないの。貴族の女など、この王都にはいくらでもいるわ」

「で、ですが、お声や背格好も……！」

「ならば、わたくしに似た声と背格好の女だったのでしょう。――顔も見ていないのに証言しようなんて、愚かとしか言いようがないわね」

――語るに落ちた。

ここまでの成り行きを、あくまでも騒ぎに巻き込まれた第三者の立ち位置で静かに見守っていたディアナは、無表情の仮面の裏で会心の笑みを浮かべる。

たかが民の一人、貴族の威光でねじ伏せられると侮ったのかもしれないが――残念ながら、それは間違いだ。

女官長の言葉に答えられずハンスが黙り、無音になった『紅薔薇の間』。

その静寂を、ゆっくりと三拍数えて。

「……どうして、分かったのですか?」

決して大きくはなく、しかし良く通る声で、ディアナはその場を切り裂いた。

言葉と同時に顔を女官長へ向け、針のように細く、どんな小さなほころびも見逃さない鋭い視線で彼女を貫く。

「なんのことです?」

「ハンス氏が、『依頼人の顔を見ていない』と。その場にいるはずのないあなたが何故、そこまではっきりと言い切れたのでしょう?」

女官長の瞳に、誰が見ても明らかな動揺が走った。聞き役に徹していたジュークが、ディアナの指摘にはっと顔を上げる。

「確かに……妙だな」

「それは！　その男が、背格好や声のことしか口にしませんでしたから……」

「だからといって、彼が依頼人の顔を見ていないとは限らないでしょう。後からつけ加えるつもりだっただけかもしれないわ」

ディアナは視線を滑らせ、息を呑んで成り行きを見守っていたハンスを見た。

「依頼人の顔を、あなたは見た?」

「いいえ。私を訪ねていらしたご婦人は……フードとストールで、顔を完全に隠していらっしゃいましたから」

「『彼女』が顔を隠してあなたの店を訪れたことを、あなたの他に誰か知っているかしら？」

「応対に出たのは私だけでしたので……私の他に知っている人がいるとしたら、それは」

――ご本人と、ご本人の周囲にいる方くらいでしょう。

ハンスの言葉が終わると同時に、ジュークが立ち上がった。

「納得のいく説明を聞かせてもらおうか、マリス夫人」

「そ、それは……」

「ハンスの所にやって来た女が顔を隠していたことを、何故そなたは知っていたのだ？」

「ご、誤解でございます、陛下！　これは罠です、わたくしを陥れようと、『紅薔薇』が仕組んだ罠なのです！」

「……念のために尋ねるが、『紅薔薇』、ハンスと面識は？」

「ございません。今日が初対面ですわ」

本当のことを堂々と宣言すると、顔をどす赤く染めた女官長が、大口を開けて言い返そうとする。

――が。

「紅薔薇様のお言葉に、嘘はないかと存じます」

声変わりを終えたばかりだと分かる若い声が、緊張した様子で女官長を遮った。ハンスと共に『紅薔薇の間』の扉をくぐり、それからずっと黙っていたミアの弟、クロードだ。

「どういうことだ？」

「先程、外宮室にて、ハンス氏の証言をまとめていたのですが。――依頼人が彼の店を訪れたのは、四日前の午後だったそうなのです」

　四日前……と呟いたジュークは、目を丸くしてクロードを見返した。

「園遊会の最中ではないか！」

「はい。園遊会の間、紅薔薇様はずっと、中庭においででした。そもそも、後宮から出られるはずもありません」

「その通りだ。少なくとも、ハンスのもとを訪ねた人物は、『紅薔薇』ではあり得ない」

「園遊会の最中ならば、同じ理由で、わたくしも外出できないでしょう！」

　必死に叫ぶ女官長に、室内の反応は冷たかった。

　全員の心情を代弁するかのように、キースが、つぅ……と眼鏡を上げながら追及の言葉を放つ。

「そうは言い切れません。ずっと人前にいらした紅薔薇様と、裏で采配を取っていたという女官長殿とでは、現場不在証明《アリバイ》の確かさが段違いです」

「わたくしとて、女官たちに聞いて頂ければ、後宮から出ていないことは証明できます！」

「さて、どうかしらね？　あの日、裏を任せていた者は皆、あなたと懇意にしているでしょう。その気になれば全員で口裏を合わせることも可能なはずよ」

「な、ならば、通用門を護衛する兵に尋ねれば！」

「それは今、しています」

　クロードが、ミアと同じ色をした瞳で、精一杯強く女官長を睨む。気圧《けお》されるまいと背筋を伸ばした彼を援護するように、メインルームの扉が開いた。硬い面持ちのルリィが、侍女の礼を取り、口を開く。

「失礼致します。外宮室のオリオン・カーゲルと名乗る者が、陛下にお目通りを願っております」

「門の兵士たちに、話を聞きに行っていた者です」

「通せ」

一礼して下がったルリィと入れ代わりに、やたら筋骨隆々とした大柄の男が入ってくる。ぱっと見どこかの山賊、どう頑張って見ても文官には見えない。

話には聞いていたが、外宮室には本当に、変人ばかりが集まっているらしい。ディアナが内心感心している側で、膝をついたオリオンが、報告を始めていた。

「園遊会当日に、門を守っていた者たちから、話を聞いて参りました」

「どうであった？」

「最初は『異常なし』と繰り返すばかりでしたが、どうにも様子がおかしかったもので……問い詰めたところ、園遊会の最中に、目立たないドレスを着た女官長殿が外へ出たと、白状しました」

女官長の唇が戦慄《わなな》く。アルフォードとクリスが、さりげなく彼女を捕らえやすい位置に移動した。ここまで証拠が出揃った以上、何をしでかすか分からない。二人の用心も当然であろう。

「何故兵たちは、最初から素直に話さなかったのだ？」

「それがどうやら、女官長から口止め料として、金銭を渡されていたようなのです。詳しく尋ねてみたのですが、通用門を護衛する兵に賄賂を渡し、外出の記録を残さないように細工することが、王宮、特に後宮内に勤める者の間で常習化しているようでして」

「なんと！　それは規律違反ではないか！」

「仰るとおりです。当日の兵たちも、いつものことだからと深く考えずに女官長殿をお通ししたと、話していました」

ジュークの表情は先程から厳しいものであったが、ここに来てはっきりと怒りを瞳に昇らせ、憤りと共に女官長を睨み据えた。

「まだ認めぬつもりか？」

「陛下！　どうか、どうかお聞きください。これは全て、『紅薔薇』が仕組んだことです。後宮の頂点に立つため、陛下のお心を掴まんがため、邪魔なわたくしを追い落とそうと企んだ、クレスター伯爵令嬢の罠なのです!!」

「見苦しいぞ、サーラ・マリス!!」

「正妃様の頭上にのみ赦される、宝冠《ティアラ》を狙ったことからも、クレスター伯爵令嬢の仕業であることは自明の理ではありませんか！」

女官長が叫んだ、その瞬間。

――ジュークの顔から、全ての感情が抜け落ちた。

斜めから見ていたディアナでさえ、その劇的な変化と完全なる無表情にひやりとしたくらいだ。真正面から直接見てしまった女官長には、それ以上の衝撃だったのだろう。不安そうな面持ちで、そっと王の顔色を窺う。

「へ……陛下？」

「――何故、分かった？」

「何故、とは……」

「宝物庫から消えた国宝が宝冠《ティアラ》だと、何故そなたが知っている？」

「そ、それは、先程から何度も……」

「皆は『国宝』とは言っても、『宝冠《ティアラ》』とは口にしていなかったはずだ。宝冠《ティアラ》のことを知る者には、決して口外しないよう、言い含めたからな。――私たちの他に、盗まれた国宝が宝冠《ティアラ》だと知っている者は……犯人だけだ」

どうやら、ジュークはジュークで、言葉の罠を張っていたらしい。まんまと引っ掛かった女官長は、取り返しのつかない失敗をしたことを悟り、語る言葉を失う。

一方、建前上は罪を被せられそうになった被害者の立ち位置で、必要以上に口出しはせず大人しくしていたディアナは、顔にも声にも態度にもまるで変化のないまま、心の中で激しくジュークに感動していた。

国宝保管室から宝冠《ティアラ》が盗まれていた上、模造品とすり替わっていたことを、彼が意図的に隠していることには気付いていた。何かしら考えてのことだろうとも予想はしていたけれど。あの短時間でここまでしっかりと関係者全員に口裏を合わすよう言い含め、宝冠《ティアラ》そのものを真犯人発見のための『切り札』にしようとしていたとは――！

ジュークは、女官長の言葉も、ディアナの言葉も、頭から信じ込んではいなかった。どちらの言葉も耳に入れつつ、本当の犯人はどちらなのか、じっと見極めようとしていたのだ。

もしも、ディアナが女官長の言うとおりの『黒幕』なら。自分の手足だった女官長が捕まり、国宝を見つけた民まで目の前にした状況で、手を掛けた国宝が宝冠《ティアラ》であると、口を滑らせない方が難しいだろう。どれほど上辺《うわべ》を取り繕っても、『宝冠《ティアラ》』の一言を口にした時点で、ジュークは確信を持つことができる。……上手いこと考えたものだ。

深く納得したディアナに、進退窮《きわ》まった女官長が、足音高く近づいてきた。

「どこからお前の計画だ⁉」

「……突然、何のお話です？」

「いつの間に陛下に取り入った！　この毒婦‼」

「紅薔薇！」

女官長は止まらない。ソファーに座るディアナに手を伸ばし――彼女の細い首を締め上げようとする。

焦るジュークとは対照的に、迫る女官長を前に、ディアナは微動だにしなかった。

――刹那、鋭く風を切る音が響く。

「失礼」

女官長とディアナの間に、鞘のついたレイピアが割って入る。女官長の様子を注意深く窺っていたクリスが動いたのだ。小柄な身体からは想像できない力で、彼女はそのまま、女官長を拘束する。

凄まじい形相で、女官長は暴れた。

「離せ、離さぬか！　身の程を知らぬ小娘が、わたくしに手を出すとどうなるか、思い知らせてやる！」

「……わたくしの嫌疑は晴れましたか、陛下？」

「晴れた……のだろうな」

暴れる女官長を、冷たく、しかしわずかに憐憫《れんびん》の情を滲ませて、ジュークは見下ろす。彼の後ろではアルフォードが「後宮近衛を呼べ！」と命令し、程なく数人の女性近衛が駆けつけて、拘束具を使って女官長を完全に捕らえた。

「――サーラ・マリス伯爵夫人。女官長職にありながら、側室筆頭たる『紅薔薇』に狼藉《ろうぜき》を働こうとした暴挙は見逃せぬ。よって只今、勅命を以て、そなたの職を剥奪する」

「……わたくしの職を解いて、どうなさるおつもりです。今、この国に、わたくし以上に女官長職に相応しい者はおりません。それは、王太后様もよくご存じのこと」

縛り上げられながら、それでも女官長……この瞬間からは単なるマリス夫人でしかない彼女は、傲岸不遜《ごうがんふそん》に顎を上げ、王に向かって言い放った。

「そなたは、女官の長たる者として、相応しくはない」

「家柄、教養、王宮での経験。この全てがわたくしより秀でている者が、この国にいると？」

全員が、言葉を失った。ディアナの背後で、侍女たちが、ミアが、怒りとやるせなさに身体を震わせているのが分かる。

家柄、教養、王宮での経験。――そんなものより、もっともっと大切なものが、上に立つ者には欠かせないのに。

しんとした重い空気から、彼女たちの声なき悲鳴すら、伝わってくるかのようだ。

「――もう、止めにしませんか、サーラ」

沈黙を破ったのは、誰も知らない……ディアナすら聞いたことがない、深く落ち着いた声だった。

いつの間に室内にいたのか、装飾のない地味なドレスに身を包んだ、四十代後半に見える女性が、静かにマリス夫人へと歩み寄っていく。

「あなたが言った事柄は全て、女官長として立つ者に必要です。……けれど、欠かせないことでもない。あなたは、決して欠かしてはならないものを、無くしてしまった」

「あ、あなたは……」

「王宮に勤める『官』として、唯一絶対に欠かしてはならないもの。――民を慈しみ、部下を労り、仲間を励ます、慈愛の心を」

マリス夫人が、愕然とした表情を見せる。彼女が何に衝撃を受けているのか分からず、眼差しに疑問を映したディアナに、威厳と親しみを同居させた見知らぬ女性が振り返った。

「『官』と名の付く役職を与えられた者は、男女問わず『官の心得』と呼ばれる文言《もんごん》を覚え、実践することを義務付けられています。慈愛の心は、心得の最初に、決して失ってはならないものとして、記されているのです」

「そう……なのですか」

初耳だった。クレスター家は代々、王宮から遠い。自然と、王宮独自のしきたりなどには疎《うと》くなる。

ディアナが納得したからか、女性は再び、マリス夫人に向き直った。

「サーラ。あなたの境遇には同情します。けれどそれは、正道に背く言い訳にはなりません」

「……逃げ出した敗者に、何が分かるの」

「逃げたことは確かですが、私は逃げたことを、敗《ま》けとは思っていませんよ」

若者組にはさっぱり分からない会話はしかし、確かに夫人を大人しくさせた。後宮近衛に引かれ、立ち去る彼女を、何となく全員が立ち上がって見送る。ジュークが、無音の深いため息を吐いた。

「──済まなかった、マグノム夫人」

「勿体無いお言葉にございます、陛下」

「私も行かねばな。──紅薔薇」

声を掛けられ、彼を振り返る。ジュークはほんの少しだけ、微笑んだようだった。

「騒がせたな。詳しい話はまた後日、で構わぬか?」

「もちろんですわ。どうぞ、お疲れの出ませんように」

「あぁ。マグノム夫人、後のことは任せた」

「かしこまりました」

「──アルフォード、行くぞ」

「ははっ」

アルフォードと国王近衛を引き連れて、ジュークは『紅薔薇の間』から立ち去っていく。彼らを見送り、足音が聞こえなくなり、気配すらも消えて──。

「……皆様、お疲れさまでした。どうにか、何とかなりましたわね」

ディアナのその言葉を合図に、室内の空気が大きく緩《ゆる》み、全員が大きく息をついたのであった。

七．一件落着の裏側で

――時は、少し巻き戻る。

ディアナたち後宮組が、髪を振り乱して駆け回っていた園遊会前日の夜。

王都の中でも平民たちが住まうその一画に、ごく普通の民家よりはほんの少し大きく、他とは少し違う造りで、ひっそりと建つ家があった。表の扉には、『キーセンの鍵屋』の看板が揺れている。

真夜中ということもあり、当然店は『閉店中』だ。

一階も二階もしんと静まり返っていたが、実はその更に下、関係者以外立ち入り禁止の地下室で、三人の男が額を寄せあって唸り声を上げていたのである。

「今月も厳しいなー」

「新しい鍵の開発は、この分じゃ当分先か」

「そんな悠長なこと言ってられないだろ。窃盗犯の腕も、年々上がってきてるんだから」

「けど、今考案中のアレを試作するとなると、かなりの予算が必要になるぜ？」

図面と帳簿を交互に睨みつけている長兄ハンスの肩を、末っ子のロナルドがぽんぽん叩く。金庫番の次男、ジョンが苦笑した。

「諦めろよハンス。飛び入りの『裏』の仕事が入ってこない限り、試作は後回しだ」

「――『裏』の仕事、ね。多分明日辺り、入ってくると思うぜ？」

地下で唸っていた男たち――キーセン三兄弟は、突如頭上から響いた第三者の声に、一瞬警戒して身構えた。が、すぐに、そこにいるのがよく知っている人物だと気付く。

「エドワード様。どこから入って来たんです？」

「そこの天窓、留め具が緩くなってるぞ？　鍵屋なんだから、自分の家の防犯くらいしっかりやっとけよ」

そう言いつつ、侵入者エドワードはひょいっと、三兄弟の側に降り立った。

「ほー、これが新しい鍵の設計図か。面白いな、ウチのも作って貰《もら》おうか」

「ウチは貴族の鍵の注文は受け付けてませんよ。ご存知でしょうに」

「融通利かせろよなぁ」

笑うエドワードに、三兄弟の視線がざくざく刺さる。代表でハンスが口を開いた。

「それで、エドワード様。明日入ってくる『裏』の依頼とは？」

その話をしに来たのでしょう？　と目で雄弁に促され、エドワードは軽く笑った。

「お前らが相変わらずで何よりだ。――明日の午後、ここに『鍵開け』を依頼しに来る者が、高確率で現れる」

「その依頼内容は？」

「とある屋敷に忍び込んで、『コレ』の本物を盗み出して来い、ってトコロだろうな」

そう言って、エドワードが懐から取り出したのは。

――きらきら輝く、本物そっくりの宝冠《ティアラ》の模造品だった。

『キーセンの鍵屋』が、三代続く王都の鍵屋だという話は、嘘ではない。

ただ彼らは、王都に店を構えるより遥か前から、『鍵開け師』として特権階級の依頼を受けてきた、正真正銘『裏』の世界に属する一族の末裔なのである。

『鍵開け師のキーセン一族』――彼らが放浪しながら仕事を受けていた昔も、拠点を持つようになった今も、変わらず『裏』の世界では、侵入と盗掘の玄人《プロ》として、その名は広く知られている。

『キーセンの鍵屋』に鍵を注文する貴族はいない。創業以来『お貴族様お断り』の方針を貫き、どれほど金銭を積んでも、彼らは貴族に鍵を作らないからだ。

一族は、特権階級からの依頼は『裏』のものしか受けないと、昔も今も割り切っている。それは、ごく普通の一般人として表の顔を取り繕うことを覚えた今でも、彼らが自らを『裏』の人間だと定義している証明だ。――『鍵開け師』として接する貴族たちに、表の顔は決して晒《さら》さない、と。

「良くできてますねぇ。コレ、正妃様の冠でしょ?」

あまりの眩《まばゆ》さに一瞬言葉を失った彼らだが、切り換えは実に早かった。ロナルドが机に置かれた宝冠《ティアラ》の偽物を眺め、しみじみ言う。

「バックスの爺さんに頼んだ。宝飾関係の複製なら、あの人の右に出る者はいないからな」

「しかし、コレの本物を盗んで来いって、要するに王宮に忍び込めってことですか?」

真面目なジョンが腕を組んだ。『世の中にはできることとできないことがある』と、その顔には書いてある。

「そうだよなぁ、いくら俺でも、さすがに王宮に忍び込むのは難しいぜ」

「いや、あんな魔窟まで行く必要はない。精々、どっかのバカ貴族の屋敷だろう」

「そこにコレの本物があるってことは……はは ぁ」

『裏』で生きて長い彼らは、滅多なことでは驚かない。このときも彼らは、別段驚きはしなかった。

――ただ、呆れ返った表情になっただけで。

「俺たちも、そう詳しいことを知ってるわけじゃないんですけどね。コレの本物って確か、国宝じゃありませんでした？」

「紛れもない国宝だな。しかも、建国以来続く由緒正しい財宝だ」

「……盗んだ奴、売った奴、買った奴。全員馬鹿でしょう」

「だからさっきから言っているだろ、『バカ貴族』って」

「そこまで分かってるなら、俺たちなんかより『闇』の方々が出た方が、早いし確実なのでは？」

「それができたらとっくにやってるよ」

エドワードはため息をつくと、用心深く模造品の宝冠《ティアラ》に触れた。

「国宝の盗掘、横流しなんて、バレたら即効で身の破滅だからな。奴ら、この件だけは、関わる人間を最小限に減らして、証拠も残さないように立ち回ってやがった。俺たちも限界まで動いたんだが、分かったのは、奴が手に掛けた国宝が宝冠《ティアラ》だったことと、その時期くらいでな。誰に売ったか、どういう手を使ったのかまでは、探り切れなかったんだ」

「……だから、俺たちの出番、ですか？」

「お前たちは、『裏』の中でも比較的知名度が高いからな。買い手にバレないように、本物を偽物とすり替えるとかいう仕事なら、まず間違いなくお前らに依頼が来るはずだ」

「それはそうかもしれませんけど、盗んだ奴と買った奴が共謀して、秘密裏に本物を元通りにする可能性だってありますよ？」

「それはない」

エドワードはニヤリと笑った。

「こいつを作ったバックスの爺さん曰く、高い金を積めば盗みから殺人まで何でもするようなヤクザな連中が、最近滅茶苦茶忙しいらしい」

「あー……。十中八九、偽物作りに精を出してますね、それ」

「そういうことだ。宝冠《ティアラ》を売った馬鹿が、『都合が悪くなったから宝冠《ティアラ》を返せ』なんて馬鹿正直に言おうものなら、買った馬鹿は当然『じゃあ払った金を返せ』って話になるからな。国宝を流した見返りの金が幾らなのかは考えたくもないが、それだけの手持ちがない、あるいは返す金が惜しい、となれば、気付かれないように本物を取り返すしか、方法はない」

「しかし、そんなに焦って取り返す必要がありますか？　王様はまだ正妃様を決める様子はないし、宝冠《ティアラ》の出番はまだまだ先でしょうに」

「必要があるんだよ。——ディアナが、コイツの本物を盗んだ奴は誰なのか、知っているからな」

三兄弟は一様に、納得の表情を浮かべた。

「そういえば今、ディアナ様は後宮にいらっしゃるのでしたね」

「あの顔で揺さぶりを掛けられたら、そりゃ焦って、一番ヤバイ悪事だけでも隠さないと、って気になりますよね～」

「……ってことはひょっとして、さっきからエドワード様が言っている『奴』って、後宮のお偉いさんですか？」

「女官たちの長、だな。偉いといえば偉い」

「いやそれ、フツーに偉い立場ですから」

混ぜっ返すロナルドの横で、兄二人は渋い顔だ。よりにもよって女官長が国宝に手を出すなど、世も末だと思っているのは間違いない。

「つまり話をまとめると——明日の昼頃、女官長側の誰かが、ヤクザな連中に作らせた宝冠《ティアラ》の偽物を持って、それと本物をすり替えろとかいう『依頼』をしに来ると」

「あぁ。ほぼ間違いなく、な。ついでに言っとくと、ここまで出向くのは、女官長本人の可能性が高い」

「何故です？」

「本物と偽物のすり替えは、この計画の肝だぜ？　確実を期すためにも、依頼を人任せにはしないだろ。第一、人任せにするなら、もっと早く動いているはずだ」

「と、言いますと？」

「例のヤクザ連中が手掛けた偽物、数日前には完成して、女官長が密かに隠れ家にしている屋敷まで届けられたらしいからな」

その屋敷には、女官長が手足のように使っている人間もいる。その人物が動かない以上、女官長自らがここまで来ようとしていると考えるのが自然だ。

エドワードの説明をふむふむ頷いて聞いていたジョンが、ふと首を傾げた。

「しかし、何故明日の昼なのです？　普通こういった依頼の客は、夜間に来るものですが」

「あぁ、それは……」

ふっと息を吐き出してから、クレスター家の跡取り息子は、実に麗《うるわ》しい笑みを浮かべた。彼のこの微笑みが、獲物を捉えた肉食獣の笑みだと、知っているのは『裏』の人間だけだ。

「――明日の昼から、『園遊会』だからな」

† † † † †

今回の園遊会には、いくつかの隠された目的があった。

一つはもちろん、側室の側室による側室たちのための、『王様しっかりしろよ』計画。成功率は、前後の王の様子から察するに、想像以上のものがあった。

貴族が大勢集まる以上、笑顔の裏で諜報活動が行われていたのはいつものこと。『牡丹派』はそれこそ、鵜《う》の目鷹《たか》の目で『紅薔薇』の粗探しに必死だったし、そんな彼らと『紅薔薇派』の側室たち全員の様子をくまなく探っていたクレスター家一同とて、側室とその家族のみが集まるという特殊な状況を、最大限利用していたという点で違いはない。


――そして。


「……本当に、皆様、お疲れさまでした」

マリス夫人を連れ、ジュークと近衛騎士たち、外宮室のオリオンとクロードが退室した『紅薔薇の間』にて、関係者一同はようやく脱力していた。

怒濤《どとう》の展開を終え、ディアナはこれまでの『巻き込まれた第三者』の表情を消し去る。

「ユーリ、ルリィ、厨房で熱いお湯をもらってきてくれないかしら。ちょっと、熱々の飲み物が欲しい気分なの」

「かしこまりました」

ディアナの指示を受けて、ユーリとルリィの二人が、お湯を貰いに静かに出て行った。

室内に残ったのは、ディアナとリタ、ミアとキースとハンス、そして謎の女性の六人のみだ。

ほっと一息ついたディアナは、ソファーから立ち上がると、まずは謎の女性に向かって頭を下げる。

「助かりました。ありがとうございます、マグノム夫人」

「あのままでは、サーラ――マリス夫人も、引き際を見誤っていたでしょうからね。礼の言葉は必要ありませんよ」

マグノム夫人と呼ばれた彼女は、そこで初めて、口元を綻《ほころ》ばせた。

「フィオネから突然、『姪のために一肌脱いでくださいませんか』なんて言われたときは、何事かと思ったけれど。……こういうこと、だったのね」

「女官長職を、引き受けて頂けますか」

背筋を伸ばし、同じくらいの高さにある彼女の目をしっかりと見て、ディアナは問い掛けた。マグノム夫人は、柔らかく頷く。

「フィオネの頼みなら、断れないわ。それに、この状態の後宮を看過することはできません」

「感謝致します」

そう、彼女こそ、フィオネが探してきた『後任』の人物。マリス夫人と同時期に王宮に上がり、女官として優秀に務めを果たしていたものの、婚姻を機に職を辞し、やがて社交界からも遠ざかって、今では貴族の間からすら忘れ去られていた女性、シャロン・マグノムだった。顔を合わせるのは今日が初めてではあるものの、フィオネから話を聞いていたため、ディアナに戸惑いはない。

しかし、彼女の登場については、正直なところ疑問だった。

「とてもありがたいタイミングでいらしてくださいましたが、何かあったのですか？」

「今回の件は極秘ということで、ひとまず事情を知る外宮室へ赴いたのですが、そこでサーラが往生際悪く足掻いていると耳にしたもので。彼女は身分や年齢で他者を測るきらいがありますので、いくら陛下の御前とはいえ、若者たちを前にしては引けないだろうと思い、僭越《せんえつ》ながら参上した次第です」

「僭越など、とんでもない。本当に助かりました」

あのままでは本当に、双方が引くに引けない状況に陥っていたはずだ。

素直に頭を下げるディアナを前に微笑んでいた彼女は、ふと表情を引き締める。

「まさか、サーラがここまで堕ちていたとは……綱紀粛正《こうきしゅくせい》を徹底せねばなりませんね」

「女官長に荷担していた女官と侍女については、分かる範囲で調べ上げています」

「助かります、ハイゼット室長補佐。――『紅薔薇様』、私はこれより、調査に入りたいと思いますが」

「正式な任命勅書が降りるまでは、慎重になさってくださいね」

「お気遣いに感謝します」

完璧な礼を取ったマグノム夫人は、すっとミアに視線を向ける。

「ミア・メルトロワ。手を貸してください」

「え……」

ミアが目を丸くする。理由はどうあれ、前女官長の下で悪事の片棒を担いできたミアは、全てが終わったその後は、裁かれる側になることを覚悟していた。――それなのに。

「あなたのことは聞いています。マリス夫人の一番近くにいたあなたの証言があれば、調査も速やかに進むでしょう」

「……私のことを信じる、と？」

「現段階では、何とも言えません。話には聞いていましたが、私はあなたとは初対面。あなたが信じるに足る人物かどうかは、これから共に仕事をする中で、見極めたいと思っています」

声の調子や選ぶ言葉は優しいが、その内容は、ミアにとってこれ以上はないほど厳しい。信じて欲しければ態度で示せと、夫人は突き放しているのだ。

ミアは一瞬青ざめたが、すぐにぐっと顔を上げた。

「――ディアナ様」

「構わないわ。行ってらっしゃい、ミア」

「はい」

女官二人が退室の挨拶の後下がると、室内は更に静かになった。二人の気配が消えるのを待って、ディアナはやっと、今回一番の功労者の方を向く。

「色々迷惑をかけてごめんなさい、ハンス」

「大した手間じゃないですよ。それに、白昼堂々王宮に入れる機会なんて、そうそうないですからね。こっちにも利があることなんだし、あんまり気にしないでください」

そう言って笑うハンスは、ついさっき……それこそ、マグノム夫人とミアが出て行くまでしっかりと被っていた『貴族に囲まれてびくびくしている善良な小市民』の皮を、綺麗さっぱり脱ぎ捨てていた。もともと彼は貴族相手にも互角に渡り合う『裏』の人間、王宮だろうが王様だろうが、畏《おそ》れ敬う神経は持ち合わせていない。

「あなたたちの手を煩《わずら》わせてしまったのは、わたくしたちの力不足だもの」

「クレスター家の皆さんの悪い癖ですよ。俺たちは散々あなた方に頼ってるんだから、俺たちにできることがあったら、今回みたいに遠慮なく言ってくれたら良いんです」

「その意見には同意します」

キースが言葉少なに、実感を込めて頷いた。実に頼りになる協力者たちの姿に、ディアナとリタは顔を見合わせ笑った。

——マリス夫人が、単なる美術品だけでなく、国宝までもを横流ししていることを、ディアナ含むクレスター家は、彼女と直接対決したあの夜まで本当に知らなかった。間に幾つもの流通経路を挟んでいたら別だが、物がモノだけに、その取り扱いには細心の注意を払っていたのだろう。取引の証の書面すら、残してはいない徹底ぶりだった。

女官長から言質《げんち》を取ったディアナは、いかにも余裕の風情を取り繕いつつ、あのとき実は相当に焦っていた。国宝が横流しされたなどと公になったら、単なる女官長の暴走では済まない。『長』たる人物が国宝すら蔑ろにしている、それは則ち、王家の威信の崩壊に繋がる大事。

長い歴史の中で、数多の戦を繰り返し、結果として半島全体を統一したエルグランド王国は、土地面積も広ければそこに住む民の数も多い、広大な国だ。元々が別々の国であった分、文化や価値観も土地によって様々なこの国は、『王家』という権威の象徴の元、一つにまとまっている。近年では、功績を上げた者に爵位を与えた新興貴族が台頭してきているが、王家との結びつきが弱い彼らですら、「王家を滅ぼせ」と言わないのがこの国の不思議なところだ。王家は尊敬すべき存在であり、敬い重んじるべき。そんな価値観が、ごく自然に浸透しているのである。

特に、常日頃からそう声高に叫んでいるのが、過激保守派の面々だ。彼らは、歴史ある王家を至上の存在として崇《あが》め、そういった歴史もないのに爵位を与えられた新興貴族に対し、存在だけで王家を侮辱していると攻撃している。そんな風に言われてしまえば、そちらこそ、大した功績もないくせに長く家が続いているだけで偉そうに、と新興貴族が反発したくなるのも当然。そんな両者を「歴史も功績もどちらも大事ですよ」とやんわり抑えているのが、他ならぬ『王家の威信』なのだ。

この状況下で、過激保守派の一員として知られるマリス夫人が、よりにもよって国宝を売り飛ばしたなんて公になれば。「保守派こそ、王家を軽んじているではないか」「歴史ある名家にすら侮られる王家など」と、これまでの不満が一気に噴き出すさまが、容易に想像できる。

――下手をすれば、コレをきっかけに、保守派と革新派の全面戦争に突入しかねない。

あの一瞬で、ディアナはそこまで考えた。

ディアナから報告を受けたクレスター家とて、考えたことは同じだ。できるだけ早期に国宝を取り戻し、王宮による大々的な捜索だけは避けられるようにと、『闇』を総動員しての調査に乗り出した。

……が、結果はいずれも芳《かんば》しくないもので。

最後の手段、『国宝保管室侵入』という危険を犯してようやく、女官長が手を出した国宝が宝冠《ティアラ》であることを突き止めたのだ。

この時点で、女官長が誰に宝冠《ティアラ》を売ったか割り出し、そいつの弱みを握って宝冠《ティアラ》を自発的にお返し願うという、最も穏便な解決手法は、ほぼ実行不能だった。『裏』のルートをいくつか辿って買い手を探すには、今回圧倒的に時間が足りない。マリス夫人を女官長の座から引きずり下ろすときに、宝冠《ティアラ》の件も一緒に片付けてしまわなければ、彼女の所行が広く知れ渡ってしまう。

女官長を見張っていた『闇』の報告や、『裏』の稼業者たちからの情報で、女官長がせめて国宝の一件だけはしらばっくれようとしていることは想像がついた。国宝の偽物を作らせ本物と入れ換えて、盗み出した本物を人知れず国宝保管庫に戻す、という単純な企みだ。取り返したい宝冠《ティアラ》の所在地が割り出せない一同は、不確定要素は数多く残るものの、彼女の計画を逆手に取る作戦に賭けたのである。

『紅薔薇』とクレスター家に見張られているという警戒心を抱いている女官長が、唯一動ける日があるとすれば。それは、ディアナもクレスター家も後宮内に留まる、園遊会の日をおいて他にはない。そう睨んだ一家は、『闇』を通してたった一言、ディアナに指示を出した。

『園遊会当日、女官長を自由にしろ』――と。

指示を受けたディアナは、女官長をわざと裏方の、しかも目立たない立場に置き、その周囲も彼女の取り巻きで固め、仕上げとばかりに『紅薔薇』側の女官と侍女を大忙しの配置にして（それが結果的に最も効率よく園遊会を回せる連携を生み出したことは副産物だ）、女官長が動きやすくなるよう舞台を整えた。これで彼女が動くかどうか、それだけが賭けだったが、焦りもあってか、女官長は見事に嵌まってくれたというわけだ。

「俺は、あのご婦人が本当に俺たちの店に来てくれるかどうか、実に不安でしたけどね」

「そこは心配する必要ないでしょう？　『王都の外れにある枯れ井戸を辿ると、鍵開け師の隠れ家の扉がある』……割と有名な噂だもの」

「別に俺たち、宣伝してるわけじゃないんですけど」

時間の無い中で女官長が『仕事』を依頼するとしたら、実績と共に語り継がれている『枯れ井戸の鍵開け師』だろう。王都はキーセン一族の縄張り、他の鍵開け師もいない。

そしてキーセン一族は、かなり古くから、クレスター家と懇意にしている『裏』の人間であった。彼らなら、腕も人柄も度胸も申し分ないと分かっていたからこそ、エドワードは今回の作戦に助力を願い出たのだ。

その内容は、二つ。『依頼通り、女官長が持ってきた偽物と本物をすり替えた後、女官長にはクレスター家が用意した模造品を渡してほしい』と。

――合図をしたら、手元にある本物を、王宮の門まで持ってきてほしい、だった。

「俺なんかが宝物を王宮に持ち込んで、どうなることかと思いましたけど。外宮室……でしたっけ？　なかなか手際が良かったですね」

「この機会を逃しては、マリス夫人を追い詰めることはできません。我々とて、気合いの入りようが違います」

ハンスが宝冠《ティアラ》を持ち込んだまさにそのとき、門の付近にミアの弟、クロードが通りかかったのは、偶然でも何でもない。門の付近で待機して、ハンスが現れたのを確認して姿を見せる。何となく興味を引かれた風を装い「どうしました？」と声をかけ、ハンスが持ってきた包みを覗き込んで、すぐさま彼を外宮室まで連れていった。その途中で国王近衛騎士とすれ違ったため、「行方不明だった国宝が見つかった」と耳打ちし、外宮室についてすぐ、姉との連絡経路を使って『国宝と証人保護』の一報を送って。

後宮から返事が来るまでの僅かの間に、クロードはハンスに、ハンスが宝冠《ティアラ》を持っている『表向きの理由《ストーリー》』を伝えたのである。場馴れしているハンスは、クレスター家が自分に与えた役割を正しく理解して、王の前でも全く臆することなく、見事な演技を見せてくれた。

――女官長から国宝を取り戻し、尚且つ彼女の罪を、王とその側近のみに伝える。そのために、クレスター家と外宮室は、この一月の間、全力を越えて動いたのである。

ちなみに、ディアナがこの件で実家から言われたことは、例の『女官長を自由にしろ』のみであった。外宮室がジュークに対して釣糸を垂れることは知っていたが、他に指示は何一つなく、情報も断片的にしか入手していなかったため、先程の対応は完全に即興芝居《アドリブ》だ。国宝の件は、『とりあえず任せろ』と言ってくれた実家に甘えて全面的に任せた。

……にしても。

「お父様のことだから、何か企んではいるだろうな、とは思っていたけれど。まさか、園遊会自体を巨大な囮《おとり》に使うなんて」

「ディアナ様には知らせない方が、精神衛生上良いと、デュアリス様が」

キースの言葉に、ディアナは苦笑して首を横に振った。

「それもあるけど、一番の理由はそこじゃないと思います。女官長を油断させるためには、わたくしが何も知らずに園遊会準備に奔走することが、絶対条件だったのよ」

女官長にとって、最も身近で、最も警戒すべき敵は、ディアナ本人だ。しかし、ディアナが事前に園遊会で女官長を嵌める計画を知らされていたとしたら、あそこまで無造作に彼女を自由にできたかどうか怪しい。正直あのときのディアナはいっぱいいっぱいで、園遊会時に女官長に回す人手が足りないと頭を抱えてすらおり、実家からの指示を深く考えずに（むしろ渡りに船とばかりに）実行した節があった。ディアナにあそこまで余裕がなかったからこそ、女官長も油断して、クレスター家の思惑通りに動いたのだ。

ディアナが家族の作戦を何となく把握したのは、今日になってから。国宝を見慣れているはずのジュークですら欺く模造品の『宝冠《ティアラ》』から『裏』の関与を疑い、クレスター家が『裏』に協力を要請したとしたら……といくつかの筋書きを思い浮かべて、ハンスが出てきた辺りで全体像を理解した。次々動く話の中、そこから逆に状況を推察するという、仮にも作戦の中心にいる人物としては明らかに間違っている作業をこなしていたのだ。カイに国宝保管室を覗かせてもらえたから、その作業もかなり楽にはなったけれど。

「自分の家族にこんなこと言うのもなんだけど、立てる作戦が鬼よね。……あらゆる意味で」

必死で園遊会を乗り切ろうと奔走する後宮全体が、クレスター家が仕掛けた『罠』だったのだ。……園遊会を企画した本人たちすら、知らないままに。ディアナすらも、あの状況下では、女官長に対する囮でしかなかった。まさかマリス夫人も、クレスター家が、一族の娘を囮に使うなどとは、夢にも思わなかったに違いない。

言いたいことがまるでないわけではないが、それでも。

「何はともあれ、無事に終わって本当に良かった」

「後は、この件を陛下がどのように決着させるか、ですね」

「これだけ大事になったのです。女官長を免職にはできるでしょうが……そのためにも、こまごまとした雑事が残っています。我々もそろそろ、戻った方がよろしいですね」

王がいなくなった後宮に、これ以上キースたちを留めることは確かに望ましくない。今更ではあるものの、後宮は基本的に王以外の男性が自由に立ち入れる場所ではないのだ。百歩譲ってキースはともかく、ハンスは王宮の関係者ですらないのだから。

キースの言葉にディアナが頷いたところで、廊下に面した扉が開く気配がした。リとルリィが戻ってきたのだろう。

「外宮まで人目につかないように、ユーリに送ってもらいます。それから後のことは、ハンとも含めてキース様、よろしくお願い致します」

「助かります、ディアナ様。ハンス殿のことはお任せを」

平常営業に戻ったユーリの『失礼致します』の声に、ディアナはやっと、ようやく、一山越えたことを実感していた。

閑話その一～外宮室は大忙し～

――『紅薔薇の間』での修羅場を、何とか無事に切り抜けて。

今回の協力者であるハンスを連れたキースが、外宮室――が今回の一件を密かに解決するため、秘密裏に確保した部屋に戻ってみると、そこは悲惨な有り様だった。

「マリス夫人が手を出した宝物類はこれで全てか？　買い手の方は？」

「えーと、前女官長の後宮経費横領について……」

「おい、この紙こっちに置いたの誰だよ？　これは向こうだろ、混ざったら分かんなくなるぞ！」

「模造品作ってた業者の裏は取れてるかー？」

「あぁ、その件でしたらあちらの紙の山のどこかに……」

そう広くはない室内に、外宮室の面々と関係書類、証拠の品の一部などが詰め込まれ、真面目に遭難を心配しなければならない段階の荒れようである。キースは思わずいつもの癖で眼鏡を直し、ため息をついた。

「ほんの数時間私が留守にしただけで、いったい何があったのです？」

「あっ、キースさん！　いやね、陛下が、今回の件の全容を何としてでも解明せよと仰ったものですから」

「だからといって、関係するもの全部この部屋に詰め込む馬鹿がどこにいますか。これでは、却って効率が悪いでしょう」

「それはほら、オリオンさんが、ねぇ……」

面倒を嫌う、外宮室一の大雑把男が諸悪の根元か。一言文句を言ってやりたいは山々だが、残念ながらオリオンの姿は紙の山に埋もれて見えない。お説教はひとまず、この件が片付いてからになりそうだ。

キースの後ろで、何とも言えない目をして室内を眺めていたハンスが、ぼそりと呟く。

「てゆーか、誰が片付けるんだろコレ……」

「立候補してくださっても構いませんよ？」

「いやいや、さすがにそれはマズいでしょ」

「立ってるものは親でも使え。外宮室の格言ですからね」

「え、今の本気ですか？」

「残念なことに、外宮室は万年人手不足なんです」

キースは未処理の書面の山からいくつかを抜き出すと、インク壺とペンを添えてハンスに押し付けた。

「こちらの内容を分かりやすくまとめて一覧にしてください」

「えええぇ？」

「終わらなければ帰れませんよ」

恐ろしい速度で未処理の書面を分類しつつ、キースは事も無げに言う。状況判断能力が抜群に優れているハンスは、喉まで出かかった『俺、平民なんですけど』『それどころか、そこそこダークサイドの人間なんですけど』という常識的な突っ込みを諦めた。

――重要な情報が溢れている部屋に、『裏』に属すると分かっている人間を平気な顔をして招き入れるだけでは飽き足らず、顎でこき使うとは。

王宮にもこんな変な奴らがいたのかと思うそばから、平気な顔をしてクレスター家とつるむこいつらがまともなわけないか、と思い直したハンスである。

「俺がやって良いならやりますけどね。俺が加わったところで、焼け石に水ですよ」

「……ですが、やるしかないでしょう」

「そもそも、疑問なんですけどね。あのご婦人……前女官長でしたっけ、あの人の余罪って、どれくらいあるんですか？」

「さぁ……細かく分類すれば、キリがないかもしれません」

ハンスは露骨に呆れた表情を浮かべた。

「その余罪を残らず明らかにしろって？　あの王様、随分と無茶なこと言いますね。それだけで年が終わりますよ」

「罪の解明は、必要なことでは？」

「限度があるって話です。今回の目的……つっても、俺も詳しく聞いたわけじゃないですけど、要するに、あのご婦人から職と貴族位を奪えたらそれで良いんでしょ？　だったら、誰から見てもその処分が妥当《だとう》だって思える程度の『解明』にしといた方が、話早くないですか？」

一般人の皮を被っていても、根本のところで『裏』の人間である彼は、無駄を好まない。最低限の労力で最大限の効果を上げ、目的を達成することこそが、彼の生きる世界の常識だ。この部屋の惨状は正直、手段と目的が逆転している印象を受ける。

ハンスの指摘に、キースは眼鏡の奥の目をぱちくりさせた。冷静な彼にしては珍しく、虚を突かれた顔つきだ。

「確かに……あなたの言うとおりですね」

「それに、今更全容を解明してどうなります？　馬鹿正直に世間に公表しますか？　……宝冠《ティアラ》の件も含めて？」

ハンスが最後に付け足した一言は、表向きはいつも通りにてきぱきしつつ、実は寝不足で思考能力が鈍っていたキースの頭を、即座に揺り起こすだけの威力を秘めていた。

ややや慌てて、キースは入り口近くで作業していた室員の方を振り向く。

「先程、これは陛下の指示だと言いましたね？」

「え？　ええ、陛下のご指示です。ここまで虚仮《こけ》にされたのですから、女官長の罪を全て公《おおやけ》にして正当な罰を下したいと、陛下はお考えなのでしょう」

冗談ではない。そんなことをしてしまったら、何のためにここまで苦労して宝冠《ティアラ》を取り戻したのか、分からなくなってしまうではないか。隣のハンスも肩をすくめている。

「……陛下は、どちらに？」

「へ？　ええと、多分隣室においでです。我々がまとめた文書に、逐一目を通していらっしゃいますから」

ここからなら、内側の続き扉を使うより、廊下から回った方が早い。

無言で立ち上がり、部屋を出ていったキースを横目に見ながら、ハンスは思った。

偉い方々は偉い方々なりに、苦労してるんだな――と。

＊＊＊＊＊＊＊＊＊＊＊

廊下をぐるりと回って隣室の前に立ったキースはまず、扉前に近衛騎士がいないことに驚いた。国王の騎士が守っていれば、そこに国王がいることは自然と知られるわけだから、隠密行動の際に近衛の数を減らすのは基本中の基本。だが、さすがにゼロは危険すぎやしないか。

この警備の薄さと外宮の通常営業ぶりから、国王陛下の本気ぶりだけは伝わってくるわけだが……その〝本気〟がどちらに向いているかで、状況はがらりと変わってくる。

キースは気持ちを落ち着けるため、扉の前で細く長く息を吐き出した後、扉に向かって声を上げた。

「失礼致します」

「……キースか？」

返ってきたのは、キースもよく知る者の声。

ガチャリとノブが回り、内側から国王近衛騎士団団長アルフォードが顔を見せた。

その事実に臣下としてほっとする。彼まで王の傍を離れていたらどうしようかと思っていたところだ。

「やはりここにいらしたのですね」

「あぁ、まぁな。……とりあえず、入れ」

促され入ったその先は、衝立《ついたて》で仕切られた小部屋のようになっていた。並ぶ衝立の隙間から奥を覗くと、予想通り国王陛下の姿もある。一国の王には相応しくない、使い古され光沢も失われた小さな机をいくつか並べて無理矢理広くし、執務室にあるふかふかの高級品とは比べものにならないぼろぼろの椅子に座って、積まれた文書を一枚一枚、彼は真剣に読み進めていた。

そして、これも半ば予想していたことではあったが、室内にはアルフォードの他に近衛騎士がいない。本当に、文字通り、必要最低限の警護体制だ。

キースは再びため息をついた。

「無用心《ぶようじん》過ぎませんか？」

「俺もそう思うんだけどな。マリス夫人とその周辺を洗うのに、今は近衛騎士以外を使えないだろ」

「既に確保に動いている、と？」

「いや？　ひとまず事実確認に留めとけ、って命じてある。下手に先走って、反撃されても厄介だしな」

アルフォードが現国王の近衛騎士団団長に選ばれたのは、方々にとってつくづく幸運だった。彼がギリギリのところでいつも、最悪の状況を回避しているのだ。

事が大々的に動く一歩手前で留まっていることに安堵したキースは、とにかく王の真意を確認しなければ始まらないと、衝立の裏側で息を潜めた。

「……ところで、陛下が外宮室に対し、マリス夫人の罪状を全て明らかにするように命じられたと聞いたのですが」

「あぁ、必要なことだろ？」

「それはつまり、彼女の罪を公にすると？」

「しなきゃ、正式に罷免《ひめん》できない。……おいおいキース、どうした？」

「――私がお尋ねしたいのは、公にする事柄の中に、今回の『国宝盗難』も含まれているのかということです」

ズバリ切り込んだキースの言葉に、アルフォードは一瞬言葉を失った。

「……それは、確認してなかったな」

「ええ、私も失念していましたから。ちなみに、これもある人物からの助言ですが、前女官長の悪事を残らず解明するとなると、恐ろしく時間がかかる。ここは彼女を追い落とすことを優先し、罪人にできるだけの罪を公表するべきではないかと」

「う……一理、あるな」

キースは大きく頷いた。

「もちろん、マリス夫人から財宝を違法に買った者や、彼女の悪事に荷担した者たちを、可能な限り洗い出すことは必要です。が、果たしてそれを同時に行うことは重要でしょうか？」

「下手に処分を大々的に行うと、方々から反発を受けるか……」

マリス夫人の不正は、彼女一人の力で行えるものではない。必ず、協力者や支援者、彼女の悪事を利用していた者がいるはずだ。下手に罪を暴けば、とんでもないものを起こしかねないことに、アルフォードも思い至ったようである。

「こちらが証拠を握ってさえいれば、罰することはいつでもできます。今はひとまず、前女官長と彼女の協力者を標的にするべきでは？」

「お前の言いたいことは分かった。……キース」

アルフォードが、少し剣呑《けんのん》な目で睨んでくる。

「聞きたいことがあるんだけどな。お前ひょっとして、マリス夫人が国宝にまで手を出していたこと、あらかじめ知っていたか？」

「知らなければ、ここまで準備万端に整えられません」

「やっぱりか！　何で俺に黙ってた？」

今回、外宮室とクレスター家が最大の目的にしたのは、『マリス夫人の罪を暴く』と、『宝冠《ティアラ》の件を大事にしない』だ。……そのためには。

「敵を騙すにはまず味方から、と申しますでしょう？　断っておきますが、ディアナ様ですら、詳しい事情は何一つご存知なかったのですからね」

「……ディアナ嬢も？　そんな風には見えなかったが」

「あの方々が、どれだけ本心を隠す術《すべ》に長《た》けているか、それは私などよりあなたの方がよくご存知でしょうに」

「そうだった、そうだったな……。あー、まんまと嵌められた」

頭をがしがし掻いて、アルフォードは身体の向きを変える。

「まぁ、陛下に確認するか」

「お願いします」

「なーに言ってるんだ、話をするのはお前だよ」

「私が？」

怪訝な顔をしたキースに、アルフォードはずびしと指を突き付ける。

「言い出したのは外宮室だろ。お前が言わなくてどうする」

「正確にはウチではないのですけれど……」

「何か言ったか？」

「いいえ、お話しさせて頂きます」

アルフォードの言うとおり、言い出しっぺが進言するのが道理だろう。キースは静かに、王が陣取る机に近づいた。衝立の陰で密かに行われていたキースとアルフォードの会話に、王は気付いていなかったらしい。近付く気配を感じ取って顔を上げ、キースの顔を見て少し驚いた顔になる。

「ハイゼット室長補佐か。どうした?」

「陛下に一つ、お尋ねしたいことがございまして」

「私にか? 申してみよ」

冷静な風を装ってはいるが、怒りを隠しきれていない辺り、この国王はまだまだ若い。キースは敢えて、ゆったり切り出した。

「今回の、宝冠《ティアラ》盗難と横流しについてですが。陛下はこの件を、どう処理なさるおつもりですか?」

「何を分かりきったことを。首謀者であるマリス夫人含め、関係者全員の罪を明らかにし、厳しい処分を下す」

「……それはつまり、この件を明るみにする、と?」

「内々に収められる話ではないだろう」

——確かに、とキースは思う。女官長の職にある者が国宝を売り飛ばすなど、国家反逆罪にも等しい前代未聞の重罪だ。通常ならば隠すべきではないし、調停局にも捜査に入ってもらい、徹底的に真相究明するべき案件といえる。

だが、それは。あくまでも、『王家が絶対的権威を持っている状態』での話なのだ。

「本当に、それが最善であると、陛下は思っていらっしゃいますか?」

「最善かどうかは関係ない。これは筋として、正さねばならぬことだ」

「――ならばお尋ねしますが、陛下は国王として今すぐにでも、正妃様をお決めになるべき『筋』があるのでは？」

眼鏡の奥にあるキースの目が、厳しく光る。文官である彼は武術には疎いが、ここぞというときに引かない彼の強さが見せる迫力は、戦いに赴く男たちに通じるものがあった。

――そしてジュークは、それをまったく察することができないほど、愚かではなかったのである。

「そ、れは、そうかもしれぬが……！」

「そもそも陛下が即位と同時に正妃様をお選びになっていれば、今回の事件は起こらなかった。事件の『筋』を通すとなれば、当然そこにも触れられることでしょう」

「……何が言いたいのだ。内務省の者たちと同じくそなたも、正妃が決まらぬことが国を混乱させているとでも言うつもりか？」

「私はただ、『筋』を通すことが単なる意地になってはいないかと、案じているに過ぎません。これが私の杞憂ならば、余計なことです」

少し前までの王なら、「そなたの杞憂だ！」の一言で、話を切り上げていたことだろう。しかし、自らにとって痛い言葉でも逃げずに受け入れ、自分の頭で考えると決めた彼は、キースの目を真正面から見返した。

「……私が、意地から真相究明したいと考えていると、そういうことか？」

「一度立ち止まり、冷静に考えて頂きたいと、そう申し上げております」

「私は冷静だ！」

「そう叫ぶ人間ほど冷静でないのは、世の中の常識です」

返す刀でズバッと切られ、王はぐっと黙り込んだ。何だかんだ言いつつ、頭に血が上っていることは、きちんと自覚しているらしい。

アルフォードは無言で、二人のやり取りを見守っている。人から言われた『答え』に縋るのではなく、自分自身で考え、『最善』を選び取る。――ジュークに今もっとも必要なものはそれだと考えているからこそ、彼は王の選択に、決して口は出さない。

「――……一番、王国にとって、良い結果となること。それが、『最善』であり、私が選ぶべき、道なのだろうな」

「陛下……」

「ハイゼット室長補佐に尋ねたい。……例えばその『最善』が、本来の正道から外れていたとしても、その選択は正しいものだと言えるか？」

優柔不断な王は侮られかねない、という通説があるが、今目の前で、悩み、迷い、苦慮する王を、キースは情けないとは思わなかった。根拠のない自信にまみれ、自らを省みない王より百倍良い。

「――国政におきまして、何が『正しい』選択かなど、私どもとて分かっているわけではありません」

「そう……なのか？」

「我々にできることは、現状を正確に把握し、どうすれば国と民のためになるか考え実行する、ただそれだけです。その場その場で柔軟に、誠実に、課題に向き合う。その結果良くなれば、その選択は正しかったとなりますし、悪くなれば間違ったということになる。私は、そう考えております。……ただ」

言葉を止めたキースを、王は、真っ直ぐな目で見つめ返してくる。

「ただ……何だ？」

「何よりも、一番に優先すべき相手を『民』と肝に命じておけば。おのずと見えてくる『答え』も多いと、私個人は信じています」

王は、大きく目を見開いた。何かを考え、やがておずおずと、困ったような笑みを浮かべる。

「皆、同じことを言う……」

「陛下？」

「何でもない。そうだな――、『民』か」

王はふるふると首を振ると、視線をアルフォードへ向けた。

「マリス夫人の罪状で、今明らかになっているものは？」

「公金横領と後宮備品の私物化、あと職務不履行といったところでしょうか？」

「……国宝の件は？」

「状況証拠からは間違いありませんが、奴らはこの件で、物的証拠を残していませんからね。自白が取れない限り、ことがことだけに、内務省も調停局も、処分には慎重になるでしょう」

「彼女と繋がっているであろう者たちの割り出しは？」

「後宮備品を買い取った者たちの洗い出しは終わっています。ただ……、彼女の悪事を知っていて見逃し、その恩恵に預かっていた者については、推測の域を出ません」

ただ王の傍に控えているだけのようで、実はこまめな報告を徹底させ、逐一情報をまとめていたアルフォードである。若くして国王近衛騎士団の頂点に立つ彼を、家柄と剣の腕と運が良かっただけだと侮る輩も多いが、王の側近に相応しい実務処理能力に優れていることを、キースは確かに知っている。

——そして。

「そうか。……ありがとう、アルフォード」

深い信頼と感謝を宿した瞳でアルフォードを見つめる王もまた、彼が単に武力だけで自分を守ってくれているわけではないことに、気付き始めている。日々、王まで上がってくる数多の報告、その全てをきちんと整理し、ジュークが何をしようとしても、必要な情報をすぐさま提供できるように。——そうやって、彼は主を背後から支えているのだ。

（本当は、『文』の領域を補佐する側近がもう一人いることが理想なのでしょうが……）

各々の勢力調整もあって、なかなか適任が見つからないというのが、上層部の正直なところらしい。アルフォードやディアナのように、存在だけで王宮の勢力を動かすことができ、なおかつ本人の人柄が保証でき、国のために尽くしてくれる人材など、そうそう都合良く転がっているわけがないのだから。

今回の件で、図らずも王を取り巻く現状を知ったキースは、これから先もっと積極的にアルフォードを助けていこうと決めた。王が外宮室の存在を認識したことで、手伝えることも増えていくだろう。三省の下部にありながら、ある意味で外宮の仕組みを超えて動ける自分たちが、役に立つことも多いはずだ。

……ひとまずは。

「陛下、どう致しましょう？」

考え込んで黙ったジュークに、タイミングを計って声を掛けた。迷うことを肯定し、その上で決断できるように。

やがて顔を上げたジュークの瞳には、個人的な怒りの焔《ほのお》よりなお強く光る、君主としての覚悟があった。

「正道よりも、最善を選ぶ――それが、民に報いること、なのだろうな」

「陛下……」

「――ハイゼット室長補佐。何度も手間をかけさせて済まないが、アルフォードが言った件の証拠固めを急げるか？」

「公金横領と、後宮備品の私物化ですね？　マリス夫人の女官長職における不履行については、後任のマグノム夫人が、既に調査を始めてくださっています」

「分かった、分担はそちらに任せる」

毅然とした眼差しで頷いた王に、キースは深々と、頭を下げた――。


――数日後。

マリス伯爵夫人の様々な不正、女官長職にある者としてあるまじき振る舞いの数々が明るみになり、王は女官長職の交代と共に、後宮人事の全面的な刷新《さっしん》を決めた。

突如として湧いて出たその命令に、保守派を中心とした多くの貴族たちが、考え直すよう王に進言したが――。

「本来民のために使われるべき国の財を、私利私欲のために懐に入れた彼女を見逃すことこそ、王国の乱れになると思わぬか？」

完璧に揃えられた証拠の数々を前に王にそう告げられ、すごすごと引き下がるしかなかったという。

閑話その二～嵐の中で～

――とんでもないことになった。

世間知らずのシェイラではあるが、ここ数日の出来事が、普通ではあり得ないことくらいは分かる。

ある日突然飛び込んできたのは、サーラ・マリス女官長が後宮近衛に捕らえられ、外宮に引き渡された、という報せ。真偽も不明のその情報に後宮全体が浮き足立つ中、女官長と親しかった女官、侍女が次々と呼び出され、取り調べを受けているらしい、と噂が広がった。その噂が正しいとシェイラが知ったのは、シェイラの部屋の侍女にまで、呼び出しがかかったからだ。

王宮侍女という職業に詳しくはないシェイラでも、自分の部屋の担当である彼女たちが、仕事を限界までさぼり倒していることくらいは分かっていた。これまで処分の対象とならなかったのは、彼女たちがマリス夫人にそこそこ気に入られていたかららしい。

そういった融通が一切利かない、とことん真面目な女官がシェイラの部屋を訪ねてきたとき、これまでシェイラを尊重したこともない侍女二人は涙ながらに懇願した。

「シェイラ様！　どうか私どもに、お情けをかけてくださいませ。私どもは、シェイラ様のために必死で働きました。シェイラ様が牡丹様に連れ去られたときも、陛下にお知らせし、助けて頂けるように嘆願したのです！」

そう言われ、背筋まで寒気が走ったことを、シェイラはまざまざと思い出せる。

後宮は、側室とは、本来王の助けとなり、癒しとなるべき存在だ。間違っても王の力を我がもののように使い、煩わせてはならない。

シェイラがジュークに、どれだけ特別に想われていたとしても。いや、想われているからこそ、彼女はその常識を重く弁えて、行動することが求められているのに。

彼が侍女たちの戯言《ざれごと》を、戯言だと賢明にも捨て置いてくれたがゆえに、大事には至らなかった。けれどもし、ジュークが我を忘れて後宮に乗り込み、『牡丹派』と対立するような事態になったら。事は後宮内に留まらなかっただろう。

——シェイラは知る由もないが、彼女らの報告を聞いたジュークが「側室の真意を測るために」と『名付き』の側室たちの部屋を巡り、そのせいで一波乱二波乱起こり、最終的に園遊会が開かれたわけだから、充分に大事になっている。結果として良い方向に収まったため、ディアナを筆頭とする関係者がこの件でシェイラを責めることはないだろうが。

職務怠慢だけでは飽き足らず、勝手に『寵姫付き』だと思い込んで、そのような越権行為を働くなんて。彼女たちが王宮侍女として不適格なのは、火を見るよりも明らかだった。

シェイラは彼女たちを迎えに来た女官に先程の〝自白〟を伝え、管理不行き届きの罰があれば自分も受ける覚悟だと話した。頷いた女官は軽く笑い、「情報提供、感謝致します」とだけ述べて、侍女二人を連れて行った。

侍女たちはそのまま、シェイラの部屋には帰ってこなかった。彼女たちがいなくなった穴は、他の侍女たちが代わる代わる埋めてくれ（いつもの癖で部屋の掃除をしようとして、ものすごい勢いで止められた）、また数日が経った、ある日。

「お初にお目にかかります、シェイラ・カレルド様。新たに女官長の職を拝命致しました、シャロン・マグノムと申します」

姿勢の綺麗な、どこか厳格な風情を漂わせる壮年の女性が、シェイラに頭を下げに来たのだ。突然の出来事に、シェイラはぽかんとなった。

「あ、新しい女官長様、ですか……？」

「シェイラ様、私に敬称は不要です。女官長、もしくはマグノム夫人とお呼びください」

「でっ、ですけれど、私よりご身分の高い方、でしょう？」

「生まれはどうあれ、今のあなた様は、王家によって正式に選ばれたご側室でいらっしゃいます。そして私は、王家にお仕えする者。敬称は必要ございません」

そうは言われても、母親ほども年の離れた女性を、官職名とはいえ呼び捨てにはしにくい。シェイラは自分の中でギリギリ妥協し、この女性を『マグノム夫人』と呼ぶことに決めた。

「では……マグノム夫人。私は確かに側室ですが、末端の末端です。女官長自らがご挨拶にいらっしゃる必要も、ないと思います」

「そうは参りません。……もしや、先任の女官長は、シェイラ様にご挨拶していないのですか？」

「えぇと、このお部屋に通して頂いたときにちらっと……」

「それは、大変失礼致しました」

マグノム夫人は深々と頭を下げてくる。シェイラは慌てた。

「いえ！　そんな、私は気にしていませんから」

「シェイラ様がお気になさらずとも、王家にお越しくださった令嬢に対し、それはあまりに無礼な振る舞いなのです」

「だとしても、マグノム夫人のせいではありませんし」

「同じ女官長の職についた以上、先任の無礼を素通りはできません」

……どうやらマグノム夫人は、超がつくほど真面目な人柄らしい。先任の女官長については、シェイラは関わることが皆無であった分、ほとんど何も知らないに等しいが、新しいこの女性とは、何となく上手くやっていけそうな気がした。

「……もしかして、全ての側室の部屋を回っているのですか？」

「無論のことです」

即答されて、少し笑う。――そして、思った。

「ですが、どうして、女官長が交代になったのです？」

「はい。本来ならば、私がその理由を側室の皆様にお話しするべきなのですが、なにぶん時間が限られております。新しく部屋付きになった侍女から詳しい事情をお話しするということで、お許し頂けますでしょうか？」

許すも許さないもない。女官長本人からの説明を強要するとなると、この（超）真面目な女性は、同じ話を五十回繰り返すことになるのだ。そんな苦行をさせるわけにはいかない。

「もちろん、それで結構です」

「ありがとうございます。それと、シェイラ様に女官をつけることができないご無礼も、合わせてお詫び申し上げます」

「そんな、気にしないでください。私などの末端の側室に、女官さ……女官をつけられないのは、当然のことです」

『女官様』と言いそうになり、慌てて言い換える。側室として後宮に上がったシェイラではあるが、彼女の感覚は庶民に近いものがあるため、高貴なイメージのある女官たちが自分に仕える立場だと言われても、僭越な気しかしない。

あくまでも恐縮して話すシェイラに、マグノム夫人はふと、柔らかい笑みを浮かべた。

「以前この部屋にいた侍女たちの所業は、聞き及んでおります。お許しくださいとは申しませんが、今後は二度とこのようなことがないよう、綱紀を徹底して参ること、ここに約束致します」

「……私は大丈夫ですが、後宮に入って辛い思いをした方は、大勢いらっしゃいます。その方々へのご配慮を、よろしくお願いします」

何故、このような言葉が出てきたのかは、よく分からない。『牡丹派』に虐《しいた》げられてきた側室仲間たちのことはもちろんだが、頭のどこかで、一番高い場所で孤独な戦いを続けているあのひとのことが、ふっとよぎったからかもしれなかった。

温かく笑って頷いた女官長が下がった後、入れ替わりに侍女のお仕着せを纏った女性が二人、入ってきた。一人はまだ少女で、もう一人は大人の落ち着きを感じさせる女性だ。二人は揃って、頭を下げた。

「レイと申します」

「マリカです。よろしくお願いします！」

「あ、シェイラ・カレルドです。よろしくお願い致します」


思わず釣られて頭を下げたシェイラに、マリカと名乗った少女は大きな口を開けて天真爛漫《てんしんらんまん》に笑った。

「やだ、シェイラ様。あたしたちに頭下げることないですよ～」

「え？　あ、そうですよね」

「敬語も要りませんって！」

ついに笑い声を立てたマリカの頭を、レイと名乗った女性が小突く。

「マリカ。失礼でしょう」

「え、あ、すいません！」

「それから、『あたし』ではなく『わたし』です。何度言わせるの。あなたの無作法は、お仕えするシェイラ様の恥にもなるのですよ」

「わあぁ、ごめんなさい！」

焦るマリカは実に可愛かった。シェイラはくすくすと笑う。

「もしかしてマリカは、まだ王宮に慣れていないのかしら？」

「は、はい！　一昨日《おととい》雇われたばかりです」

「側室様のお側付きとするには、未熟なこと甚《はなは》だしい娘なのですが……今、後宮は未曾有《みぞう》の人手不足でして。心根は良い子ですし、向上心もございますゆえ、しばしご辛抱頂けますでしょうか」

申し訳なさそうなレイに、シェイラは笑顔で頷いた。

「誰だって最初は初めてだもの。マリカが良い侍女になれるように、私も応援するわ」

「あ、ありがとうございます！」

マリカが瞳を輝かせ、ぺこんと頭を下げた。レイがいつの間にか用意していた茶器のセットでお茶を淹れ、何となくのティータイムに突入する。

「……何だか、ここ最近、後宮は大変だったみたいだけれど。本当のところ、何があったの？」

座って落ち着き、シェイラは改めて訊ねた。前の侍女たちとは馴染めなかったが、新しいこの二人とは、不思議と気安く話せる。『王宮付きでございます』というような、お高くとまった感じがないからかもしれない。

「……説明すると、実に長くなるのですけれど」

レイが話してくれた内容をまとめると、事の起こりは、国王陛下が過去の帳簿を見返して、後宮経費の不自然な動きに気づいたことだという。一年ごとに見れば上手く帳尻を合わせているそれは、続けて見ると金額の変動が激しかったり、逆に動くべきところが動いていなかったりと、不審な点が数多く見受けられた。

奇妙に感じた王は、詳しい調査を進め、前女官長が帳簿をごまかし、公金横領を行っていた事実を突き止めたのだという。

「公金横領、ですか……!?」

「はい、とんでもないことです。陛下は前女官長について調べ上げ、更に彼女が後宮の備品を密かに模造品とすり替えて、本物を売り飛ばし、その報酬を懐へ入れていたことを知り、その証拠を掴まれたとか」

　この時点で、前女官長の失職と貴族位剥奪は決定したようなものだった。国王は女官長職の後任として、過去に有能な女官と名高かったマグノム夫人に白羽の矢を立て、前女官長の捕縛《ほばく》に動いたのだ。

「任命書が後追いする形になりましたが、女官長の椅子に座ったマグノム夫人はすぐさま、前女官長の後宮での暴虐な振る舞いについて、調べてくださいました。過去に彼女が、身分の低い侍女や女官に対し、陰湿なイジメを行っていたことや、弱みを握った女官を脅して悪事に荷担させていたことなどを、驚くほどの早さで明らかになさったのです」

　――現在後宮に勤める侍女、女官について調べたマグノム夫人は、任命書が届いた一昨日、怒濤の処分を行った。

　前女官長に与《くみ》し、公金横領や備品の横流しに荷担した女官十数名を懲戒《ク》免職処《ビ》分に。積極的な利益は得ていないものの、前女官長に従っていた女官については、その罪の重さに応じて降格や減給などに処し、弱みを握られていたにせよ女官長に従ってしまった者たちにも、何らかの罰を下した。

　侍女たちは本来女官長の管轄にはないが（侍女はあくまで、王家が私的に雇い入れている存在だからである）、今回国王より一時的に全権を与えられていた新女官長は、一切の容赦をしなかった。女官たちと同じく、公金に手をつけていた者は解雇。更に、シェイラの部屋の侍女たちのように、与えられた職務をこなしていなかった者たちは、程度によって解雇、下働きに降格など、厳しい処分は後宮の隅々にまで及んだという。

　後宮の綱紀はこれで正されたと言えるが、問題もあった。あまりにも一斉に大勢がクビになったため、深刻な人手不足が発生したのだ。特に牡丹様とそのお友だちは、激しい抗議を行った。

——が。

「側室筆頭でいらっしゃいます紅薔薇様は、総勢六名の侍女と女官に、文句ひとつ仰いません。あなた方は紅薔薇様より下位でありながら、紅薔薇様よりも豪勢な暮らしをなさるおつもりですか？」

冷静かつ論理的に淡々と説明され、お説教されて、つけいる隙なく口を閉じざるを得なかったとか。

牡丹様方はそれで良いとして、侍女の数が下位の側室まで行き渡らなくなったのは事実だ。マグノム夫人は処分と同時に新しい侍女を雇い入れる準備を進めていたらしく、数名の少女が新しく王宮侍女としてやって来た。マリカは、そのうちの一人というわけだ。

「ウチ、貴族は貴族ですけど貧乏で、正直、暮らしとかその辺の人と変わらなくって。行儀作法もなってないし、王宮勤めとか無理だと思ってたんですけど、ダメもとで応募したら受かっちゃって」

マリカはあっけらかんと言った。その表情は曇りなく、自身の境遇をまるで嘆いていないことが分かる。

「せっかく王宮で働けるんだから、バリバリ頑張ってお金貯めて、ついでに淑やかなおじょうさまちっくになって、貴族っぽさを体験してみようと思います！」

「あなたの目標はともかく、淑やかで上品な振る舞いは、できるだけ早く覚えてほしいわね。まず、『バリバリ』と『ちっく』と『〜っぽさ』という言葉は使用禁止」

「えぇ〜？　じゃあどう言えばいいんですかぁ？」

「語尾を伸ばさないの。言い様なんていくらでもあるでしょう。『一生懸命頑張る』とか、『お嬢様のようになって』とか、『貴族らしさ』とか」

「そっか、なるほど！」

目の前で繰り広げられる侍女二人のやり取りに、シェイラは堪《こら》えきれなくなって、あまり上品とはいえない笑い声を立ててしまった。レイとマリカがきょとんとした顔を向けてくる。

「ご、ごめんなさい……。でも、楽しいわ。あなたたちがこの部屋の担当になってくれて、私、とても嬉しい」

「シェイラ様……」

「改めて、お願いさせて？　これから、どうぞよろしくお願いします」

ふわりと笑ったシェイラに、レイとマリカも微笑み、揃って頭を下げてくれる。シェイラは何となく、これから楽しいことがたくさん、待っているような気がした。

「そういえば……」

ひとしきり笑って思い出したのは、前女官長、マリス夫人のこと。公金横領に備品横流しとなれば、免職と貴族でなくなるだけでは済まない気がする。

何となく声を潜めて訊ねると、レイも静かに頷いた。

「……罪を犯したとはいえ、一度は女官の長として、王家に仕えた人です。国王陛下も、彼女の処分については苦慮なされたそうですが……伝え聞いた話によると、地方の修道院に、幽閉されることになったとか」

「そう……」

――ふと、思った。信じていたであろう臣下に裏切られたあのひとは、今、どんな気持ちでいるのだろうかと。

ジュークが、言われているほど完全無欠の人間でないことを、シェイラはもう、知ってしまっている。不器用だがまっすぐで、子どものように素直な心を持つ彼は、今度の件で、一体どれほど傷ついたのか。

……頂点で生きる人間は、孤独だ。何があろうと微笑まねばならない『紅薔薇様』のように、彼もまた、自身の心を押し殺し、『王』として立っているのだろうか。

ジュークが突然『名付き』の側室方の部屋を訪れたとき、シェイラの心は激しく揺さぶられた。そして、揺さぶられた自分に衝撃を受けた。

そんなことは、あり得ないはず、だったから。彼が何をしようと、誰を好きになろうと、シェイラには関係ないはず、だったから。

違うと心に蓋《ふた》をして、知らない振りして逃げ回って、結局は逃げたツケを園遊会で払う羽目になった。シェイラが自分の気持ちから逃げなかったら、少なくとも、叔父の欲塗《まみ》れの暴言など、毅然と跳ね返せたはずなのだ。

その結果、『紅薔薇様』まで傷付けて。そこまでしてもシェイラはまだ、自分自身と向き合う覚悟が持てなかった。

――自分自身と向き合う勇気のないひとに、誰かを助けることなんてできるのかしら？

そんなとき。偶然出会った親友の一言は、深く胸に突き刺さった。自分の心から逃げて、その疚《やま》しさをごまかすために『紅薔薇様をお助けする』なんて結論に落ち着こうとしていたシェイラの卑怯さを、ディーは見事に突いたのだ。

心に蓋をしても、見ないふりをしても、そこにあるものを『ない』ことにはできない。だって、シェイラの心は、確かに動くのだから。

『俺の気持ちはシェイラにしかない』——そう綴《つづ》られた一文に。

『今の俺では、情けなくてシェイラの前に顔を出せない』——自分で拒んでいたくせに、いざ決心されてしまうと寂しくて、情けないままでも良いから顔を見せて欲しいと、そんな埒《らち》もないことを思って。

『そのときには、お前のことを、色々聞かせてくれたら嬉しい』——彼が自分を見てくれる、それが確かに嬉しかった。

たったあれだけの手紙にすら、こんなに感情が溢れて来るのに。

見つけてしまったその源泉を、なかったことになんて、どうしたらできる？

いい加減、認めるべきなのかもしれなかった。王は——ジュークは、自分にとって、特別な存在なのだと。

少なくとも、今、私は、彼の顔を見たいと思っていると——。

＊＊＊＊＊＊＊＊＊＊＊＊

コン、コン。

とても控えめな、ノックの音が響いた。

これまでのことを思い返し、一人もの想いに耽《ふけ》っていたシェイラは、現実に引き戻され顔を上げる。

「はい、どちら様でしょう？」

控えの間など存在しないこの部屋では、侍女を下がらせてしまえば、来客の対応はシェイラの仕事だ。反射で顔を上げた彼女の耳に、静かな声が響く。

「……俺だ」

「陛下⁉」

驚くほどに、このときのシェイラは、自分の心に正直だった。園遊会前まで頑なに閉ざしていた扉を、すんなり開けていたのだ。

扉を開けて、更に驚く。暗く人通りのない廊下に佇む、王はたった一人だった。いつもなら、離れた目立たない場所から近衛騎士たちが彼を見守っているのに。

「どうなさったのです、団長様は？」

「ここのところ超過勤務だったからな、帰らせた」

「お一人でいらっしゃったのですか？」

国王らしくもない行動に半ば呆れ、それ以上に心配になる。そろそろ雪もちらつく季節だというのに、彼の装束は充分な防寒ができているとは言いがたかった。

「とにかく、中へどうぞ」

「……入れてくれるのか？」

縋り付くような瞳を見て、ばつの悪い気持ちになる。

「……もう、よろしいですから」

「許しては、もらえないと思っていた……」

呟きながら、ジュークが入ってくる。シェイラは手早くお茶を淹れた。

いつもの椅子に座った彼を確認して、気の利く侍女が下がる前に用意してくれていたお湯で、シェイラは手早くお茶を淹れた。

カップを机に置きながら、正面に座る間も惜しく、シェイラは立ったままジュークに話し掛ける。

「こんな夜更けに、こんな薄着で、どうなさったのですか。いらっしゃるにしても、もっと暖かくなさらなくては……お風邪を召されます」

「来る気は、なかったのだ。俺はまだ、立派な王にも、男にも、程遠い。シェイラに逢う資格は、まだないから」

——けれど、駄目だな。

呟いた彼は、最後に会ったときとは、何もかも違っていた。以前の彼は、こんな自嘲《じちょう》するような笑みは浮かべなかった。こんな複雑な色の瞳をしてはいなかった。

「シェイラに、逢いたいと思った。ただその一念だけで、動く身体を抑えることができなかったんだ」

——少し前までの、彼は。こんなに弱々しい態度でも、決して砕けない覚悟を宿した、諦めの悪い強さを纏ってなどいなかった。

（……私は、こんなひとを、独りにして）

シェイラの瞳に、涙が浮かぶ。痛みと心地よさが同時に溢れ出てくるような、初めて知る感情に、彼女は身を委《ゆだ》ねた。

「シェイラ？」

「陛下……」

溢れた涙を、ジュークがそっと、拭ってくれる。歪んだ視界では、彼の表情までは分からない。

「何故、泣くのだ？」

「わかりません……」

ただ、胸が詰まった。ただ、苦しかった。

——ただ、いとおしかった。

「泣くな、シェイラ。そなたに泣かれたら、俺は、どうしたら良いか分からなくなる」

椅子が引かれる音と共に、背中に確かな温もりを感じた。正面から優しく抱き寄せられ、ジュークの胸に頭を預ける。肩を震わせるシェイラの頭を、ジュークは壊れ物を扱うような手つきで、撫《な》でてくれた。

「俺は……そなたを、悲しませたか？」

「いいえ、いいえ陛下……悲しくて泣いているのではありません」

しゃくり上げながらも、伝えるべき言葉をシェイラは探す。……言わなければならないことは、沢山あった。

「私、もう怒っておりませんから」

「あぁ」

「陛下のお手紙、何度も読みました」

「……あぁ」

「情けないままでも、お顔を見られないよりは、こうしてお話しできる方が、私は良いです」

「……しかし、俺は、」

「陛下は！」

自分が何を言っているのか、もう半分分からない。言いたい言葉を言いたいままに、シェイラは言い募る。

「情けなくとも良いのです。立派でなくとも良いのです。……ただ、陛下が陛下でいてくだされば、私はそれで良いのです」

そうだ。それだけで良い。

小鳥に餌をやるしか慰めのない、そんな側室にすら、優しい眼差しを注ぐひと。

自らの過ちを素直に認め、正そうと向き合う勇気を持つひと。

間違いながらも、不器用ながらも、進むことを恐れないひと。

それが、ジュークだ。そして、そんな彼を、シェイラは。

「取り繕わないでください、私の前では。頑張らないでください、せめて、ここにいるときは」

――頂点に立つ人は、孤独だ。そして周囲の人間は、真の意味で、その孤独を癒すことはできない。

けれど。その重荷を理解して、それでも逃げず傍に居続けることなら――シェイラにも、できる。

ジュークの腕に、力が籠った。抱き締められ、そのままに、シェイラも控えめながら、ジュークの服の裾を掴む。

「シェイラ……」

耳元で名前を呼ばれ、支えきれない重みをかけられ、そのまま背後のベッドへと倒れ込む。一瞬緊張したシェイラだったが、耳をくすぐる規則正しい呼吸の音に、そっと笑った。

ずっと、眠れない日々を過ごしていらっしゃったのだろうな――。

起こさないように体勢を変えて、シェイラはそっと、囁きかける。

――お疲れさまでした、と。

エピローグ

後宮に巻き起こった嵐を、斜め上から高みの見物をしているその間に、季節は一気に冬へと加速していった。吹く風には木枯らしが混じり、朝夕には稀に、雪がちらつく。雪が本降りになるのは年明け以降だろうが、暖かさを求める人間にとっては、我慢の季節の始まりだ。

マリス前女官長が罷免され、後宮に勤める者たちに対しては、マグノム新女官長による徹底的な調査と処分が下った。始まりはどうあれ、最終的に自分から前女官長に従うことを決めたミアは、女官位の降格と給与の大幅な削減という落としどころになったそうだ。『紅薔薇の間』の担当は外れなかったが、その辺りはギリギリのところでディアナに協力した実績が加味されたものと思われる。

ちなみに、容赦の無い処分の嵐だった後宮とは対照的に、外宮にはほとんど変化が見られなかった、らしい。教えてくれたのは実家とクリス、そしてどこぞの自由な二重隠密だ。

「宝冠《ティアラ》の件は伏せられるみたいだね。買った奴は裏から圧力かけられて、〝自発的に〟領地と職を返上したんだって」

「女官長さんと繋がってた人たちも、色々面白いことになってるよー。病気になったり領地運営に目覚めたり。あ、内務省の副大臣さん？　が、持病を理由に職を辞したって言ってた」

「辞めさせられた女官さんの実家の中には、王様に直談判しに行って、すごすご引き下がったトコも、まぁ結構あったらしいね」

……以上、全て二重隠密談。

そろそろ真面目に、二重隠密の定義を考え直さなければならない。彼がくれる情報は、ここのところ『牡丹』側に留まらず、それどころか王宮内にも留まらない。こんなに都合のいい『二重隠密』がいて良いものかと、ちょっと悩む。

彼が何を考えて、〝職務外〟の仕事を積極的にしてくれているのか。ディアナは最近、考えることが多くなっていた。

「……ディアナ様？　聞いていらっしゃいますか？」

「あ……ごめんなさい、マグノム夫人。何の話だったかしら」

話の途中で思考を飛ばしていたディアナに、真面目で有能な新女官長、マグノム夫人が呆れの色を含んだ目を向けてくる。破天荒《はてんこう》な家で育ったディアナは、夫人のような礼節と常識を重んじる人に弱い。素直に頭を下げた。

「……ごめんなさい」

「考えごとは結構ですが、お話はきちんと理解してくださらなくては困ります」

「気をつけます。……それで？」

「降臨祭《レ・アルメニ・アースト》の件です」

ディアナはこてんと首を傾けた。降臨祭のことならば。

「祭りの準備なら、マグノム夫人が万事抜かりなく、進めてくださっているのでしょう？」

「内宮に関しては、もちろん私の領分ですから、準備を進めております」

過去に女官として勤め、王宮のイロハについて熟知しているマグノム夫人だからこそ、この戦争のような慌ただしさを取り仕切ることができているのだと、ディアナは本気で尊敬している。

降臨祭——レ・アルメニ・アースト。

神々の世界からこの世界に降り立ち、光をもたらし、知を授けて、人が生きる礎《いしずえ》を築いたと語り伝えられている、全知全能の光の神、アメノス。彼の神が地上に降りた日に感謝し、祈りを捧げる祭り。それが降臨祭だ。

エルグランド王国は、あまり宗教色が強くない。一応主となる神様はアメノス神だが、豊穣を祈るときはリィアという神様が出てくるし、女の子が綺麗になりたいときは、フロディ神にお願いする。お願いしたい内容ごとに、ご利益のある神様が違うのだ。実に大雑把かつ、適当な宗教観である。

ただ、その中でもアメノス神は、いつでもどこでも見守ってくれて、困ったときは支えになってくれる〝光〟という立場で、存在感が強い。各地の神殿でも、アメノス神は主神として祀られている。

そんな神様が降り立った日——として、年が変わる最後の月（一般的に『森月《もりづき》』とよばれている）の二十五日を『主日《しゅじつ》』とし、その前後の二十日から二十九日を祝祭期間と位置付けて、各地で色々な催しが開かれるのだ。具体的には、家や室内を飾り付けたり、特別な料理を作ったり、広場が連日出店で一杯になったり。農繁期も終わり、一年の締めくくりということもあって、毎年この時期は国中がお祭り騒ぎだ。

この騒ぎが唯一沈静化するのが、意外にも『主日』である二十五日。この日は祭りも騒ぎもお休みで、人々は朝から最寄りの神殿に赴き、アメノス神に祈りを捧げる。家族でゆったりと過ごして、お互いに贈り物を交換し合って、幸せな心地で一日を終えるのが、理想的な『主日』の過ごし方とされている。

あまり宗教を重視しないこの国の、ほとんど唯一と言っても良い〝信仰日〟かもしれない。普段は神殿など見向きもしない人でも、この『主日』だけはごく自然に神殿の門をくぐる。それが、降臨祭の謎なところだ。

貴族たちももちろん、この行事に参加する。

とはいえ、民に混じって出店を見て回ったりは（一部の変わり者たちを除いて）しない。貴族たちの降臨祭は、基本的に『昼も夜もどんちゃん騒ぎ』だ。夜はきちんと寝ている民より、ある意味タチが悪い。

この時期、貴族たちは各々の屋敷で、一日中宴をしている。仲の良い友人の家を次々巡っては気が済むまで楽しんで、限界が来たら眠る。大貴族の屋敷になると、家族全員が別々の家に出掛けているのに宴は続行されており、見知らぬ他人同士がメインルームでどんちゃんしている、なんてよく分からない事態になったりする。

そして、やっぱりここでも謎の『主日』効果で、二十五日は大人しい。王都の貴族たちが住まう区画にも、独立した神殿が建てられており、彼らは二十五日になるとそこで神妙に祈るのである。

――ちなみに、これら一連の騒ぎに、クレスター家は不参加だ。本当に仲の良い友人を尋ねたりしたら双方可哀想なことになるし（社交と違い降臨祭の宴は、あくまでも心を許せる友人たちと楽しむもの、とされているため）、『悪の帝王』と積極的に仲良くしたい人たちは、こちらの方からお断りしたい。徹底して不参加を貫くことが、結局、一番波風が立たないからだ。

そして、この空いた期間にクレスター家一同は密かに各地の領地へ飛び、お祭り騒ぎが高じて問題が起こらないか見て回っている。……という名目で、民の祭りに混じって楽しんでいる。二十五日だけは本拠地であるクレスター地帯の屋敷に戻って、やっぱり近所の神殿に行ってお祈りだ。年末最後の日、森月三十日には、王宮にて貴族全員参加の夜会（年が明けた新年、『星月《ほしづき》』の一日まで続く）が行われるため、それに間に合うよう各々王都に戻る。これが、クレスター家の『降臨祭の過ごしかた』だ。

――つまりズバリ言ってしまうと、ディアナは一般的な貴族の降臨祭について、非常に希薄な知識しか、持っていないのである。

「降臨祭で王宮がすることって、そんなに大変だった？」

「降臨祭についてのみ申し上げれば、大したことはございません。精々、宮殿の飾り付けと、王族の方々のお世話、特別な献立を用意するくらいで、最中の十日間はむしろ暇なくらいです。勤めている者も、この時期、交代で休暇を頂きますし」

「あ……でも、今年は後宮があるから」

「それ以前に今年は、その後の年迎えの夜会の準備が、まるで終わっておりませんので。働いている者たちには、休暇を与えられるのは新年が明けてからになると、もう伝えてあります」

さすが、実にもの馴れた采配である。ディアナの付け焼き刃『紅薔薇様』など、足元にも及ばない。

ディアナがマグノム夫人に惜しみない称賛を送っている理由もここにある。彼女が女官長を正式に拝命したその時点で、年末まで半月強。ここから人心を掌握して降臨祭と年迎えの夜会（日付を見れば察してもらえるだろうが、この二つの行事は連続している）の準備を終えることなど、普通に考えれば不可能だ。

マグノム夫人は、この難局に眉ひとつ動かさず対処した。ただでさえ大勢が処分され、人手が足りない中で、どんな手を使ったのか彼女は驚くほどの速さで準備を整えていき、今では後宮全体が美しく飾り付けられて、きらきら光り輝いているようにすら見える。

「降臨祭の用意は間に合いましたが、何分《なにぶん》人手と時間が足りず、夜会に関係する諸々までは手が回らなかったのです」

「それは……仕方ないと思うわ。けれど、大丈夫？　今年は後宮がある分、あなたたちが準備に取れる時間が少ないでしょう」

「ご心配なく。降臨祭中の当番は既に組み終えてございますので、十日もあれば間に合います」

「なら、良かったわ」

必要ならば、国王陛下に側室の一時帰宅を要請しなければならないのではないかとまで、危ぶんでいたディアナである。彼女たちとて、特にすることもないまま降臨祭を過ごすのは寂しかろう。

「……てことは、後宮での降臨祭行事は、主日の礼拝以外特になし？」

「今日は、そのことも含めて、お話に上がりました」

何事にも隙のない新女官長は、ひとつ頷くと、改めて口を開く。

「降臨祭の期間、後宮のサロンや茶室に軽食や菓子などを用意し、側室方が思い思いに楽しめるよう、取り計らう所存にございます。東の中庭には、王都の商人たちを招き、小さいながらも市の雰囲気を楽しんで頂ければと」

「なるほど、素敵ね」

現後宮には、昔ながらの風習を重んじる貴族の娘も、庶民に近い感覚を持つ娘も、両方暮らしている。そのどちらもが祭りを楽しめるようにとの、マグノム夫人の心遣いだろう。

ディアナは微笑んで頷いた。

「わたくしはそれで異論ないわ。そのまま進めてちょうだい」

「かしこまりました。――それから、『紅薔薇様』」

夫人の声音が、はっきりと変わった。そもそも彼女は、滅多なことでディアナを『紅薔薇』とは呼ばない。

嫌な予感がする――とディアナが腰を引きかけたのと同時に、果たして彼女は放った。

「降臨祭ですが、『紅薔薇様』には陛下と共にミスト神殿まで赴き、儀式に参加して頂きます」

……超特大の、爆弾を。

正気に戻ったのは、ディアナよりも、これまで後ろに慎《つつ》ましく控えて話に耳を傾けていたリタの方が早かった。思わず、といった風情で身を乗り出す。

「どういうことですか？　何故ディアナ様が、陛下とそのようなことをする必要があるのです？」

「……まさかとは思いますが、ディアナ様もリタも、降臨祭における王家の役割を知らないのですか？」

リタと、頑張って現実に戻ってきたディアナは、お互いの目を見交わす。言葉を交わすまでもなく、その視線のやり取りだけで、相手が知らないことは分かった。

「……不勉強で申し訳ありません」

暗に教えてほしいと促すと、勘の良いマグノム夫人は、困ったように苦笑した。

「前提としてお尋ねしますが、この国の王家がアメノス神よりこの土地を託され、国を作った英雄の子孫だという伝説は、ご存知でしょうか？」

「流石にそれは知っています」

よくある神話だ。もちろんディアナは信じていない。昔々の王家が国をまとめるために、自分たちは神様からこの土地を授かった、選ばれた人間なのだと豪語して、箔《はく》をつけたかっただけだろうと踏んでいる。

「つまり、エルグランド王家は、アメノス神とは切っても切れない間柄だということです。故に、彼の神を讃える降臨祭の主日には、王族自らが主神殿であるミスト神殿まで足を運んで礼拝することが、通例なのです」

「わざわざミストまで出向いて……というか、アルメニア教の主神殿がミスト神殿だって、わたくし今、初めて知ったわ」

「……それは、一般常識として、知っておいて頂きとうございました」

見た目が冷酷悪女なディアナは、自身を守りつつ攻撃もできるよう、広く浅く、様々な知識を吸収するよう、日々心がけている。が、何事にも例外は存在するもので。

ディアナが唯一敬遠しているのが、宗教関連なのである。理由は簡単、神様に祈ったところで現実は変わらない、変えたければ自分が動くしかないと、徹底した現実主義がこれまでのディアナを形作ってきたからだ。

ちなみにこれはディアナだけでなく、クレスター家全体に見られる傾向である。『悪人顔』に生まれつき、本人の意思とは関係なく誤解される宿命を背負った彼らは、基本的に超現実主義《リアリズム》の中で生きている。故に、神様に祈ることも——それこそ年に一度の主日を除き、ない。

あっけらかんとしたディアナにため息をつきそうになったマグノム夫人ではあったが、彼女とて、もとクレスター家フィオネと長年親交を深めてきた人物だ。一般常識はこの一家には通じないときっぱり割り切っているらしく、説明の続きを口にする。

「降臨祭初日の森月二十日に、王家の一行はミスト神殿へと向かい、五日間をかけて王国を北上します。二十四日に目的地に到着した後は、礼拝のために心身を浄め、翌二十五日にアメノス神を祀る儀式を行い、二十六日から再び王宮に戻る行程に入ります」

「……もしかして、降臨祭の十日間、国王陛下はほとんど馬車の中？」

「左様でございます。往路はまだ余裕がございますので、各地の祭りを見物なさったりもするようですが」

とはいえ、国王陛下が民に混じって祭りに参加するわけにもいくまい。毎年行われる盛大な祭りは、まさかの王様不在だった。

「王様するのも大変ね……」

「他人事ではございませんよ。今年はディアナ様も、それに随行《ずいこう》なさるのですから」

逃げようとしていた現実が、より直接的な言葉で戻ってきた。今度こそ、ディアナは叫ぶ。

「だから、何故わたくしが⁉　これは、国王陛下の責務でしょう？」

「私は一度も、〝陛下のみ〟とは申し上げておりません。〝王家の〟とお話ししたはずです」

これまでの会話を思い返す。……確かに、マグノム夫人はそう言っていた。

——だが。

「わたくしは、正式な王家の人間じゃないわ！」

「ですが、『紅薔薇様』です」

返ってきたのは、近頃忘れていた事実。言い返そうとして、しかし反論の言葉が見つからず、結局ディアナは黙り込んだ。

「正妃様ではないにしろ、後宮に『紅薔薇様』がいらっしゃる現状で、陛下お一人に参拝頂くわけには参りません。降臨祭は、アメノス神に感謝すると同時に、日頃側にいてくれる家族や友人と心を交わすという意味合いも込められているのですから」

「……肝心の陛下は、どうお考えなの。わたくしと心を交わしたいと思っていらっしゃるとは、とても思えないけれど」

「正妃代理として『紅薔薇様』に随行頂いて良いか、という内務省の問い掛けに、否とは仰いませんでしたから。ご了承なさったものと思われます」

……そこは是非とも以前のように、「何故私が『紅薔薇』などと！」と撥《は》ね除けて欲しかった。

国王陛下が異議を唱えていないのに、一側室たるディアナが拒否するわけにはいかないではないか。

完全に反論できなくなったディアナを見て、マグノム夫人は、彼女が納得したと判断したらしい。正式な礼を取り、無情に告げた。

「出発は、明後日の午前中です。旅の用意を、お願い致します」

言うべきことを言って、放心しているディアナには構わず、マグノム夫人はさっさと部屋を後にした。この忙しい中、勉強不足の側室の駄々にまで付き合っていられないというその気持ちは、分からなくもない……が。

「えぇと……コレ、何の冗談かしら？」

「ディアナ様、現実逃避しても、何も変わりませんよ」

「けれど、〝王家〟の行事よ？　わたくしが同行するなんて、またあちこち騒がしくなるわ……！」

「その予感には、全面的に賛成しますけどね。マグノム夫人のご様子から見るに、回避は非常に困難かと」

「やっと、やっと落ち着いたと思ったのに。どうしてこんなことになるの――！」

――人生最大に厄介な降臨祭になりそうな予感を、ひしひしと覚えるディアナであった。


（次巻に続く）

番外編「ものがたりの裏側で」

窓の外から、長閑《のどか》な鳥の囀《さえず》りが聞こえてくる。まだまだ日中は残暑が厳しいが、時折吹く風には涼しさが感じられ、徐々に秋の深まりが感じられる、この時季特有の昼下がり。

——王都のクレスター邸では、外の平和な光景に喧嘩を売るが如くの険《けわ》しい形相で、現当主デュアリス、その妻エリザベス、二人の息子エドワードが、一通の書簡を眺めていた。

「なーんか、ディアナがどんどんと泥沼に沈んでる気がするのは、俺だけですか？」

「それも含めて想定の範囲内だろう。あの子が王宮なんてふざけた場所にいって、何もしないでいられるわけがない」

「本人以外には自明の理でしかなかったから、あれだけ妨害工作に走ったのにねぇ」

三人の視線の先には、変わらず書簡がある。差出人は、現在後宮にて側室筆頭『紅薔薇様』とか呼ばれる立場に（本人の意志ガン無視で）なってしまった、クレスター家の末娘、ディアナ。その中には、現後宮における女官と侍女の状況が、あけすけな言葉で赤裸々に綴られている。簡単にまとめれば、女官たちの長であり、内宮（王族の私的空間）の実務を取り仕切る最高責任者でもある女官長が、かなり過激な保守思想の持ち主で、実家の爵位が低かったり、後ろ盾が弱かったりする侍女や女官をあからさまに冷遇し、離職へと追い込み、自分に従う者のみを側に置くといった、独裁体制を作り上げている……という内容だ。

顔は怖い割に家族の中で誰よりも心優しいディアナはその現状を憂い、主に女官たちについて詳しい調査をしてほしいと書き綴ってきた。もちろん彼女も貴族の娘だ。単純な義侠心《ぎきょうしん》だけでなく、そんな自分勝手を堂々と行う人物ならば他にも何かしているに違いない、その弱みを握っておけば後々何かの役に立つだろうという計算も働いているだろうが。

……どちらにしろ、彼女のやろうとしていることは、本来なら国王と、彼の隣に立つべき正妃が共に行うべき一大事業であることに違いない。世間の波風に下手に抗《あらが》うよりはと後宮入りを選択し、用が済めばとっとと退散するはずの彼女が、逆に逃げられない方向に進みつつあることに、家族としては心配と不安を覚えてしまう。

「サーラ・マリスと後宮がどうでも良い、とまでは申しませんが。ディアナが後宮なんぞに行かなければ、首を突っ込む必要までは感じない案件ですよね」

「内宮の中でも更に閉じられた後宮内での話だからな。把握はしておいても、下手に外野《おれたち》が手を出すとややこしいことになるのは目に見えてる」

「まぁ、二人とも薄情なこと。後宮から追い出されて不遇をかこっているお嬢さんがいらっしゃるなら、こっそり支援するくらいのことは仰ってくださいな」

「それは言うまでもないし、その程度のことは首を突っ込んだウチに入らんだろ。まぁ、ディアナが後宮に入ったからこそ、こうして迅速に現状が掴めたことを思えば、今更『もしも』を論じたところで始まらん」

そう、どんなに気に入らずとも、ディアナが『紅薔薇』として動かざるを得ない現実は目の前にあるのだ。——そして、後宮の安定を国家の安寧に繋げたい『紅薔薇《ディアナ》』にとって、私利私欲で後宮を牛耳ろうとしている女官長《サーラ・マリス》は障害にしかならない。

「彼女を最終的にどうするにしろ、あからさまに敵と分かる人間について知らないままでいるのは愚行だからな。女官長と、女官、侍女たちについて、可能な限り調べることは急務だ」

「そこに否やはありませんが……父上、もう一つの案件についてはどうしましょう？」

エドワードの言う『案件』とは、おそらく現在、王宮でも各家の茶会でもその話題で持ちきりであろう、昨晩の王の奇行に関してである。

これまで後宮にほとんど関心を持たず、足も向けなかった王が（実は密かに寵姫を見つけて通っていたりするのだが、あくまでもこっそり非公式になので数に入らない）、昨夜突然、公式に『牡丹の間』の側室、リリアーヌ・ランドローズの元を訪れた。泊まったわけではなく、数時間部屋に留まり話をしただけなのだが、貴族たちは噂に振り回されあっちこっち。今はちょうど秋、社交シーズン真っ只中《ただなか》ということもあり、現在、王都全体がちょっとした騒動になっている。

ちなみに、ただの訪問がここまで大げさに取り沙汰されるのは、リリアーヌが過激保守派の筆頭とも言えるランドローズ侯爵家の令嬢で、身分だけなら側室の中で最も高く、ついでに気位も高く、後宮の保守派貴族の側室たちを束ねる『牡丹派』のトップに君臨しているからである。リリアーヌが王の寵愛を勝ち取れば、それ即ち保守派の勝利であり、現在の王宮勢力図ががらりと変わってしまう恐れがある。だからこそ、王様が側室とお話ししました、なんてたかが日常一つで、ここまで貴族たちが浮き足立つのだ。――実際、夏に王が『紅薔薇』となったディアナの部屋に一晩泊まっただけで、後宮の勢力図ががらりと入れ替わったのだから。

中央の権力争いなんぞ、鼻で笑って対岸の火事と眺めるクレスター家ではあるが、この件に関しては本当に、全然全く笑えない。事故と騙し討ち、不幸な偶然と勘違いが重なりに重なった挙げ句、何故か革新派貴族の側室たちの派閥『紅薔薇派』の頭《かしら》を張る羽目になり、『牡丹様』の対抗馬に挙げられた、なんて前例を前に、笑えるわけがないのである。権力争いに興味はないが、それがディアナの不利益に直結するのであれば許しがたい。ディアナ本人が望んでいない争いであるから尚更だ。

――正確な情報を掴めず焦っている貴族たちはさて置き、ディアナと直接情報をやり取りできる彼らは、別段王の真意とか、権力抗争の行方に焦点を当てているわけではない。そもそもこの訪問に、王が何の政治的意図も持っていないことは分かり切っているのだ。

「寵姫への風当たりを弱めるため、現後宮では特別な意味を持つ『名付き』の側室を順番に訪れ、不満を抑えようとする……か。狙いどころとしては全くの外れと言えないのが、逆に惜しいな」

「シリウスもそんなこと言ってましたね。俺に言わせりゃ、そもそもの動機からしてふざけんな、って話ですけど」

シリウスとは、今朝からのこの騒ぎの状況を簡潔に伝えてくれた、クレスター家専属隠密集団『闇』の首領の名である。後宮のディアナから直接伝言をもらってクレスター邸のデュアリスたちと打ち合わせ、再び後宮に戻っている。彼が後宮へ戻ってしばらくしてから、別の『闇』がディアナからの、後宮の現状を詳しく綴った目の前の手紙を届けてくれた。どんな場所にも忍び込める技術持ちの彼らのおかげで、ディアナの手紙も下手な検閲《けんえつ》を受けずに直接家族の元へ届くのだ。――正規のルートを通して正確な情報をやり取りするなど不可能な状況下で、彼らの存在は実にありがたい。

自らの武術の師匠でもあるシリウスから聞いた話を思い出し、妹第一のエドワードは怒りに震える。――昨日、後宮にて、現国王の寵姫シェイラ・カレルドが『牡丹派』の側室たちに襲われ、危ういところをディアナが助けた。この一件で側室たちの不満が高まっていることをやっと知った国王ジュークは、シェイラを守るために側室たちの悪感情を抑えようと、ひとまず『名付き』と呼ばれる側室を順番に訪れることにしたらしい、と。……冷静に考えれば、双方に対して相当に失礼な考え方である。

「だいたい、シェイラ嬢が『牡丹派』の攻撃対象になったのだって、元を辿ればあの国王《バカ》が夜会で不用意に彼女に接触したからだ。その結果、こうなることも予測せず、好きな女を猛獣の檻に放り込んだまま、何の対策も取っちゃいない」

「確かに、シェイラさんがシーズン開始の夜会からこっち無事だったのは、猛獣の檻の中でディアナが密かに立ち回って、彼女を食べてしまいそうな獣たちを威嚇《いかく》していたからだものね。昨日のことは起こるべくして起こったのだけれど、初恋に浮かれる陛下には分からなかったのかしら」

「俺がいちばん腹立つのはそこですよ。昨日だって結局、『牡丹派』からシェイラ嬢を助けたのはディアナだった。なのにアイツは、ディアナに礼一つ言わないどころか、その存在すらなかったかのように振る舞っている。アレがクレスター家《ウチ》を嫌いなのは仕方ないにしても、好きな女を助けた相手に下げる頭一つ持たないなんて、器が知れるってもんです」

「まぁ実際のところ、王が公式の場でディアナに頭なんか下げたら、寵姫の存在を認めたも同然だから、感謝の言葉を引き出すのは難しいんだろうけどな。ディアナも別に、王からの礼なんぞ期待して助けたわけではなかろうし」

「だから余計に頭に来るんです。結局アレは、ディアナの優しさと人の好さにつけ込んで、搾取《さくしゅ》しているようなもんだ。しかも、本人にはその自覚がないと来てる」

感情的になってはいてもエドワードの分析は的確で、その点についてデュアリスもエリザベスも異論はない。大事な娘を壊しかねない現国王と王宮の面々に、彼らが冷ややかな眼差しを向けているのも事実だ。

――けれど。

「それでも、全てを理解してなお、ディアナは逃げ出そうとしない。ならば、我々のすることは決まっているだろう」

重々しく言ったデュアリスの言葉に、怒り心頭だったエドワードもため息をつき、頷いた。

「ええ。……他ならぬ、ディアナの頼みですからね」

「後宮の外から、ディアナを全力でサポートする。それしか、今の私たちにできることはないわ」

「ではやはり、『あれ』も調べる必要がありますね」

ディアナも、シリウスも、クレスター家の面々も、この話を聞いて真っ先に感じた疑問。

――あの恋愛初心者なくせに完全に色ボケ状態の陛下が、『シェイラへの風当たりを弱める』ために『力ある側室を訪問する』なんて小技、自分一人の頭で思いつくか？

そんなことを考えられるだけの思考能力と人生経験があれば、そもそもこんな状態にはなっていないだろうというのが、関係者一同の率直な意見だ。十中八九、誰かの入れ知恵の可能性が高い。

この馬鹿らしい大騒ぎが、王の気まぐれによってではなく、『誰か』が意図し、計算して引き起こされたものなのだとしたら。……今見えている景色は、何通りにもその色を変え、場合によってはとんでもなく危険なカードを引き寄せる。内乱だけで済めばまだマシな方だと思えるような、そんな事態だけは何としても避けねばならないだろう。

王に〝助言〟した人物と、その真意を探ること。王国の平和を望むディアナとクレスター家にとって、それは絶対に必要なのだ。――が、問題は。

「女官長含む、後宮の女官、侍女の調査と、謎の人物の思惑追跡……この二つって、両立できます？」

「片方は単純作業の積み重ね、もう一つは恐らく、かなり慎重に高度な技を使って辿っていくことになるだろうな……」

「割と別分野になりますよね、それ」

言ってしまえば、人海戦術と職人技だ。人員に余裕があって、職人技をこなせる人間が最低でも三人いて、そこで初めて同時進行に踏み切るくらい、普段ならば慎重になる。後宮にいるディアナのサポートのため、常に人員が割かれている今の『闇』なら尚更、負担を掛けるのは忍びない。

もちろん、『闇』だけに仕事を任せるつもりはなく、デュアリスも、エリザベスもエドワードも、それぞれに動くつもりではあるが。はっきり言って、人手が足りない。

エドワードが腕を組んで考える前で、白魚のような手が、机の上に置かれたディアナの手紙を取り上げる。そのまま視線を追いかけると――エリザベスが、いつも浮かべている微笑みを消し、不思議と凪《な》いだ表情で、改めてディアナからの手紙を読み返していた。

「は、母上……？」

「――正直ね、少しショックを受けているの」

エリザベスの声は、硬い。

「サーラが……あの子が、ここまで堕ちていたなんて。何が彼女を駆り立てたのか、そこまでは分からないけれど」

――でも、これは見逃せない。

静かな呟きなのに、不思議な温度を感じる。

普段とはどこか違う母に戸惑うエドワードとは違い、長年連れ添ってきたデュアリスには、妻が考えていることが分かったようだった。

どこか飄々《ひょうひょう》とした雰囲気を消し、デュアリスもまた静かに、妻を見つめる。

「本気で動くつもりか、エリー？」

「もともと今回は、社交の場を広げるつもりだったもの。そのつもりで準備もしたし」

「それは、分かっている。しかし……」

「お願いよ、デュアー。私には、『闇』の高度な追跡技を手助けすることはできない。でも、もう一つの方なら、きっと力になれる」

「エリーの力を疑っているわけではない。ただ、案じているだけだ」

「ええ、分かっているわ。充分に、気をつけるから」

しばしの間、デュアリスとエリザベスは互いの目を見つめ合った。そこには、たとえ子どもでも入り込めない、夫婦二人だけの絆が感じられる。

やがて、デュアリスがふっと笑みを浮かべ、ゆっくりと頷いた。エリザベスもそれに応えて頷くと、そのまま立ち上がり、静かに居間を出て行く。

必然的に部屋には、男二人が残された。エドワードが首を傾げる。

「えぇと……父上？」

「エド。お前はエリーと共に、社交界で女官たちの噂を集め、調査のとっかかりを掴め」

唐突な父の指令にも、エドワードは特に驚かない。自分がまず回されるとすればそこだろうと、彼は冷静に予想していた。

ただ、今回の調査対象は、いささか数が多い。更に社交の場も、普段クレスター家が招待されている辺りとは違うところを廻《まわ》る必要があるだろう。クレスター家そのものは代々ずっと中立派だが、この家の特殊な事情から社交の招待そのものが少ないし、さすがに過激保守派の方々と繋がりはない。可能な限り速やかな調査が求められる今、母と二人だけで何とかなるだろうか。

父の命に頷きつつ、エドワードは切り返す。

「それは、異論ありませんが。母上と俺だけで、間に合いますか？」

「エリーが、間に合わせるだろう」

「……というと？」

「単純にエリーは、今の後宮の現状が気に食わんみたいだな。もちろん俺も、この歪みが良いものだとは思わんが。昔のサーラ・マリスを直接知るエリーにはまた、違った思いがあるんだろう」

「そういえば、マリス女官長と母上は同世代でしたね」

「社交での情報収集に関しては、俺よりエリーの方が上手だ。しかもエリーは、女官長の昔を憧かでも知っている。――そのエリーが本気を出したんだ。もう、サーラ・マリスは逃げられん」

父の話は分かりやすく見えて、肝心なところがぼかされている。視線だけで問う息子に、デュアリスは苦笑した。

「エド。お前の母は昔、社交界の三花と呼ばれた女のうちの一人だぞ。そう身分の高くない子爵令嬢が、ただ美しいだけでそんな称号を授けられると思うか?」

「……つまり?」

「少し、待っていろ。――エリーの本気は、怖いぞ」

これ以上説明する気はないらしく、デュアリスは笑って立ち上がる。エドワードもつられて腰を上げながら、疑問に思っていたことを口にした。

「ところで、父上はこれからどう動かれるのですか?」

「ひとまず予定どおりだ。今日は書斎で役に立ちそうな文書を漁って、明日からは王宮に行く。女官たちの背後関係を洗うには、それこそ資料室に保管されている調査書が要るだろ。それに――もう一つの方もな。まずはそれとなく、探ってみる」

「分かりました。では俺は、社交に集中します」

「そうしてくれ。あぁ、もう少し待てばエリーが帰ってくるだろうから、それから二人で今後の方針を決めてくれたらいい」

今度こそ、デュアリスは居間を出て行く。一人残されたエドワードは、もう一度ディアナの手紙を読み返し、役立たずどころか余計なことばかりする国王に再び悪態をつきながら、お茶を淹れ直して母の帰りを待った。

デュアリスが言ったとおり、そう時間の経たないうちに、エリザベスは戻って来た。――抱えきれないほどの、招待状の山を腕に抱えて。

ざっと見積もっても五十通は下らないだろう招待状を、エリザベスは無造作に、ローテーブルに置いた。

「は、母上……？　この招待状の山は何ですか？」

「まぁエド、分かり切ったことを聞かないでちょうだい。情報収集に社交場を廻るにしても、招待状があるのと無いのとでは、難易度に雲泥《うんでい》の差があるでしょう。入り口で揉めるなんて時間の無駄でしかないし、私はあなたと違ってこっそり侵入して招待客になりすますなんて高等芸は使えませんからね」

「いや、だからってこれは……」

ローテーブルにできあがった山の中から、エドワードは適当に数枚抜き出し、目を剥いた。

「ちょ、アウレリア伯爵家、ピクシス子爵家に……うわ、リオスルキア侯爵家まで⁉　母上、これどうしたんです？」

エドワードが驚いたのも当然で、彼が読み上げたいずれの家も、かっちこちの貴族至上主義を隠しもしない古参保守の代表だ。クレスター家とは、間違っても付き合いはない。当然、招待状が届くはずもない。

息子の至極《しごく》もっともな疑問に、エリザベスはそれはそれは美しい笑みを浮かべた。

「若い時分のお付き合いって、人生の財産だと思うの。若気の至りを経験しないまま大人になる人って、そういないものね」

「脅したんですか、そうなんですね……」

エドワードの脳裏に、妻の本気を「怖い」と断言したデュアリスの顔が浮かんだ。――確かに、この笑顔でこの台詞は、いろいろと怖い。

若干引いた息子に、エリザベスは唇を尖らせる。

「エド、あなた自分の母を何だと思っているの？　無駄に迫力のある顔で押し出すしか能のないデュアーじゃないんだから、不必要に敵を作るような手を使ったりしないわ。人脈って大事よねって、それだけの話でしょう」

「いやいや、さすがに騙されませんよ。何年母上の息子をやっていると思ってるんです」

思い返せばこの母は、この清楚で可憐かつ儚《はかな》げな外見を最大限に利用して相手の懐に入り込み、欲しい情報なり弱みなりをするりと引き出すことが何より得意なのだ。弱みを握られた相手からすれば、単なる『お願い』も立派な脅迫《きょうはく》である。

ましてや、今のエリザベスは単なる子爵家令嬢ではない。社交界にその名を轟《とどろ》かす『クレスター伯爵家』、現当主の妻なのだ。

エドワードは深々とため息をついた。

「敵を作る作らない以前に、クレスター家《ウチ》ってだけで最初から悪印象でしょう。そんな家の伯爵夫人に収まっている『旧友』なんかから手紙が来たら、俺なら二重に怖いんですけどね」

「あら、怖がられているのはデュアーであって私じゃないわ」

「父上の魔王面は確かに、我が家の悪評に一役どころか十役くらい買ってますけど。『王国の悪を牛耳る、裏社会の帝王』の噂そのものは、父上の顔とは関係ないでしょう」

「『帝王』とまで言われるようになったのは、デュアーが社交界にデビューしてからよ。それまではせいぜい『裏社会の黒幕《ドン》』程度だったもの。デビュー当時のデュアーは十人くらいは殺してそうな目をしてたし、常に背景に暗雲しょってたしで、まさに闇の底から生まれた魔王様だったからねぇ」

「知りたくありませんでした……」

自身も女たらしで人でなし風情な悪人面のエドワードだ。クレスター家の代々がバリエーション豊かな悪人面のせいで、三百年かけて悪評が進化してきたことも、もちろん知ってはいた。それでも、『帝王』のオチが自分の父親の顔だったなんて、あんまり知りたい情報でもなければ必要な知識でもない。現当主デュアリスが、クレスター家三百年の歴史の中でも稀な凶相だということは、誰もが認める厳然とした事実ではあるけれど。

「俺が言うのもなんですが、そんな魔王面と、よくまぁ結婚しようと思いましたね？」

「だって、デュアーが怖いのは顔だけじゃない。社交デビューの日におどろおどろしい雰囲気だったのだって、後から聞けば慣れない場所でどう振る舞おうか考えていただけだって言うし。普通ならデビュタントの若者がオロオロしてるとしか思われないのに、魔王様降臨の騒ぎになるなんて、つくづく誤変換の激しい顔よね」

「母上は、誤変換の罠に引っかからなかったのですか？」

「私？　私は、そうね……引っかからなかったというより、デュアーの顔のおかげで助かったから」

エリザベスの声が、遠い昔を懐かしむ色を帯びた。柔らかく、幸せそうに微笑んで。

「もちろん、恩を感じたことだけが結婚の理由じゃないわ。噂だけは物凄いクレスター家に嫁ぐのだもの。デュアーも、そんな半端な覚悟の妻を娶《めと》るくらいなら、独り身を貫いたでしょうし。あなたとクリスもそうでしょう？」

「そう……ですね。なんだかんだ言っても、やはり気持ちがなければ、結婚までは踏み切れません」

エドワードも婚約者を持つ身だ。貴族の結婚は今も昔も政略的な意味合いが強いが、クレスター家は代々恋愛結婚推奨派であり、彼と、婚約者のクリステル・グレイシーも、お互いに惹かれあって結婚を決めた。子どもの頃は分からなかった男女の機微《きび》も、今なら少しは感じ取れる。

エリザベスの言うとおり、クレスター伯爵家にまつわる噂は数多く、その悪評は底が知れない。ほとんどの噂は先祖代々の悪役顔のおかげで誤解された結果であり、蓋を開けてみればアホらしい真相が待っているのだが（若かりし頃のオロオロデュアリスが、いつの間にか魔王様伝説を築き上げていたことなど、その最たる例と言えよう）、真実を知る人は本当に少数だ。だからこそ、一族の人間はどうしても伴侶を持つことに慎重になる。生まれたときから悪人面の自分はともかく、結婚してしまえば相手のこともクレスター家の悪評に巻き込むことになる、と。

現在後宮にて、最高位『紅薔薇』の座にいるディアナが、そのまま正妃になるのを歓迎されていないのも、同じ理屈である。要するに、『悪の帝王』と王家を縁付かせるわけにはいかないというわけだ。——もっとも、仮にクレスター家の悪評がなかったとしても、互いの間に愛がない婚姻を、ディアナが受け入れることはないだろうけれど。

結婚すれば自分も周囲から白い目で見られる、そう分かっていて、それでもなおその道を選んだエリザベスが、見た目通りの儚い女性であるはずがない。

「結婚したときも、今でも、周りからはいろいろ言われるけれど、私はデュアーの妻でいられて本当に幸せなのよ。彼がクレスター家の跡取りだったから、結果として私も伯爵夫人になったけれど、そんなものは付属に過ぎないし。人脈さえこまめに作っていれば、ただの子爵令嬢でも社交界は案外簡単に乗り切れるんだから」

「ただの子爵令嬢が築ける人脈を超えてる気がしますけどね、これは」

机の上の紙山を見ながら、エドワードは苦笑した。クレスター伯爵夫人をデュアリスの〝付属〟と言い切る考え方も、付き合いのないはずの家の招待状をあっさり手に入れる行動力も、何もかもが普通ではない。改めて母を尊敬する一方で、少し心配にもなる。

「俺、母上がこんな方々と繋がりがあったなんて知りませんでしたよ。突然こんな目立つ真似をして、怪しまれるだけならともかく、警戒されたり邪魔者扱いされたりして、うっかり消されるようなことにはなりませんか？」

普段のエリザベスは、確かにその美貌と才知で同年代の社交を支えている存在ではあるが、それはあくまでもひっそりとだ。デュアリスが居るだけで目立つ分、エリザベスの影が薄れている面もあるだろう。エリザベスに弱み（本人曰く『若気の至り』）を握られていたらしい方々も、エリザベスが大人しくしているからこそ、手を出そうとしなかったのかもしれない。

にもかかわらず、ディアナが『紅薔薇』として脚光を浴びるようになった今、エリザベスが本気で動き出したとなると。下手な邪推《じゃすい》も絡んで、エリザベスの行動を大袈裟に捉える輩が現れないだろうか。昔と違い、今のエリザベスはクレスター伯爵夫人。クレスターの名は盾にもなるが、同時に疚しいところがある者にとっては起爆剤にもなりかねないのだ。

「あなたも大概《たいがい》物騒よね、エド」

穏やかならざる息子の言葉に少し苦笑して、エリザベスは首を左右に振った。

「目立つだろうことは、最初から分かっているのよ。これまではデュアーの陰に隠れて動いていた私が突然こんなことしたら、目立つし、怪しまれるわ。私を殺そうとまで考えるほど、邪魔に思う人が出てくるかどうかは未知数だけれど」

「呑気に構えている場合ですか。分かっていたならどうして、こんな危険な真似を」

「娘が最前線で命を張っているのに、母たる私が日和《ひよ》ってどうするの」

柔らかな声音ながら、そこに弱さはない。一歩も引く気のない、戦うことを知っている戦士の覚悟を宿した声だ。

「シリウスが来た時点で、これからの社交は保守派を避けては通れないと判断したのよ。結果として正解だったでしょう。早速、役に立ったわ」

優しいながらも固い、母の口調。何となくいつもの母らしくない気がして、エドワードは招待状を仕分けていた手を止め、正面にいるエリザベスを見た。

――そして、呑まれる。妹に受け継がれた海の蒼に、眩く煌めく高潔な光を宿した、母の瞳に。

「生まれで当人の資質を決めつけ、処遇に差をつけるなんて、時代に逆行する愚行でしかないわ。サーラの暴走をこれ以上許すことは、きっと危険よ。――多少、私の身が危険に晒される可能性があるからといって、躊躇《ちゅうちょ》するわけにはいかない」

怒れば怒るほど、にこやかな笑顔で感情の起伏を隠し、貴婦人然とした態度で貴族社会に相応しい報復行為に勤《いそ》しむエリザベスが、今。

完全に笑顔を消して、かといって怒りを表情に乗せるわけでもなく、ただ、ただ静かな〝凪《なぎ》〟の顔で、瞳だけを強く強く輝かせて、言葉を紡いでいる。

現クレスター一族の中で世間一般から最も恐れられているのは、言うまでもなく『大魔王様』たるデュアリスであるが、この瞬間、エドワードは改めて思った。

（いつも笑顔の母上が、表情捨てて怒るほど、怖いものはない。母上はもともと怖いけど！）

「ちょっとエド、手が止まっているわよ？　早速今日の夜会から、ハシゴしなくちゃならないんですからね、気合い入れて選んでちょうだい」

「えぇ、そうですね……でしたらまずは、リオスルキア侯爵家と……あぁ、ランティス伯爵家辺りはいかがでしょう？　大きな夜会のようですし、こちらの二家のご当主は、父上と同年代。ならば必然的に、女官長に近い方々が集まるのでは？」

「確かに、その可能性は高いでしょうね」

「ならばまずは、この二つで情報を手に入れて。それを足掛かりに、方向性を決めていくというのはどうですか？」

「そうね。一晩で廻れる夜会にも限度があるでしょうし、招待状のある社交場の一覧表を作っておいて、今夜入手した情報を元に、明日から廻る場所を決めましょうか」

「保守派だけでなく革新派の社交場も廻るべきかと。昔から、敵の敵は味方と申します。女官長に追い出された元女官や侍女の方から、話を聞けるかもしれません」

「そちらも抜かりはないわ。昔からのお友だち何人かに力を貸して欲しいとお願いしておいたから、追って革新派貴族の家からも、招待状が届くはずよ」

「革新派のお家にも〝お友だち〟がいらっしゃるのですか……」

某親友から事あるごとに「この見た目詐欺師が」と揶揄されるエドワードだが、自分などこの母親に比べればまだまだだ。この人畜無害な外見をフル活用して、エリザベスはいったいどのように社交の海を泳いできたのか。後学のために知りたいような、精神衛生上知りたくないような……うん、やっぱり知りたくない。

招待状の仕分け作業をしつつ、作戦会議を展開させながら、エドワードはしみじみ思った。

この先、何があったとしても、エリザベスだけは怒らせないようにしよう——と。

† † † † †

エリザベスが娘時代の遺産を引っ張り出し、エドワードと共に、意気揚々と社交界に殴り込みに行った、その翌日。

クレスター家当主デュアリスは、予定どおり王宮にいた。

社交シーズン中の貴族は、夜通し自宅もしくは他家での社交に明け暮れる。そして、日が昇るより少し前にベッドに入って、太陽が中天にかかる頃起きてくるというのが一般的だ。

しかし、社交という名の諜報活動を開始したクレスター家の面々にそんな常識は、例によって通じない。エリザベスとエドワードは屋敷に帰るなり、仕入れた情報をまとめてすり合わせ、裏取りが必要と思われるものは『闇』に、書類で確認できそうなものはデュアリスに、引き続き調査すべきものは自分たちで分担し直し、明日の予定を組んで、それからようやく湯を浴びていた。

デュアリスは、社交における諜報作業において、役立たずを自認している。自分では人当たりの良い笑顔を浮かべているつもりなのに、社交場に行くと、何故か人が離れていくのだ。遠い昔、社交デビューしてしばらく誰にも構ってもらえず、「このままじゃ影が薄くなる！」と焦っていた頃に耳に入った『デュアリス・クレスターは魔王』の噂は、若かった彼の心に相当なダメージを与えた。

仕方がないので、デュアリスが社交で情報を集めるときは大抵、大人数の輪から弾かれて一人になっている者を相手に、姿を隠して声をかけ、上手く話を引き出す方法を採る。当然、声質もかなり変えて、だ。ディアナが使えるクレスター流社交術は、もちろんデュアリスだって使える。

ただ今回のように、できるだけ多くの会場に目立たず潜り込み、できるだけ多くの噂話を拾うことを目的とする場合、デュアリス（とディアナ）は可哀想なことに戦力外通告を受ける。何しろ存在そのものが目立つのだ。第一関門でアウトときては、大人しく家で待っているのがベターである。

——そんなわけで、今回デュアリスは、広く浅くの諜報活動には関わらないと決めた。かといって、彼が何もしないのかといえば、もちろんそんなことはなく。

「調査の基本は紙媒体、だよなー」

疲れきって眠っている妻と息子に伝言を残し、彼はてくてく、王宮に出向いたわけである。

あまり知られてはいないが、実はクレスター家、代々王宮に役職を持っている。年中いつでも登城できる、れっきとした官吏一族だ。多くの古参貴族と同じように、代替わりと同時に役職も当主が受け継いでいる。

監察局、調査資料保管室室長。普段は単に『資料室室長』と呼ばれるこの役職こそ、王宮におけるデュアリスの立場だ。全国各地の調査資料が短くて数年、長いと数百年単位で保管されているこの部屋の主であり、もっとぶっちゃけて言えば掃除係。ほとんどの貴族は部屋の存在すら知らず、室長といっても他に室員がいるわけでもなく。王宮でも稀に見る閑職《かんしょく》だが、もちろんデュアリスを含む歴代の当主たちに不満はない。王都での権力争いよりも領地経営に重きを置いてきたクレスター家にとって、王宮の役職など、ほとんど無用の長物《ちょうぶつ》に過ぎないからである。故に毎回、新しい資料が整理されないまま天井近くまで積み上げられ、しびれを切らした監察局の長官が「仕事《そうじ》しろ」と呼び出しをかける事態になる。

掃除も面倒、そもそも王宮まで出向くところからして手間という理由で、真面目に勤めているとは間違っても言えない室長業務であるが、それでも代々のクレスター家当主が投げ出さず続けてきたのは、この部屋の情報量が他とは比べものにならないからだ。

「えーと、マリス伯爵領に関する一覧はこの辺だったたか……？　あっ違う、こっちはリーヴス子爵家、けどこいつも要るな」

足の踏み場もないような部屋の中をばたばた動き回りながら、デュアリスはエリザベスとエドワードが入手した噂の裏付け資料になりそうなもの、その他あれば便利そうなものを、ばっさばっさ無造作に抜き出していく。きちんと整理されて棚に収まっているものだけでなく、その辺に適当に積み上げられている（ように見える）山の中からも同じように勢いよく引き抜くものだから、当然高く積まれた山はぐらぐら揺れた。

「どぅわっ！　待て待て！」

回収した資料を抱え、ぐらついた山を支えに走る。だが残念ながら、デュアリスはエドワードほど、運動神経に優れていなかった。

「うわーっ!!」

急に動いた拍子に斜め後ろにあった別の紙山を蹴飛ばしてしまい、こちらは支えようと努力する間もなく無情に崩れる。連鎖で周囲の山も雪崩《なだれ》を起こし、デュアリスは見事に埋もれた。もうもうと埃が舞い踊り、資料室が白く染まる。

「うげっほ、ゴホ、やっちまったー……」

「――何をなさっているのですか」

局地的な雪崩により遭難者となったデュアリスの背後から、冷静ながら呆れの色を含んだ声が響いた。声と気配から即座に人物を特定し、デュアリスは努力して振り向く。

「見てたなら助けろよなー、キース」

「生憎《あいにく》、私が扉を開ける前にドサドサ物が落ちる音がしていましたから、すでに手遅れでしたね。第一、大の大人がここまで埋まるほど整理をさぼったあなたの自業自得です。むしろ埋まったのが室長《ほんにん》で良かった」

「相変わらず容赦ねーな、お前」

ずばずばとデュアリス相手に正論をはきながらも、キースと呼ばれた青年は慎重に資料室に入り、身動きとれないデュアリスの手を引いて立たせてくれた。動きにくく暑苦しいと評判の官服を崩すことなくきっちり着たその姿は、彼の真面目な人柄をよく表している。

キース・ハイゼット――ハイゼット子爵家の長男で、貴族の跡取り息子でありながら、王宮登用試験を受けて一から官吏の道を選んだ変わり者だ。貴族の子弟が王宮での影響力強化のために官吏や騎士を志すことそのものは珍しくも何ともないが、その場合は大概縁故を頼っての登城になるし、わざわざつらい下積み時代を経験しようとする者もいない。

しかもキースは長男、黙っていても時期が来ればハイゼット子爵の地位が継げる。身も蓋もない言い方をすれば、働かなくても食べていける立場なのだ。わざわざ平民にも門戸が開かれている登用試験を受けてまで、官吏をする必要はない。労働に対する考え方は近年少しずつ変わってきているが、それでも将来爵位と領地を継ぐ立場の長男を宮仕えさせる家は少数派だ。デュアリスはハイゼット子爵と直接のつきあいはないが、キースを見る限りは誠実で善良な人物だろうと思える。

そんなキースは、山から海となった資料たちを斜め下に眺め、デュアリスに冷たい視線を向けて、深々とため息をついた。

「監察局の皆様の努力を、室長が台無しになさいましたね。まぁ、いつものことですが」

「イヤミは堪《こた》える奴に言わなきゃ意味ねーぞ？　崩れた山のだいたいの区分は覚えてる。整理し直しゃ済む話だろ」

「ええ。欲を言えば、こうして被害者が出る前にそのやる気を出して頂きたいですね。ろくに仕事をしてくださらない室長のおかげで、なかなか新人に資料室の用事を頼めず困っているのです」

「んなもん、気にせず頼めばいいだろ」

「埋もれる覚悟で出向いてくださいと？　下手に遭難させてトラウマになって、仕事を辞めたいなんて言われたらどうしてくれるんです。やっと続きそうな者が来てくれたのに」

「あー……。分かった分かった、悪かった」

キースの所属する『外宮室』の人手不足は深刻だ。仕事量は年々増えていくばかりなのに、人員は滅多に増やされず、よそから移動してきた者はその狂ったような仕事内容に耐えきれず辞めていく。そんな状況の中、配属された〝続きそうな者〟が貴重な人材だということは、デュアリスとてよく分かる。

雑談の合間に雪崩た山をざっと組み直し、辛うじて人一人は通れるスペースを確保する。キースは目当ての資料が見つからないのか、できたばかりの道をゆっくりと進み、眼鏡の奥の目を細めた。

「何探してるんだ？」

「施薬院《せやくいん》についてまとめたものが、資料室に保管されていると聞いたのですが……」

「あ、それならあっちの部屋の向かって右から三番目の棚の、上から二段目だ。背表紙つけてあるから、すぐ分かると思うぞ」

「あちらでしたか……ありがとうございます」

扉ではなく幕で仕切られている隣室との境をくぐり抜けたキースは、少しして分厚い冊子を抱えて戻ってきた。デュアリスもあの災難の中、他と混ざらないよう死守した資料の束を手近な机で揃え直し、軽く背中を伸ばして一息つく。

「それで合ってたか？」

「はい。さすがは監察局に保管されている資料だ。簡潔ながら実に分かりやすい」

「そりゃ良かったが……なんでお前が施薬院の資料なんか探してるんだ？　あれは内務省の保健衛生部が中心に進めてた事業だろ？」

「先王陛下の御代《みよ》までは、そうだったのですけどね」

表情は変わらないながら、キースの声が疲れている。まさか、とデュアリスは目を見開いた。

「外宮室が引き継いでんのか⁉」

「面倒な手続きや細々した決まり事が多いですから。先王陛下のご下命《かめい》で始まった事業ですが、ここだけの話、内務省の担当者たちは不満の嵐だったそうです。代替わり時に国王陛下に報告せず、一方的に事業を凍結させたのですよ」

「凍結ったって……あれもう、土地も現場担当者も決まって、薬の流通経路も確保して、後は建物と道具が揃うのを待つばかり、って段階だったろ？　そんな状況で凍結なんかしたら、民が黙ってないだろうに」

「実際、意見書が届きましたよ。もう開いてるはずだから施薬院で見てもらってくれと言われたのに、そんなモノどこにもないとか、王都の医者組合と連携するって話はどうなったんだとか、方々から非難囂々《ごうごう》です。ウチの室長が何度も民からの要望を抱えて怒鳴り込んでいるのに、あちら側は余程面倒なのか、その場限りの返事をするだけで腰を上げようとしない」

「だからってお前らが引き受けるのか？　冗談抜きで過労死するぞ」

「衛生部主導で事業が再開したところで、細々した事務手続きや確認作業がウチに回ってくることは目に見えています。それならいっそ権限まで委譲してもらって、いちいちお伺い立てる手間を省こうということらしいですね。端的に言えば、室長がキレました」

「あーあー……」

　王都の人口が増加の一途を辿る現在、公的な面から総合的に民の健康を守る施策は急務である。先代はその重要性を十二分に理解していたからこそ、王直々の事業として施薬院建立を進めてきたのだ。その重みを担当部署がまるで理解していなかったなんて、死んでも死に切れないではないか。

「報われねーなぁ……。お前らがいてくれたことがせめてもの救いか」

「客観的に見て、人が集まる場所にこのような施設は必要ですから」

「しかし、心配なのはそっちだ。王が代替わりしてからこっち、外宮室の負担は増えるばかりだろ。挙げ句の果てに、仕事してない奴らの尻拭いみたいなことまでやらされて……仕事熱心なのは結構だが、あんまりやり過ぎるなよ？」

「恐縮です。確かに、内務省関連の仕事はどっと増えましたが、我々とてお人好しではありませんから。適当にしていますよ」

　この四角四面に真面目を絵に描いたような青年から『適当』と言われても、いまいち信用できない。外宮室はその役目の特異性から、平均して他部署の三倍は使える人間が集まっているため、本人たちは気にしていなくてもいつだってオーバーワークだ。外交を担当する外務省、国庫を握る財務省、そして内政全般を取り仕切る内務省の三省全体を補佐する名目で立ち上げられた外宮室は、今やすっかり面倒な仕事を押し付けられる下請け部署と化している。それゆえに人が集まらず、続く人間は必然的に能力が高いという、奇妙な逆転現象が起きているのは、皮肉と言えば皮肉だ。

　キースはその、有能ながら曲者揃いの外宮室で、若くして室長補佐の地位にいる。実力第一主義にならざるを得ない外宮室では、子爵の長男なんて肩書きはゴミ屑も同然で、彼の立場は彼自身の努力の賜物だ。

　いつだって理性的で冷静沈着な態度を崩さないながら、民への思いやり深く、故に仕事に真摯な熱い面を併せ持つ青年は、ちらりとデュアリスが抱える紙束に目をやった。

「デュアリス様は、女官方の調査ですか」

「まぁな。ディアナからの連絡で、後宮の女官を中心に不穏な動きがあるって話だ。別に貴族同士の権力争いなんざに興味はないが、後宮のバランスが王国の有事にまで発展しかねないなら、危険の芽は摘んどいた方がいい」

「ディアナ様の奮闘は、我々にまで届いていますよ。多くは歪曲《わいきょく》された噂話ですが」

「外から見りゃ、ディアナも後宮を舞台に権力を争っている令嬢にしか見えんだろうからなー」

「ご本人としては不本意で？」

「当たり前だろ。だいたいディアナはつい二年前まで、王宮の政争とは遠い場所でのびのび育ったごく普通の女の子だぞ。自慢じゃないが、俺は娘に貴族らしさなんか教育しなかったからな。相当息苦しいと思うぞ、今」

そうなると分かっていて後宮行きを止められなかったデュアリスとしては、だからこそ余計に、できることは何でもしてやりたいと思うのだ。幼い頃からごく当然に他者を思い遣り、いつだって誰かの笑顔のために何かできることを探していた心優しい愛娘《まなむすめ》が、愛憎渦巻くあの澱《よど》んだ場所で、壊れてしまわないように。

「クレスターの娘が王宮に上がるなんて、過去三百年の歴史を遡っても例がない。正直、俺たちだって探り探りだ。が、どこにいようとディアナがクレスター家の娘である以上、あの子を守護するのは最低限俺たちに許された権利だからな」

「今の内務省上層部は無能が目立ちますが、それでもクレスター一族の身内第一の姿勢を知らない者が、全くいないわけではないでしょうからね。近場ではスウォン団長ですとか」

「アルは別に、側室選びに直接の権限を持ってるわけじゃないが」

「それでも、『クレスター家の娘』を表舞台に引っ張り出した時点で、上の方々がある程度あなた方の干渉を許容したことは確かでしょう」

「……どうだかなぁ。そうだとしたら、あいつらも何を考えてるんだか」

デュアリスは苦笑し、ふとキースを見た。

「お前たちも、俺たちに介入して欲しいと思ってるクチか？」

「そうなるんでしょうかね」

「何か、困りごとでもあるのか」

「実は我々も、後宮の治外法権化には頭を悩ませていまして。何しろ一方的にあちらから指図されるばかりで、外宮の指示が一切通らない。後宮は内政の一部ですから、本来は後宮との折衝《せっしょう》も内務省の役目のはずなのですが、春に後宮が開設されてから、現場の裁量で処理されました、なんて事後報告ばかりで。下手に口出そうものなら『些事《さじ》一つ一つにまで外宮のご意見を伺っていては、後宮は回りませぬ』と返される。そんなことが繰り返された結果、内務省の後宮担当者が匙《さじ》を投げて、後はいつも通り、たらい回しにされた役目が外宮室にやってきたわけです」

「ワケですって……おいおい」

娘を後宮に上げている家の当主であるデュアリスからして、今の話は初耳だ。あんまりな事態に、開いた口が塞がらない。

「そうは言っても、外宮室の権限じゃ、それこそ後宮に指導なんてできないだろ？」

「ええ。ですから今は、後宮から降りてくる書類に目を通して、しかるべき場所にお届けする区分け屋になっています。流れ作業なので別に構わないと言えばそうなんですが……そもそも王宮の中で、王の権限が届かず一官吏が好き勝手できている場所があること自体、大きな問題ですからね」

「その辺は、現王の怠慢と認識の甘さが一番の原因だろうけどな」

「否定はしませんが、王が頼りにならないなら尚更、周囲がしっかりしなければなりません。後宮は、王家の私事であると同時に、重要な政《まつりごと》の一部です。我々が動くことで、現状をより良く変えることができるなら。そのための一手が打てるなら、躊躇いたくはないのです」

「……真面目な話、外宮室はどの程度まで、後宮の状況を掴んでるんだ？」

予想外なところから、貴重な情報が入手できそうな気配である。思わず尋ねる声にも力が入る。

デュアリスの気配が変わったことを感じ取ったのか、キースも眼鏡を押さえ、背筋を正した。

「さすがにあちらが、全容をありのまま我々に見せることはありませんよ。ただ、特に問題なく勤めていたように見える侍女がある日突然王宮を辞したり、人員配置に明らかな差別があったり、雑用係と側室付きの侍女がはっきり分かれていたりと、そういった端々から現女官長の思想や性質は薄ぼんやり見えてくるものです」

「そういう細々した記録、外宮室に残ってるか？」

「残せるものは一通りまとめて保管しておくようにと、指示してありますが……？」

「……有能過ぎ、お前たち！」

デュアリスの心からの賛辞に、キースは、滅多に見せない笑みを浮かべた。

「あの後宮を、クレスター家がどうにかしてくださるというのなら、情報をお渡しする価値は十二分にあります。外宮室まで取りにいらっしゃいますか？」

「そうだな。ついでにこれから何かと世話になりそうだし、室長にも挨拶しとこう。今、大丈夫か？」

「そろそろ休憩入れないと爆発しそうですし、デュアリス様さえよろしければ話し相手になってやってください」

「てことは、朝からずっと机仕事か？　珍しいな、現場大好きな奴が」

「それも後宮関連ですよ。陛下が一昨日『牡丹の間』に、昨日は『睡蓮《すいれん》の間』に、相次いで訪問なさったことはご存知で？」

「知ってる。ついでに、今日の夜は『鈴蘭《すずらん》』、明日は『菫《すみれ》』の予定だぞ」

「……やはり、『名付き様』を順番に廻っていらっしゃるのですね。ご寵姫様への風当たりを弱める目的でしょうか」

「ディアナたちの見立てじゃ、十中八九そうだろうと。陛下はシェイラ嬢に首ったけらしいからな」

「お陰で昨日から、方々が政務どころでなくなって。ろくに形になっていない通達書や指示書ばかりで、まず解読しないと仕事にならないんです。そのせいで室長が机から離れられなくて」

後宮も上へ下への大騒ぎらしいが、さすがは腐ってもこの国の最高権力《こくおうへいか》、その影響力は計り知れない。上の仕事が半端なせいで割を食うのは、いつの時代も下っ端《ぱ》だ。外宮室は勝手に下っ端扱いされているだけで、実際は三省総合補佐機関なのだが。

「誰が入れ知恵したのか知りませんけど、勘弁していただきたいですよ、まったく」

「……入れ知恵？」

「あの陛下が自分から、『名付き様』を巡って不満を解消しようなんて思いつくわけないですからね。近衛騎士の話では、ご寵姫様が『牡丹様』と衝突なさったちょうどその日に、誰かが訪ねてきたそうです。大方、その者が……」

「――キース」

デュアリスの本性を知っているキースですら、一瞬言葉を止めてしまうほど底冷えのする声で、デュアリスは彼の言葉を遮った。

「室長への挨拶がてら、外宮室でその話も詳しく聞かせてくれるか」

「は、はい……？」

疑問を瞳に浮かべたキースに、デュアリスはただ、底の見えない笑みを返す。

そして、思った。

――いっそ深く巻き込んだ方が、外宮室の危険は少ないかもしれない。

知らず知らず、重要な情報を手にする〝下っ端〟を邪魔に思う有象無象《うぞうむぞう》は、これから先、増えることはあっても減ることはないだろうから。

† † † † †

クレスター家一同による、密かながら大々的な調査が始まって、およそ一週間が経過した。その成果は着実に積み重ねられ、後宮女官、侍女たちの実態がかなり見えてきている。

通常、クレスター家が特定の人物を調べる場合、まずは尾行と前歴調査、聞き込みなどを行い、悪事が見つかればその証拠固めも同時に進める。今回も、基本的にすることはそう変わらない。

が、今回の調査対象は、上は女官長から下は下働きの侍女までと、幅も広ければ数も多い。いつものようにしていては、人手も時間も不足してしまう。

ゆえに、エリザベスはこれまで築き上げてきた人脈をフルに活用し、山ほどの茶会、夜会の招待状を入手した。貴族の社交とは重要な政治の場であり、あらゆる情報が〝噂〟として飛び交っている。そこから信憑性《しんぴょうせい》のありそうなものを拾い出すことができれば、調査を大幅短縮できる上に、うまく行けば悪事の証拠まで一足飛びだ。女官たちはもとより、王宮で雇われている侍女たちも貴族位を持つ娘たちであるため、社交を通して情報収集するのがいちばん効率的なのである。

特に女官長に関しては、調査開始一日目にして、既に社交担当組の仕事はなくなったと言っても過言ではなかった。何しろ、「マリス女官長は王都に自分専用の屋敷を持っている」や、「そこに美術商や鑑定家、作家たちを招いている」や、「親しい方にはそういった商人などを紹介したりもしているようだ」なんて話題がごろごろ転がっていたのだ。ところ違えば落ちている情報も違うものだと、エドワードはしみじみ遠い目になった。

気になる話題が落ちている輪にそっと潜り込み、言葉巧みに欲しい情報を引き出すのは、エドワードの得意とする技の一つだ。エリザベス直伝の『話したくなる質問の仕方』は、エドワードにもしっかり受け継がれている。

マリス女官長の館が話題に上れば、その場所や様子、果ては間取りから内装の雰囲気まで語らせ。女官長と懇意にしている人物については、その職業、店持ちならば店の場所、人相、大方の性格、住まいまで自然な流れで教えてもらい。

彼女と親しい貴族、なんて聞けばもちろん、聞き出せるだけ聞いて頭にしっかりたたき込む。

エリザベスとエドワードがそれぞれ別の夜会を一日に四、五軒はしごし、引き出せるだけの情報

をかき集めた結果、女官長サーラ・マリスについては初日でその大枠がぼんやりながら見えてしまい、後は『闇』の裏付け調査に引き継いで良さそうな流れになった。女官長の給金と釣り合わない彼女の散財状況を見るに、どこかで金をちょろまかしているだろうし、何のために美術商や鑑定家と親しいのかと考えれば、盗みの構図が浮かぶ。順当なところで行けば、公金横領に後宮備品の横流しといったところだろうか。たった一日でここまで浮き彫りにさせるエリザベスの力《じんみゃく》に、エドワードが改めて恐怖したのは、ここだけの話である。

後は同じことを、女官と侍女の数繰り返すだけの簡単なお仕事、なのだが――。

「お聞きになりまして？　先日、女官長様の名代《みょうだい》として選ばれて、リッジラ商工会のご当主と会談したのが、またミア・メルトロワだったそうなのですよ！」

「まぁ、またですか？　確か先月、別の方とお会いする際も、ミアを付き人にご指名なさったとか」

「身分も低ければ特に才能もないあんな娘が、女官長様にご寵愛されているなんて」

「本当に、身の程知らずですこと。少しは弁えて、一歩下がることを覚えればよろしいのに」

少し離れた場所、若い令嬢ばかりが集まって会話が交わされているのを、エドワードは注意深く聞き取っていた。自分の加わっている輪の会話を成立させながらの盗み聞きは楽な作業ではないが、これくらいこなせなければ社交界では生きていけない。

それにしても。

（また、ミア・メルトロワの悪口か……）

調査を始めてから何度聞いたか分からない会話に、エドワードの中で疑問が膨らんでいく。

ミア・メルトロワ。メルトロワ子爵家の娘で、社交界デビューとほぼ同時に王宮に侍女として上がり、勤め続けて女官に昇格。現在『紅薔薇の間』付きの女官として勤務中――と、経歴だけを見れば現場叩き上げの見本のような女性だ。が、この通り、社交界での評判はすこぶる悪い。

もし、ミアやメルトロワ子爵家が革新派の貴族であるならば、今エドワードがいる保守派の集まりでぼろくそ言われるのは分かる。しかし、現メルトロワ子爵は権力者に追従する絵に描いたような保守派だし、ミアに到っては噂されているとおり、まさかの女官長のお気に入りなのだ。

サーラ・マリスに好意的な保守貴族たちが、その彼女に属する人物を悪く言うなど、通常は考えられない。現に、今後宮にいる女官のほとんどは、褒められこそすれ貶《けな》されてはいなかった。

最初にミアの悪口を聞いたエドワードは、エリザベスと相談し、もしかしたら『女官長のお気に入り』という情報そのものが何らかの誤解に基づいた間違いなのではないかと考えた。そこで今度は、革新派の社交で控えめに、彼女の話題を持ち出してみたのだが。

『女官長の腰巾着』

『強い者に媚《こ》びへつらい、その権力を笠に着て横暴に振る舞う悪党』

『権力者のご機嫌を取るためならどんな残酷なこともする悪魔』

……とまぁ、罵詈雑言《ばりぞうごん》のオンパレードだった。図らずも、『女官長のお気に入り』が証明されてしまった形になったのである。しかも聞いた雰囲気だと、ミアが自発的に女官長の意に沿うように動いている印象を受ける。――ますます、保守派に嫌われている意味が分からない。

ミア以外にも、保守派からあまりよく思われていない女官はいる。が、女官長の右腕とまで揶揄される女性が、ここまで社交界での評判が悪いのは、いったいどういう絡繰《からく》りなのか。

妙なのはそれだけではない。デュアリスと『闇』は、それぞれの得意分野で女官たちに流れた金の行方《ゆくえ》を追っているが、悪事に手を染めるだけあり皆さん欲望に忠実だった。ドレスや宝石などの贅沢品、あるいは賄賂、たまに貯金と、思い思いの方向で有効活用されている。

しかし、ミアは。稼いだ金を自分で使うでもなく、貯めるでもなく、そっくりそのまま実家に送金していたのだ。不正をして手に入れた金だけでなく、女官としての正規の給金も、必要最低限の額しか手元に残さず、ほとんどを仕送りとして実家に――自領に送っている。

その姿勢から、噂されているような悪党像を思い浮かべるのは、エドワードには難しい。社交界の噂だけを見れば、女官長にだけ媚びへつらっておこぼれを預かり、身の程も弁えず、ついには右腕とまで呼ばれるようになった悪党。しかしその裏を見れば、健気な奉公《ほうこう》娘が浮かんでくる。どちらが本当の彼女なのか、あるいはどちらも真実の姿ではないのか。

「あのような娘を何故、女官長様ともあろうお方がお側に置かれるのでしょう？」

「お優しい方ですから、身分低い娘を哀れに思われているのでは？」

「女官長様のご厚意を勘違いして……」

……少なくとも女官長はミアのことを、便利に使える手駒程度にしか思っていないだろうが。

茶会も終盤に近付き、人々は思い思いに散り始めている。どこか他に有益な情報を話しているところはないだろうかと周囲に意識を向けたところで、ふと慣れ親しんだ気配を感じた。

エドワードは立ち上がり、すれ違う人々と笑みを交わしながら、何気なくサロンを後にした。自然な動きで屋敷の奥へと向かい、人気がなくなったところですっと気配を消すと、目を付けていた廊下の死角へと身体を滑り込ませる。――途端、声がした。

〈中座《ちゅうざ》をお頼みし、申し訳ありません〉

「構わんさ。もうそろそろ終わる頃だ、席を立っても不自然じゃない」

彼が感じたのは、『闇』の気配。彼らの仕事に加わることも多いエドワードならば即座に「呼ばれている」と理解できる。

しかし、完全にアウェイのこんな場所まで『闇』が忍んでくるとは。どうやらただ事ではないらしい。

「何があった？」

〈後宮より、緊急の連絡が参りまして。……エドワード様、怒らず聞いて頂きたいのですが〉

イヤな予感しかしない前置きである。エドワードは、その秀麗な顔を歪ませた。

「……何だ？」

〈実は、後宮にて、国王陛下の御名《みな》において側室方のご家族をお招きし、園遊会が開かれることになったのですが。その采配が、ディアナ様に一任されました〉

「はぁ？」

意味がよく分からないのと、不愉快なのとで、声のトーンが二段階くらい落ちた。

「国王以外の男子禁制の後宮で、側室の家族を招いて園遊会？　しかも、その責任者がディアナだと？　何がどうなってそんな愉快なことになった？」

〈陛下が『名付き』の側室方を順に訪問なさったのは、エドワード様もお聞き及びと存じますが〉

「あぁ、『菫』のキール伯爵家のご令嬢まで廻って、そこから数日、荒れた後宮をディアナに任せて放置状態のアレだろ？」

ジュークのこととなると、エドワードの口調も言葉選びも刺々《とげとげ》しいことこの上ない。

仕方がないとはいえエドワードの地雷を踏んづけた『闇』は、ひやひやしながら報告を続ける。

〈まぁ……国王陛下としては、放置していたつもりはないんでしょう。音沙汰がなかったのは、園遊会開催の勅命書の内容を詰めていたからかと〉

「だから何だよ、その園遊会って。後宮ガン無視のヤツが、気まぐれでも思いつきそうにない話だけど」

〈もちろん、陛下ご自身の発案ではありませんよ。ディアナ様にお味方する『名付き』の側室方が、陛下の訪問を利用し、連携して、陛下に園遊会を開かせるよう仕組まれたのです。陛下が後宮の現状を見ようともしないのは、表の政治と後宮が繋がっていることを分かっていないから。側室の家族が招かれるということは、外宮の実力者たちがある程度揃い踏みするわけですから、その様子を目の当たりにすれば、嫌でもご自覚なさるだろうとのことで。家族と会えば側室方のストレス解消にもなり、気持ちも落ち着くだろうと誘導され、見事に転がされました〉

「……涙が出そうな話だな」

王としてのダメダメっぷりを見事に見抜かれていることも、改善策を側室たちに練られていることも、チョロすぎるコロコロぶりも、どこを取っても残念極まりない。これが自国の王の姿だとは、間違っても思いたくないものだ。日々何とかしてメッキを剥がさせないよう奮闘している親友に、心の中でだけ「頑張れ」と言っておく。

「で。何でそれの采配を、たかが側室、しかも毛嫌いしているディアナに任せようなんてことになったんだ？」

言葉だけは冷静だが、エドワードの表情は、「ことと次第によってはぶっ飛ばす」と雄弁に語っていた。優男風情のエドワード、実は口より先に手がでるタイプだ。

一国の王を殴らせるわけにもいかず、『闇』は慎重に言葉を紡ぐ。

〈さすがにこんな短時間で、王の真意まで辿り着けませんよ。ですが、この役目は本来なら、女官長が任されるものでしょう？　サーラ・マリスの仕事の遅さは王も何となく感じ取っているでしょうし、他に回されて『名付き』の方々の狙いと外れたものになるよりは、ディアナ様が監督なさるのがまだマシなんじゃないかって、シリウス様がぼやいていたそうです〉

「つってもなぁ……ディアナに公的執行権があるわけでもなし、結局女官たちに動いてもらわんと、公式行事の采配なんぞムリだろうに」

頼みの綱にするべき女官たちは、ご覧の有様。初手の陣形から既に詰んでいる盤上遊技《ボードゲーム》を逆転させるようなものだ。——かなりの横紙破りが必要になってくるだろう。

「父上には当然、話が行ってるよな？」

〈無論〉

「分かった。俺はこの後家に帰って、母上と打ち合わせる。父上にもできるだけ早いご帰宅を頼んでおいてくれ」

〈承知しました〉

消える気配を見送りながら、エドワードは思った。

——ディアナに面倒ばかりかけるあの馬鹿を、いつか絶対殴ってやる、と。

† † † † †

王国史上初の後宮園遊会、その采配がディアナに任されることになったという衝撃的な知らせがクレスター家に舞い込んだ、その翌日。

紙の地層が形成された資料室で、デュアリスは一人、膨大な資料と戦っていた。

園遊会なんて厄介事が舞い込んだ以上、少なくとも今日明日中には調査内容をまとめ、ディアナに渡しておく必要がある。側室筆頭として采配を任されたとはいえ、ディアナはしょせん伯爵令嬢。実家が古参侯爵家で、内心では伯爵位以下の貴族を見下しているあのサーラ・マリスが、大人しく従うとは到底思えない。

（ったく、これだから家柄自慢のオキゾクサマは面倒なんだよ。役目に就いたからには、最低限自分の仕事はこなしやがれってんだ）

自らもいちおう貴族の一員であることも、ついでに普段あまり真面目に仕事《そうじ》していないことも棚に上げ、デュアリスは内心で盛大に愚痴る。言葉が多少荒っぽくなってしまうのは、この際仕方がないだろう。

この調査はもともと、サーラ・マリス含む後宮女官たちに疑わしいところがある、という心証から始まったものだ。着々と上がる物証や証言から、疑いは真っ黒になり、いつでも訴えを起こせるところまで、少なくともサーラに関しては仕上がっている。

が、ここに来て舞い込んだ突然の園遊会。女官たちの協力なしに準備するなどまず不可能な公式行事の準備を、公的権力を一切持たない一側室に任せるとなれば、面倒なことになるのは目に見えている。

となればここは、クレスター家の伝統芸の一、『弱みを握って正々堂々脅……もとい、取引しよう』の出番である。偶然とはいえ、女官たちの調査をしていたのは幸運だった。

あちこちから冊子や紙綴じを引っ張り出し、資料と『闇』の調査報告とを照らし合わせながら、デュアリスは次々と紙に最終結論をまとめていく。ある程度の分量までできあがったところで手を止め、あらかじめ分けてあった紙の山を見下ろした。

（さて。この部分をどうするか……）

悩んでいるのは、エリザベスとエドワードが噂集めの中で「しっくりこない」と意見していたごく少数の女官たちについてだ。やっていたことだけならば、公金横領に後宮備品の横流しなど、他の者たちと大差ないのだが。その動機や、手に入れた金品の行方に違和感がある。

その中でも特に顕著な人物、ミア・メルトロワについて、デュアリスはもう一度目を通した。

彼女の、社交界における評判は芳しくない。古参の保守派貴族からは「分不相応」と冷ややかに見られ、身分のそこまで高くない新興貴族の間では、もっと直接的に非難されていた。――常に女官長の後ろにくっついて、女官長の顔色を窺い意のままに動く、狡賢い小悪党、と。

それが単なる悪口でないことは、『闇』の調査でも明らかだ。ミアは名実共にマリス女官長の右腕であり、女官長と同じように公金を横領し、あるいは女官長の代理人として盗品売買の商人と交渉することも多い。それだけでは飽き足らず、家格の低い侍女、女官に、率先して辛い仕打ちをしていたようだ。複数の証言から、これも疑いようのない事実だろう。

――しかし。そこまで性根の腐りきった人間ならば、何故。

（稼いだ金を自分で使わず、そっくりそのまま領地に送ってるんだよ……）

彼女が実家に送った金は、匿名からの〝寄付金〟として土地改良の資金になり、それもあってメルトロワ領の税収は上向いた——と、書類上はそうなっている。『裏』の情報網を辿ってメルトロワ領の実際を調べた感じでは、どうやらそれも虚偽《きょぎ》の申告らしいが。

この事実を知ったエドワードは昨夜、「メルトロワ家ぐるみの犯行でしょうか？」と首をひねっていた。しかし、それならばそれで、サーラが女官長になるまでミアが沈黙を保っていたことの辻《つじ》褄《つま》が合わない。サーラが女官長に任命されたのは二年前。ミアの勤続年数は、およそ十年にも及ぶ。社交界の噂通りの人物ならば、自分の得になりそうな権力者をもっと早くに見つけていても良さそうなものだが。

（やったことだけを考えれば、完全に女官長と一蓮托生《いちれんたくしょう》なんだがな……表層だけ見て結論付けるのは、ちょっと危険だよなぁ）

ここまでちぐはぐなのはミアだけだが、後宮女官の中には同じように、悪事とその前後が噛み合わない者も少数ながら存在する。この謎を解明しなければ、真の意味で女官と侍女の調査が完了したとは言えない。

（とりあえず、疑問点としてまとめとくか。何か出そうなら待っても良いが……）

ミアの項目にペンを走らせながらも、どうしたものかと考えていると。

「失礼しまー……なんだコレ」

がちゃ、と開いたドアがどん、と途中で止まり、呆れと困惑がいい具合にブレンドされた声が響いた。ちょうどドアから死角になる位置にいたデュアリスは、ちょっと首を傾げて問い返す。

「誰だ？」

「あ、デュアリス様ご在室ですか。外宮室のカシオです」

「おー。この前行ったときは居なかったな、元気だったか？」

「元気ですけど……ていうかデュアリス様、遠いです」

外宮室の古株の一人、カシオは、さすがにデュアリスの扱いを心得ている。扉も開かないほどに形成された紙の地層に埋め尽くされた資料室内に入ることは早々に諦めて、わずかに開いた扉の隙間から顔だけひょこっと出していた。デュアリスは、彼にしか分からない通り道を渡って入り口へと向かう。

「悪かったなー。来るって分かってたら、入り口にモノは置かなかったんだが」

「普通、ドア付近にモノは置きませんよ。特にこんな内開きの扉の前には」

「まぁ、細かいことは気にすんな。俺の仕事はあらかた終わったし、明日、明後日で何とか見られる程度までは片付くだろ」

「……期待せずに待っています」

デュアリスが思う片付いた状態と、世間一般の整理整頓とに越えられない壁が存在することを知っているカシオは、そうとしか答えられない。真面目な官吏の内心の葛藤も知らず、デュアリスは紙の地層をちょいちょいと動かし、人が通れる程度にまで扉を開けた。

「ほい、開いたぞ。なんか探し物か？」

「あ、いえ。……デュアリス様。外宮室まで、ご足労頂けませんか」

カシオの用事は資料室にではなく、デュアリスにあったようだ。彼の言い回しから、ここではできない話をするらしいと悟ったデュアリスは、余計なことは話さず「構わんぞ」と頷いた。

外宮室も資料室と同じく、王宮の端に位置している。少し遠回りをすれば、誰に見られることもなく移動することが可能だ。

カシオの後からいつもの気安さで外宮室に足を踏み入れたデュアリスは――。

「く、くく、くれ、クレスター、伯爵様っ⁉ あのすみません、これは俺一人でやったことで外宮室の先輩方は関係ないです。食べるのは俺だけにしてください！」

「前半と後半の滑舌《かつぜつ》の差が激しいな、オイ」

真っ青な顔色で平身低頭する、まだ少年と呼んで差し支えない年頃の文官と顔を合わせることになった。

滑舌以前に言っている内容もツッコミどころが満載だが、そこはデュアリスが言うより先に少年の横に立っていたキースが訂正する。

「少し落ち着きなさい、クロード。デュアリス様はまだ事情を何一つご存じではありませんし、そもそも彼の主食は人間ではありません」

「わ、悪い子はクレスター伯爵に食べられるのでは……」

「個人的には大変愉快なお伽噺《とぎばなし》だと思いますが、少なくともここにいるデュアリス様は、そんなことしませんよ」

「歴代やってねーっつの。どっかの地方の伝承にそういう怪物出てきたよなぁ、トロルだったか？あちこち語り継がれるうちに物語が変形してくのはよくある話だけど、何で最終的に食べるのが俺になってんだ」

人すら食べるように見えるのか俺の顔は、と若干へこみつつ、デュアリスはさて、と空気を切り換えた。

「前回邪魔したときは居なかったな。クロードといったか？」

「この間はたまたま、所用《しょよう》で席を外していましたからね」

「年齢とこれまでの話から察するに、こいつが以前キースが言っていた、『ようやく入ってくれた続きそうな新人』か？」

「話が早くて助かります」

キースは一つ頷くと、半分自分の後ろに隠れてしまっている少年に向かい、「自己紹介しなさい」と促した。

ぶるぶる震えながらも、ようやく官服を着慣れてきた雰囲気の彼は、大きく息を吸い込んで目上の者への正式な礼を取る。

「お初にお目にかかります。外宮室の末端に席を頂いております、クロード・メルトロワと申します」

「丁寧なご挨拶感謝する。私はデュアリス・クレスター。資料室に勤めているが、そう頻繁に登城しているわけではないので、私に気兼ねすることなく気軽に資料室を利用してくれ」

「デュアリス様はもう少し頻繁にいらっしゃるべきだと思いますけどね、主に掃除のために」

「真面目な挨拶に真面目に答えてるんだ、茶々入れるな、室長」

デュアリス相手でも緊張何それ状態の室長に苦笑し、デュアリスは改めて、顔を上げたクロードを見た。

「なかなか見事な挨拶だった。仕事上での関係者相手なら今の口上《こうじょう》で問題ないが、社交の場では下手に所属部署を言うと利用される恐れがある。外宮室勤務ってことは伏せて、メルトロワ家の三男、くらいに留めといた方が無難かもな」

「は、はい、ありがとうございます……え？」

困惑するクロードの内心を代弁するように、キースがため息と共に口を挟む。

「相変わらずお人が悪い。クロードのこと、最初からご存知でしたか」

「外宮室にいるなんて知らなかったぞ。メルトロワ家の三男坊が王宮で働いてるってことを覚えてただけだ。長男と次男は領地運営の勉強中という名の無職だし、メルトロワ姓の男で王宮勤めってなったら、消去法で三男だろ」

「そういうことがすらすら出てくるから、あなた方はたちが悪いと申し上げています」

これだからクレスター家は、という行間を読む声が聞こえてきそうな目で、キースはデュアリスを睨んだ。

「そこまでお分かりなら、我々が何故あなたを呼んだのかも、ご理解頂けると思うのですが」

「クロードが、マリス女官長の右腕って言われてるミア・メルトロワの弟だとまでは分かるが」

「あなた方のことですから、既にミア殿の罪状も、調べ上げていることでしょうね？」

「それを言うならお前らだって、後宮が予算を誤魔化してちまちま公金横領している状況証拠ぐらい、もう掴んでるんだろ？」

「……まったく、そこがまさに問題なんですよ」

キースと、後ろで会話を見守っている室長の表情が険しくなり、黙っていたクロードの瞳に涙が浮かぶ。

深刻な空気が徹底的に似合わない（落ち込む時間があるなら動け！　がモットーである）外宮室を突如包んだ重苦しい気配に、デュアリスはとても居心地が悪くなった。

「……話の流れから察するに、クロードは姉さんの悪事を知ってて、隠蔽《いんぺい》しようとしたってトコか？」

「室長も、補佐も、何も知りませんでした。全部、俺一人でやったことです！」

「それで最初の、食べるなら自分一人、に繋がるわけか。まぁあんまり思い詰めるな。身内を庇いたくなるのは当たり前だ」

今日の朝ご飯目玉焼きだったな、くらいのノリでデュアリスから放たれた台詞に、クロードがぽかんと口を開けた。聞いた言葉が信じられないというよりは、自分が何を聞いたのかよく分からないといった風情だ。デュアリスの性格をよく知っているはずのキースでさえ、珍しく意表を突かれた顔をしている。

そんな面々に、デュアリスは軽く肩を上げてみせた。

「俺たちにとって、犯罪の有無は確かに重要だが、絶対ってわけじゃない。大事なのはそこに至るまでの過程と、どうしてそんなことをしたのかって動機だ。腐りきった理由で悪事に手を染める奴もいれば、追い込まれに追い込まれて、悪いことと知りながら、それでもこうするしかなかった、って場合だってあるだろ？　その両者を区別せず、表面だけ見て同一視するのはただの愚行だ」

――そう。大切なのは、あくまでも人。その者の心が何処《どこ》にあるかと、その心が未来に何をもたらすか、だ。いつの時代も、クレスター家が他者を見るいちばんの基準はそこだった。

デュアリスは、真摯な眼差しをクロードに向ける。

「教えてくれ。君の姉さんが何故、公金横領に手を染めることになったのか。君は何故、それを知りながら隠そうとした？」

「……デュアリス様は、姉が私利私欲のために、それらの悪事を働いたとはお考えになっていないのですか？」

「欲深い人間は、稼いだ金をまるっと実家に送ったりはしないだろ」

「そこまで、ご存知なのですか……」

驚く少年に、キースが柔らかく説明する。

「世間一般では悪の親玉のように語られているクレスター家ですが、私は個人的に、彼らを表現するに最も相応しい言葉は『知と探求の一族』だと思っています。知識を蓄え、事実を白日の下に晒し、どこまでも真相を探し求める。何かを〝調べる〟ことにおいて、この一族の右に出る者は、少なくともこの王国には存在しません」

「そいつは買い被り過ぎだ、キース。調べものなら調停局がいるじゃねーか」

「彼らの調査は、それこそあなたの言葉を借りれば〝表面だけ〟ですよ」

強烈な皮肉に、デュアリスは苦笑しか出てこない。調停局が無能とは言わないが、調査の結果何をしたいのかという目的が違う以上、調べ方に差が出てしまうのは仕方がないことだ。

先輩の説明に、そしてデュアリスの言動に、何か感じるものがあったのか。呆気に取られるばかりだったクロードの様子が変わる。瞳に強い覚悟の光が宿り、魔王顔と名高いデュアリスを、彼は真っ直ぐに見上げた。

「――姉が何故、公金横領などという大罪に手を出したのか。その経緯は、俺も知りません。でも、これだけははっきりと言えます。姉は絶対に、自分のためにそんなことをしたんじゃない」

全部、領地の民のためです――苦渋の表情で、クロードはそう呟いた。

「メルトロワ領は、王国の最南端。その中でも決して豊かとは言えない、水も少なく土地は痩せて作物の育ちにくい、そんな場所です」

「海に面してるんだったよな。潮風の影響もあるか」

「そんな恵まれない地で、民たちは貧しく、苦しい暮らしを送っています。本来ならばそんな彼らを何とかして救うのが領主である父の務めですが……幼い俺の目から見ても、父は領民にとって良い領主ではなかった」

「先代はご立派な方だったんだがな。今のメルトロワ子爵は確かに、領地運営より王都で社交に励むのにお忙しいようだ」

「姉も、常々そう申しておりました。おじいさまは素晴らしい人だった、領主一族の直系として生まれた以上、私たちもその責務を果たさねばならない。民のためにできることを、惜しんではいけないと」

民を顧みない父に歯痒《はがゆ》い思いを抱きながらも、祖父の志を継ごうとしていた姉。

物心つく前に母を亡くした自分は、そんな姉に育てられたのだと、クロードは誇らしげに語った。

「姉が王宮勤めを始めたのも、女の身では領地でできることに限りがあると考えたからです。王宮で女官の職を得ることができれば、平均以上の給金が貰える上に、社交シーズンだけ王都に出るよりずっと、人脈も築きやすくなる。メルトロワ領にとって最善だと、姉はそう言って旅立ちました」

　そしてその言葉がそのまま、クロードの目指す未来となる。

「俺は三男ですし、領地にいたところで爵位が継げるわけでもありません。せいぜい兄の手伝いをする程度しかすることがありませんが、それも既に次兄がしています。なら、姉さんと同じように王都に出て、働きながら領民のためにできることを探そうと。そう思って学院卒業後、すぐに官吏に志願しました」

「なかなか立派な志《こころざし》だな。クロードの歳でそこまでしっかり考えられる若者ばかりなら、この国の貴族階級にももうちょい希望が持てるんだが」

「いえ……結果として、それが良かったのかどうか、今でも分からないんです」

　外宮室に配属されたクロードは、忙しい仕事の合間を縫って、後宮で働いている姉の軌跡を探した。子どもの頃に別れて以来、一度も顔を見ていない姉。けれど領地には毎月欠かさず支援金が送られ、特にここ二年ほど、その額が多くなっていることをクロードは知っていた。金額が上がった理由を、姉が昇進したのだろうかと呑気に考えていたクロードはそこで、とんでもない思い違いに気付く。

「外宮室に保管されていた、内宮の歳入歳出記録の写しを、姉が働き出した頃のものからまとめて読んで……気が付いてしまったんです。後宮が、恐らく組織ぐるみで行っている、不正に。姉の仕送りが倍増した頃と、不正が始まったと思われる時期が、ぴたりと一致していることも」

　――疑わずには、いられませんでした。

　力なく落とされた言葉に、デュアリスはあえて問い掛ける。

「それだけじゃ、単なる状況証拠だろ。もしかしたら本当に、姉さんは個人的な人脈を得て、どこかから支援を受けていたのかもしれないぞ」

「俺も、そう思いたかった。そう思いたくて、調べて調べて、でも調べるほど、姉さんが不正をしている証拠しか出てこなかったんです！」

思い悩んだクロードは、その事実を手紙に書き、実家の父宛に送った。——そして、絶望する。

「父は、薄々勘付いていました。そりゃそうですよね、ある日突然仕送りが増えて、おかしいと思わないはずがない。姉の仕送りは不正して得たものだと、今すぐ止めるよう諭してほしいと頼んだ手紙に、金の出所なんて聞きさえしなければ知らぬ存ぜぬで押し通せる、身内の不始末を暴くなと返されて、知らなかったのは俺だけかと嗤《わら》いましたよ」

「大人ってのは、往々にして汚いもんだからな」

「俺だって、そんな汚い大人の一人です。どんな理由であっても、結局は気付いた姉の罪を、自分の胸の中だけに留めたんですから」

「……その理由を、聞いても良いか？」

「言い訳にしかなりません。——たとえ罪を犯して手に入れたお金でも、それで民の暮らしが少しでも楽になるなら。そう、思ったんです」

デュアリスと同じようにクロードも、王宮に保管されているメルトロワ領の運営報告書に目を通した。姉の仕送りが増えた二年前から運営状況に余裕が出て、民の暮らしも楽になったという記述を見て、このお金がなくなったらまた民は苦しい思いをすることになる、そう感じてしまったのだという。

「冷静に考えれば、分かったはずですよね。外宮室に入ってまだ数ヶ月の俺でも気付いた違和感なんて、百戦錬磨の先輩たちが見れば一発で分かる。こんな誤魔化し長くは続かないどころか、知っていた俺が黙っていたことで、後々外宮室全体の不利になりかねない。現に今、後宮のこと調べて、姉さんの罪状だって次から次へと出て来るんです。それなのに俺は、自分のことしか見えていなかった」

「それは違うだろ、クロード」

若さゆえの潔癖《けっぺき》さか、ひたすらに自分を責めるクロードに、デュアリスは静かに問うた。

「お前は保身のために黙っていたんじゃない。たとえば姉さんが、不正で得た金で豪遊していたらどうだった？　今みたいに黙っていたか？」

「姉はそんなことしません！　絶対しないけど……もし、そんなことをしていたら、父に知らせる前に姉を訪ねて止めてくれるよう説得します。だって、いつだって民のために、貧しくても毎日笑顔で過ごせるようにってできることを考えていた姉さんが、俺の自慢なんだから！」

「——な？　お前は自分のことばかり考えていたんじゃない、ただ姉さんが好きで、大事にしたくて、守りたかっただけだ」

瞳が落ちてしまうのではないかと思うほど、クロードは極限まで目を見開いた。言われて初めて気付いたかのように、呼吸も忘れてデュアリスを凝視する。

やがて、その瞳から大粒の涙が零れ、全身から力が抜けて、彼は崩れ落ちた。デュアリスが手を伸ばす前に、予兆を察していたのか室長がクロードを支え、近くの椅子に座らせる。年相応の少年らしくしゃくり上げる彼を微笑ましい思いで見つめながら、デュアリスは外宮室の者が自分を呼びに来た理由を察していた。

「ミアからの金は、メルトロワ子爵に流れてる。このまま彼女を裁くと、恐らくメルトロワ家は無事じゃ済まんだろう。クロードもこのまま勤め続けられるか怪しい。——外宮室としては、それは避けたいってことだな？」

「手前勝手な理由ですが、我々はクロードを守りたい。何しろようやく入ってくれた、将来有望な室員ですからね。仮にメルトロワ家が取り潰されたとしても、クロードだけは助けたいのです。デュアリス様、お力を貸しては頂けませんか」

「俺にそんな権力はないぞ」

「今はそんな、建前の話をしているのではありません。もちろん我々もこの件に関して、全面的に協力します。とはいえ、それこそ私どもの力などないも同然。外宮室だけでは、クロードを守りきることは不可能なのです」

一見冷徹に見えるこの青年が、実は懐に入れた人間を殊《こと》の外大切にする人情家だということを、デュアリスは知っている。特に曲者揃いの外宮室において、この素直で純粋な新人は、あらゆる意味で貴重なのだろう。出会ったばかりのデュアリスでさえ、無条件に守りたくなってしまう。

——もちろん、そんな感情的な観点だけではない。勤め始めてすぐ巨大な犯罪の兆候《ちょうこう》に気付き、しかもその疑いをそのままにせず調べ上げ、出てきた事実に対してどうするべきかまで自分の頭で考え抜いて、結果を反省さえしてみせる。何より官吏にとって最も重要な正義感を持つ、そんな若き才能をこんな事件で埋もれさせてしまうのは、王国にとっても損失だ。

そして、何よりも。

（ミア・メルトロワが、クロードの言ったように、ただひたすら領民のことを考え、尽くすために動いているのだとしたら……）

脳内で、パズルのピースが嵌まっていく。これまで持っていた情報が向きを変え、色が変わり、組み立て直されたその先に、新たな景色が見えてきた。

ミア・メルトロワは、もしかしたら――。

「よっしゃ、これで繋がった！」

「は？」

魔王顔を更に真顔にさせて沈黙していたデュアリスが突然叫んだのだ。キースも室長も驚いて、泣いていたクロードすらも一瞬、ぴゃっ、と飛び上がった。人数分のお茶を運んできたカシオも、「カップが倒れるところだった」とぶつぶつ言っている。

「デュアリス様、いかがなさったのです？」

「いや、実は謎だったんだよ。クロードの姉さん、ミア殿のことがな」

「謎、ですか？」

「社交界での噂話でも、罪状の調査でもクロ。なのに、その金の流れ先と使われ方から窺える人物像が嵌まらない。エリーとエドもしっくりこないと言っていた」

「なんと……」

さすがはクレスター家、とキースが呟く。デュアリスは（本人としては）にかっと明るく笑った。

「ミア殿の動機を中心に整理し直したら、何となく見えてきた。むしろ助かったよ、ありがとうな」

「感謝の言葉は必要ありませんが、では……」

外宮室は、クロードを守りたい。クレスター家は、女官たちの真実を知り、ディアナの行く道を助けたい。

両者の利害は一致しており、互いが互いの力になれる。デュアリスは力強く頷いた。

「つーか、クロードの罪状って微妙だぞ。姉の罪を知りながら黙ってたって点で隠匿罪《いんとくざい》を問われるかもしれんが、そんなもんいくらでも誤魔化せる。外宮室全体で動くならもっと簡単だ。もうちょい突っ込んで調べることも、裏付け取らなきゃならないこともいくつかあるが、クロードだけなら楽勝だろ。姉さんの方は……そもそもの始まりが問題だな。俺の予想が正しけりゃ、たぶん大丈夫な気はするが、現段階ではただの勘だ。最終的にはディアナに確かめてもらって、そこからだな」

人脈のエリザベス、行動のエドワード、攪乱《かくらん》のディアナと、各々が得意分野を持つクレスター家の中において、デュアリスは知略の担当だ。あらゆる情報、状況を俯瞰《ふかん》的に総合し、最終的な落としどころと、そこまでの方向性を決定付ける。

「さ、忙しくなるぞ。後宮もそろそろ動くだろうし、こちらものんびりとはしていられないな」

まずは社交担当組に連絡だ、とデュアリスは紙とペンを取り出した。

† † † † †

クロードの告白から一日置いて、クレスター家によるディアナのための調査資料、『女官長サーラ・マリス及び、後宮女官について』は完成した。すぐにディアナに届けられ、公金横領の状況証拠や後宮の高価な備品（主に花瓶や絵画などの芸術作品が多かった）の横流し一覧表《リスト》を見た彼女からは、「この罪状では免職しかないと思われます」と返事が届く。

ディアナが報告書の中で気にしていたのは、女官長の罪状もさることながら、やはりミアを含む事情のありそうな女官たちだ。デュアリスの疑問点、クロードの告白を知ったディアナは、ミアを信じてみたい、可能なら仲間になってもらいたいと考えた。

通常ならば、報告書が完成した時点で社交諜報は一区切りする。もちろん、社交シーズン中の情報収集に終わりはないが、一日合計十軒を越える社交場をハシゴするなんて無茶を延々続けていては、エドワードはともかくエリザベスの体力が保たない。

しかし。ミアを確実に仲間にするためには、状況から見た推測だけでなく、確実な証拠が欲しい。

――彼女の〝真実〟が透けて見えるような、証が。

だからエドワードは、報告書が完成した後も、主に革新派の社交へと赴き、王宮を追い出された元侍女や元女官たちから、さり気なくミアの話を聞き出していた。……もちろん、そのたびにミアの悪口を聞く羽目になってはいたが。

（仕方ない、といえば仕方ないんだけどな。一度悪評がついて回れば、それを払拭《ふっしょく》するのは難しい）

まさにその体現者であるクレスター家の嫡男は、心の中でひっそり、ミアに同情した。

「それにしても、エドワード様は本当に、ディアナ様を大切にしていらっしゃいますのね」

「えぇ。たった一人の妹ですからね。幸せになってほしいですよ」

妹を心配する兄のポーズで後宮の噂話を聞くエドワードに、周囲は概ね好意的だ。今居る夜会が、経済界で活躍する新興貴族の次世代が集まったものだというのも大きいだろうけれど。

それでもやはり、エドワードと積極的に話したがるのは女性ばかりだが。これはもうそういうものだと割り切るしかない。

自分の外見的美点（同時に欠点でもあるのが痛いところだ）を十二分に理解しているエドワードは、そっと翡翠《ひすい》の目を伏せてみせた。

「中央の事情に疎い妹が、後宮で苦労していないかと思うと……」

「ええ、そうでしょうとも。やはり、ご家族の方は心配ですわよね」

「正直に申し上げて、まさか妹に『紅薔薇の間』が与えられるなど、予想だにしていませんでしたから」

後宮の事情も分かっていない妹が側室筆頭など、とこっそり本音を零すと、会話していた令嬢だけでなく、近くにいた面々からも視線が寄せられた。集まっているのが若者ばかりのためか、この夜会は作法もあまり重要視されていない。一応、音楽が鳴って、ホールの中央では何人かが踊ってはいるが、どちらかといえば会話の方が盛んな印象を受ける。

「ご謙遜《けんそん》を。ディアナ様……紅薔薇様は、ご立派に側室筆頭の役目を果たしていらっしゃるではありませんか」

近くにいた、優しげな雰囲気の青年が会話に加わった。社交の場で男性の方からエドワードに話し掛けてくれることは滅多にないため、軽く目の前の男を尊敬する。

笑って首を横に振った。

「まだまだ未熟な妹ですよ。社交デビューして、今年でやっと三年目ですからね。見守る我々は、気が気ではありません」

「そのような。後宮でのご活躍、あれこれ耳に致しますよ」

「ミゲル様の仰るとおりですわ」

会話に加わった青年は、ミゲルという名前らしい。見たところ、エドワードよりいくつか年上だろうか。顔に見覚えはないので、今日が初対面のはずだ。

（ミゲル、ミゲル……コニーグ男爵家の跡継ぎ息子がそんな名前だったな）

コニーグ男爵家は、新興貴族の中でもばりばりの実業家なので、貴族の社交をあまり重視していないとも聞く。そんな彼が参加しているところを見るに、この夜会はやはり、政治的な意味合いより、次世代を担う若き経営者たちの情報交換の趣《おもむき》が強そうだ。

相手の素性に見当がついたところで、エドワードはごく自然に、主な会話の対象をミゲルへと切り換えた。

「ミゲル様……とは、初めてお会いしますね」

「はい。初めまして、エドワード様」

「初めまして。私の記憶が正しければ、ミゲル様のお家はコニーグ男爵家でしたか？」

「さすが……古参の貴族様は違いますね」

ミゲルと周囲の人々に、純粋な驚きが浮かぶ。家名で爵位を察するのは貴族社会の礼儀だが、ファーストネームしか知らない初対面の相手のファミリーネームが即座に思い浮かぶ者はそういない。

褒められたエドワードは内心苦笑する。彼がミゲルの名前からコニーグ男爵家を連想できたのは、もちろん脳内の『貴族名鑑』が優秀なのもあるが、それ以上に。

「いいえ、大したことでは。確かコニーグ男爵家は、一年ほど前まで、娘さんを後宮勤めさせていらしたでしょう？　それで記憶の片隅に引っかかっていただけです」

「そんなことまでご存知で？」

「妹が後宮に上がることになって、後宮関連の記録には、ざっと目を通しましたから。――退職理由はありきたりな『一身上の都合』となっていましたが、今はお元気でいらっしゃいますか？」

辞めた侍女の名はマーヤ。ミゲルの妹で男爵令嬢ではあるが、兄と同じく、いわゆる貴族らしい社交からは遠ざかっているようで、あまり名は聞かない。

侍女と側室という違いはあれど、妹を後宮に上げた兄という立場を共有している者として、エドワードの質問はあくまでも世間話の範疇《はんちゅう》だ。――女官たちの間で横行していた『新興貴族イジメ』については敢えて知らないフリをして、エドワードはミゲルの様子を窺う。

気を落とすか、怒るか。相手の態度が急変することも覚悟していたエドワードはだから、ふわりと笑って頷いたミゲルに虚《きょ》を突かれた。

「はい、おかげさまで。婚約がまとまったのですよ。王宮勤めをしているときに知り合ったお相手で、妹も幸せそうです」

「そうなのですか。それはおめでとうございます」

エドワードに続く形で、周囲も祝福の言葉をミゲルに贈っている。受け取るミゲルは、妹の慶事《けいじ》を我がことのように喜んでいた。

（マーヤ嬢は、イジメの被害に遭わなかったのか？）

辞めた時期から見て、被害者の一人だろうと予想していたのだが。ミゲルの様子から、王宮への恨みや憎しみは感じ取れない。

顔には出さず訝しんでいたエドワードに、ミゲルが声を掛けてきた。

「エドワード様。ご迷惑でなければ、妹を直接、祝福してやって頂けませんか。あの子も元王宮侍女として、後宮の様子を気に掛けているのです。紅薔薇様の兄上からお言葉を頂いたとなれば、あの子も喜びましょう」

「もちろん、喜んで」

ミゲルの口振りからして、マーヤは今日この場に来ているようだ。ミゲルが言い出さなければ、エドワードの方からマーヤと会わせてほしいと頼むところだったから、まさに渡りに船である。

ミゲルに案内され、エドワードは会場の隅の方で談笑していた若い一団の方へ赴く。ミゲルがその中の一人に声を掛け、エドワードの方を示せば、こちらを向いた娘は驚いて姿勢を正した。その様子はいかにも世慣れていない若者風で、エドワードはこっそり微笑ましく眺める。

やがてミゲルが娘を連れて、エドワードへと近付いてきた。

「エドワード様、紹介いたします。妹のマーヤです」

「お初にお目にかかります、マーヤ・コニーグと申します」

エドワードも名乗り返し、さくっと本題に入る。

「ミゲル様から伺いました。ご婚約、おめでとうございます」

「あっ、ありがとうございます！」

「コニーグ嬢が王宮に勤めていらした時分に知り合われたとか。良いご縁に恵まれたのですね」

貴族の皮を被ったエドワードは、当然ご令嬢にも礼儀正しく姓で呼びかける。警戒心を抱かせない女性への対応なら、いささか不本意ではあるがお手のものだ。

そして世間話の中に、次に繋がる言葉や、相手が話したくなる鍵をさりげなく混ぜていく。案の定、〝王宮〟という言葉に、マーヤの表情が変わった。少し躊躇って、マーヤは何かを決意したように、姿勢を正す。

「あの、エドワード様。少しお尋ねしたいことがあるのですが」

「何でしょう?」

「仰るとおり、私は以前、王宮にて侍女職を勤めておりました。……それゆえ、今でもかつての侍女仲間と、手紙のやり取りをしているのです」

「そうなのですか……。もしかして、ディアナが何か、侍女方にご迷惑をお掛けしましたか?」

「いいえ! 紅薔薇様は、侍女にとても親切な方と伺っています。その……お尋ねしたいのは、紅薔薇様のことではなく、『紅薔薇の間』に配属された、女官のミアさんという方についてなのですが」

声にも、態度にも、一切出さず。

エドワードは驚いて、直感した。――彼女は、自分たちが欲しがっているものを持っている、と。

イジメ全盛期に後宮を去った元侍女が、イジメに積極的に荷担《かたん》していたミアを気に掛けるなど、よほどのことがなければあり得ない。

欲しい情報を前に、飛びつきたくなる衝動を抑え、エドワードは首を傾げる。

「女官の……ミア殿ですか? 彼女が何か?」

「紅薔薇様は、ミアさんのことを、ご実家に何と仰っているのでしょう?」

「さぁ……特には」

ミアにしろ、女官長にしろ、滅多に部屋に来ない人間について気に掛けるほどディアナは暇ではない。当たり障りのない表用の手紙（『闇』経由の直通ではなく、王宮中をたらい回しにされた挙げ句、書いてから約一週間掛かってようやく届く正規の方）には、それこそ『女官の名前はミア・メルトロワ』くらいしか書かれていなかったように記憶している。

エドワードの様子を、どう解釈したのか。マーヤは悄然《しょうぜん》とうなだれた。

「紅薔薇様や、クレスター家の方々が、お怒りになるのは当然だと思います。ミアさんはきっと、女官長様のご命令を第一としていて、『紅薔薇の間』のご用事などなさってはいないでしょうから」

「よくお分かりになるのですね？」

「私が勤めていた頃もそうでしたので。……けれど、ミアさんは、なりたくて女官長様の〝右腕〟になったわけではないはずです。私は、そう信じているのです」

「……何故、そう思われるのですか？」

慎重に、慎重に。不安に揺れる彼女はきっと、少しでも怯えさせてしまえば、心と口を閉ざしてしまう。

優しく、柔らかい声を心掛けたエドワードの問い掛けに、マーヤはしばらく動きを止め――強い決意を宿した瞳で、エドワードを真正面から見た。

「ミアさんが、『妖精さん』なんです」

「妖精さん、とは……？」

尋ねてはみたが、他の元侍女たちから話を聞いて、実は知っている。

新興貴族家出身の侍女や女官たちが、直接的な暴力被害に遭うようになった頃。酷い怪我をした彼女たちの部屋の前に、様々な物資が置かれるようになったという。

包帯であったり、傷薬であったり、痛み止めであったり……ときにはパンなどの食事であったり。受けた被害に合わせた奇妙な『贈り物』は、確実に王宮内部の関係者によるものだろうと思われたが、肝心の贈り主は決して姿を現さなかった。そのうち、被害者たちの間で、姿を見せない贈り主を『妖精さん』と呼ぶようになったらしい。

マーヤは簡単に『妖精さん』について説明し、胸の前で両手の指を組んだ。

「私が気付いたのは、偶然でした。夜中にこっそり部屋を抜け出して、彼と逢い引きしていたんです。……規則違反は承知していましたが、そうしないと昼間の地獄に耐えられなかった」

力なく微笑んで、マーヤはぎゅっと指に力を入れる。

「あの日も。そうやって抜け出して、皆がぐっすり眠っている頃に、部屋へ戻ろうとして……」

昼間、言い掛かりを受けて突き飛ばされ、酷い切り傷を負った侍女の部屋の前に、包帯と傷薬を置くミアを見たのだと、マーヤは語った。

「最初は信じられませんでした。だってミアさんは、いつもイジメをしている側の人だもの。女官長様のお気に入りだし、何かの間違いだろうって」

けれど、それからも度々、逢い引きの帰りに『妖精さん』と出くわした。

そうして、ある日。イジメを苦に王宮から去ることになった侍女の部屋の前に、甘いお菓子を置きながら涙を流すミアを、目撃してしまったのだ。

「泣きながら、ミアさんは謝っていました。『ごめんなさい、苦しめてごめんなさい。どうか外で、幸せになってください』……って」

マーヤの瞳に、涙が浮かぶ。組んだ指は、力を入れすぎて、白くなっていた。

「ミアさんの言葉を聞いて、分かったんです。こっちが本当のミアさんだって。昼間、女官長様の〝右腕〟として働いているミアさんは、辛い気持ちを押し殺して、したくもないことをさせられている。――きっと、今も」

切々と話すマーヤを見ながら、エドワードは不思議な感情がこみ上げてくるのを自覚した。この気持ちにあえて名前を付けるなら……安堵と、密かな喜びだろうか。

社交界での、ミアの評判は悪い。底辺と表現しても過言ではない。さして実力のある家の出身でもないのに女官長から〝重用〟されていることで保守派からは妬《ねた》まれ、女官長の〝右腕〟として動くその姿に革新派からは憎まれる。どちらも〝事実〟ゆえに、庇ってくれる者もおらず。

けれど、たった一人。僅か一人だけでも、彼女の〝真実〟を垣間見て、信じ、案じている人がいる。その現実は、エドワードの心に、温かな灯《ともしび》を与えてくれた。

――やっと、見つけた。ミアの〝真実〟の欠片。

『おそらく、ミア・メルトロワの心は、今でも腐っちゃいないはずだ。先月も変わらず領地へ仕送りをしているところから、それは推測できる』

デュアリスの推測を裏付ける、小さな、けれど力強い輝きを放つ欠片だ。

――そう確信できるのはきっと、苦しみ、もがきながらも自らの心を捨て去ることを選ばなかったミアと、そんな彼女を信じて話してくれたマーヤの気持ちが、何より尊いものだから。

(早くディアナに、教えてやらないと)

そして、届けないと。

「……エドワード様。どうか、ミアさんを、救って差し上げてください」

孤独に足掻くミアを案じ、彼女の幸せを願っている、マーヤの心を。

誰かから想われていると知る。人はたったそれだけで、確かに救われるのだから——。


この日の夜会は夜半を過ぎた頃お開きとなり、エドワードは翌日の朝一番に、手紙とも言えない走り書きをディアナに送った。内容は言わずもがな、マーヤの話だ。

そしてその日の夕方、ディアナから、無事にミアを仲間にできたという喜ばしい報告が届く。

デュアリスの予想とそう外れず、彼女はマリス女官長に騙された形で不正に荷担してしまい、良心との板挟みに苦しみながらも、民のために悪の道を引き返さないことを選択していたそうだ。マーヤの気持ちを知ったミアは、嗚咽を漏らしながら、静かに「ありがとう」と呟いたという。

後は女官長を免職させるだけだが、問題は園遊会だ。王国史上初となる後宮園遊会前に女官長の悪事を公にしてしまえば、余波で園遊会が中止になるのは避けられない。

慌ただしくやり取りを交わし、まずは園遊会をつつがなく終わらせることを第一に、現在証拠を掴んでいる悪事を盾に、園遊会準備にきちんと協力するよう女官長を脅……もとい、取引することとなった。現在クレスター家が掴んでいる悪事の証拠は外宮室へと引き渡し、園遊会終了後、時機を見計らって、外宮室が何らかの形でサーラの罪状を暴露する。それが最も円滑にことが進む方策だろうと、誰もが考えたのである。

——状況が大きく動き、なおかつ複雑になったのは、それから数日後のことであった。

† † † † †

——時刻は、真夜中。夜会ではしゃぐ人々が、そろそろ眠りに誘われる頃。

夜の闇に紛れ、王都のクレスター邸に、一人の青年が訪れた。

「お招きありがとうございます、デュアリス様」

「よく来てくれたな、キース。堅苦しくしなくていい、これはあくまで非公式な場だ」

「クレスター家《ウチ》の集まりで非公式じゃない方が珍しいですけどね」

出迎えてくれたデュアリスとエドワードの親子を前に、キースは少し笑う。色彩こそそっくりの二人だが、顔の作りはかなり違い、なのに二人とも系統の違う悪人顔とは、まったく誰かが謀《はか》ったとしか思えない。

普段はここにもう一人加わるのに、と何となく思い、キースは尋ねた。

「エリザベス様はいかがなさいました?」

「茶を淹れている。居間に行こうか」

「はい。……エリザベス様自ら?」

「屋敷の者たちには念のため、周囲の見回りを任せてある。今夜が作戦決行の日だと知る者はそういないが、あくまでも万が一のためにな」

おそらくは、普段この界隈に足を踏み入れることのないキースの姿を見られないよう、また見られたとしても言い繕うことができるようにという気遣いだろう。……本当に、やることなすこといちいち顔に似合わない。

居間のソファーに腰を落ち着け、お茶を淹れてきてくれたエリザベスとキースが挨拶を交わし、四人が揃ったところで、エドワードが切り出した。

「ディアナ、上手くやってますかね」

「何だかんだであの子、この手の駆け引きは初めてだもの。心配ね」

いつも笑顔を絶やさないエリザベスも、さすがに不安の色が強い。少し驚いて、キースは問うた。

「初めて、なのですか。あのディアナ様が？」

「そりゃまぁ、領地で暴れる悪党どもを、折に触れ、ちぎっては投げてるから、普通の令嬢に比べりゃ修羅場への耐性はついてるが」

「サーラ・マリスのような狡猾《こうかつ》な貴族相手に、ガチンコで勝負するのは今日が初めてだよ」

殴って終わりじゃないからなぁ、この手のことは……とエドワードが顔に似合わない物騒な台詞を口にする。エリザベスがやや冷めた瞳で息子を見た。

「そこは心配しなくても、ディアナはあなたほど喧嘩っ早くないわ」

「俺がいつも問答無用で殴りにかかってるみたいな言い方しないでもらえますか、母上」

「自覚がないの？　困ったものね」

「遊んでいる場合か、二人とも」

妻と息子を諫めながら、デュアリスにも分かっていた。二人はディアナが心配だからこそ、軽口を叩かなければやっていられないのだ。

今、この瞬間。後宮の一室で、王国史には決して残らず、しかし歴史を左右しかねない、密かな戦いが起こっている。その前線にいるのが、彼らが愛して止まないクレスター家の末娘、ディアナ。

デュアリスも、エリザベスも、エドワードも。本音を言えば、ディアナにこの役目は、まだ早いと思っている。せめてもう二年、社交界で研鑽を積んで、魑魅魍魎《ちみもうりょう》の巣窟たる貴族社会の深淵を知ってからであれば、まだ安心して任せることができたのであるが。

けれど、今。クレスター家だけでなく、王国全土を見回しても、ディアナ以上の適任者はいない。

——王宮の『公』を担う官吏のうち、女性の中で最も高い地位と権力を持つ女官長と対峙《たいじ》し、その悪事を追及するなんてことができるのは、現後宮の側室の中で頂点に立つ、『紅薔薇』をおいて他にはいないのだから。

「——大丈夫だ」

この場の全員に言い聞かせるように、デュアリスは重く、強く、言い切った。

「ディアナはクレスター家の娘だ。何があろうと、そう簡単に折れたりはしない」

そう。それこそが真理であり、『クレスター家』が信じるべき、唯一のこと。

当主の言葉に、皆が声を上げげず、首肯《しゅこう》した。

どこか厳かな沈黙を、頭上の気配がすらりと破る。

〈デュアリス様。今戻りました〉

「シリウスか」

いつもなら顔を見せるシリウスであるが、今日はキースが同席している。キースはクレスター家の『闇』について知ってはいるが、首領のシリウスと面識はない。慎重な性格のシリウスは、キースが『裏』の世界に触れすぎることを憂慮《ゆうりょ》し、今日は声だけで参加するつもりなのだろう。

デュアリスも、当事者たるキースもそれを感じ取っているため、シリウスに降りてこいと声を掛けることはしない。そのかわり、わずかに視線を上に向けた。

「どうだった、ディアナは」

〈はい。ディアナ様は終始落ち着いて、冷静に、マリス女官長を追い込んでいらっしゃいました。ご立派でしたよ〉

「では、首尾は」

〈無事、予定通りに〉

短い報告に、部屋の面々から安堵の息が漏れる。サーラの悪事を『ディアナが知らせない』ことと引き替えに、女官たちを『紅薔薇《ディアナ》』に従わせる。その約定《やくじょう》が結ばれたのであれば、園遊会の準備はぐっと楽になるはずだ。

「ひとまず、安心か」

〈いいえ、エドワード様。問題がないわけではありません。むしろ、とんでもない事態になりました〉

「は？」

先ほどの報告と真っ向から矛盾するシリウスの言葉に、エドワードだけでなくデュアリスとエリザベスの顔にも困惑が浮かんだ。キースに至っては言わずもがなだ。

「問題とは？」

〈詳しくは、ディアナ様からのお手紙に〉

声と同時に、上からひらりと封筒が落ちてくる。手に収まったそれをデュアリスが開封し、エリザベスと共に目を通した。――その表情がみるみる険しくなる。

「なんという……」

「よもや、ここまでとは……！」

この夫婦を絶句させるなど、やろうとしてできるものではない。エドワードはひったくるようにディアナからの手紙を手に取り、隣に座っているキースと共に覗き込んだ。

そして、理解する。両親の様子の意味を。

『ミアを囮に女官長を油断させ、口を滑らせればあるいは――と立てた作戦そのものは、成功いたしました。しかし、その口を滑らせた内容が、〝国宝にまで手を出した罪〟だったのです。これがまことならば、女官長はよりにもよって後宮内に保管されている国宝までもを、備品感覚で売り飛ばしたということになります。

これはもう、単なる女官長の暴走では済まされません。ことを明るみにするのは簡単でしょう。ですがそうなれば、女官の長であり国の重鎮たる者が王家を蔑ろにしていたと、王家の威信が崩壊するばかりでなく、常日頃から王家と貴族の歴史と血筋の尊さを叫ぶ保守派の一人である女官長こそが王家を侮っていたではないかと、革新派の非難の的にもなるでしょう。うっかり舵取りを間違えれば、これをきっかけに保守派と革新派が全面的に対立し、最悪、戦にまで発展しかねません。

ことは内々に収めるべきなのでしょうか。ですが本当に国宝が消えていれば、いつかは分かります。後宮の備品は事実いくつも無くなっているのですから、念のため国宝も調べようという意見が出ても不思議ではありません。

――正直、あらゆる意味で、いろいろと詰んでいる気がします』

あのディアナが途方に暮れた手紙を送ってくることも驚きだが、この内容では無理もない。

エドワードの隣では、キースが珍しく目を極限まで見開き、茫然自失《ぼうぜんじしつ》に陥っている。あまりの衝撃に、言葉すら出ないようだ。

（国宝を……売り飛ばす……）

クレスター家は代々王家に対して、尊崇《そんすう》、何それいくらになる？　くらいの感覚しか持ち合わせていない。が、そんな彼らであっても、滅多に使わない国宝なんて売っちゃえば良いじゃん、なんてことは思わない。いや、王族が自分で自分の持ち物を売る分には勝手にすれば良い話だが、少なくとも他人が、王様《ほんにん》に無断で売って良い道理があるはずはなかろう。王家の尊厳云々以前に他人《ひと》のものを盗ったら泥棒、これは人として当然の常識である。

そこに、盗まれたものが国宝という王家の威信の象徴だという事情が加わり、盗んだのがよりにもよって王家に仕える女官たちの長だという現実が加わって。更に、その人物は日頃から王家の伝統と歴史を尊ぶべしと声高に叫ぶ者たちの中心人物の一人だという現状が追加されて、事態が最大限にヤバいモノへと超進化している。――海千山千のクレスター夫妻が、軽く魂を飛ばす程度には。

〈……どう、いたしましょうか、デュアリス様〉

全員を現実に引き戻したのは、少し前に生でこの事実に直面し、僅かながらも耐性がついていたシリウスであった。デュアリスは深く、肺の奥底まで息を吸い込み、空になるまで吐き出す。

「どうする？　……被害が最小限で済むように、立ち回るしかないだろ、こんなもん」

「まさか、サーラ・マリスがここまで血迷っていたなんて、さすがに想定の範囲外だわ」

「どのように狂えば、このような犯罪に手を染めることができるのでしょう……」

「狂ってるというより、頭が足りてないだけだと思うぞ、俺は」

つとめて軽く言葉を作りながら、全員が気合いを入れて、ソファーに座り直した。

エドワードが口火を切る。

「被害を最小限に抑える、と仰いましたね。何か策があるのですか、父上?」

「まずは、売り飛ばされた国宝の行方を突きとめて、取り戻すことだな。どんな手を打つにしろ、肝心のブツがこちら側にないことには話が進まん」

「マリス女官長の身辺を洗い直しますか」

「しかし、クレスター家の皆様があれだけ調べて、国宝の件は出て来なかったのでは?」

キースの心配ももっともである。これまでの調査で出て来なかったものが、二度三度調べ直して出て来る確率は決して高いとは言えないが、デュアリスはあえて首を横に振った。

「今まではどちらかといえば、社交界で流れる噂を重きに置いた調べ方をしていたからな。時間と手間はかかるが、サーラ・マリスの行動を遡って手がかりを探れば、別の情報が手に入る可能性もある。……お前たちに負担はかかるがな、シリウス」

〈ご心配なく。これまで分担して各女官の裏付け調査に当たっていた面々を、女官長の調査に集中させましょう。我々の仕事量は、さして変わらないと思われます〉

「なら良いが……くれぐれも、無理だけはしないよう、気をつけてくれ」

阿吽の呼吸でやり取りを終えたデュアリスとシリウス。そんな彼らに、エリザベスが首を傾げて問い掛ける。

「仮に見つかったとして、それからどうされるのです?」

「国宝を売るんだから、相手は当然金と暇を持て余した貴族か大商人か、その辺だろ。叩けばいくらでも埃は出る。その中でもヤバそうなもので取引すれば、取り返すのは不可能じゃない」

「売られた国宝、五体満足で見つかりますかねぇ……」

言葉の使い方がやや間違っている気がしなくもないが、エドワードの言いたいことは分かる。

後宮に保管されている国宝は、主に正妃が式典の時に使う装飾品だ。正妃の装飾品が後宮に収められていることは、貴族の間ではよく知られている。そして国宝ともなれば、そのどれにも高価な宝石がついており、飾りの部分の金細工も高度なものばかり。——つまり、ばらして売ってもかなりの価値になる。

万一、国宝が元の姿を留めていない場合、追う側の身としては最悪の状況となる。『闇』に混じって仕事をすることも多いエドワードだからこそ、無意識のうちに最悪の事態を想定したのだろう。

デュアリスはそんな息子に対し、首を横に振ることで答えた。

「もちろん、最悪の可能性も考慮はしておくべきだ。が、俺の勘じゃ、その線は低い」

「何故です？」

「ばらして売るとなりゃ、それ相応の職人に頼む必要があるだろ。まさかサーラ・マリスが自分で国宝に刃を入れるわけもないし。彼女の悪事に荷担したそれ系統の者たちは一通り調べたが、それらしい形跡はなしだ」

「それに、心情的にもね。〝国宝〟という付加価値があってこそ、あれらの品は高値がつくと思うのよ。ばらしてしまえば、却って価値が下がってしまうわ」

「つまりは買った者も、国宝だと分かった上で取引に応じた、とエリザベス様は見ていらっしゃるのですか？」

「サーラのあの性格ではね。国宝の価値も分からない者には、そもそも売らない気がするの」

同世代の貴族女性として、若い頃からサーラを見てきたエリザベスの言には説得力がある。若者二人は頷いた。

「では、国宝を無事、取り返せたとして。問題はそこからの気もしますが」

「何も無かったことにするなら、シリウスにこそっと戻しといてもらうのが無難だけどなー」

「しかし、今日マリス夫人はディアナ様の前で、国宝に手を出したと自白なさったのでしょう？　この状況で何もなかったことにすれば、万一別口から盗難の件が知られたとき、ディアナ様の不利になりませんか？」

「そんなもんは、やり方次第でどうにでもなるだろうけど。追い詰められた女官長がどう出るかは分からないし、それ考えたら、言い逃れできない国宝横流しを無かったことにするのは悪手か……」

ディアナが手紙で「詰んでる気がする」と投げたくなる気持ちが痛いほど分かる。公にすれば周囲に与える影響は計り知れず、かといって無かったことにするには事が重大すぎる。どう動いても、問題なく事態を収拾させるのは不可能に思えてしまい、エドワードは思わず天を仰いだ。

「おいおいエド、もう降参か？」

そんな息子をからかうように、デュアリスが口を開いた。あまりの軽さに、エドワードはうっかり父親を睨んでしまう。

「なら、父上には何か奇策がおありで？」

「お前もキースも、肝心なところで頭が固いぞ。困ったときの最高権力だろうよ」

デュアリスの言う〝最高権力〟、それ即《すなわ》ち。

「……あの色ボケぼんぼん陛下に、何か期待しているんですか？」

「お前がアレを嫌っているのは分かるが、だからって最初から選択肢にも入れないのは、作戦の幅を狭めるだけだぞ。第一、俺は別に期待しているわけじゃない」

「じゃあ、何です？」

「ほら、昔から言うだろ。馬鹿とハサミは使いようってな」

王《ジューク》を〝最高権力〟と言いつつ、遠慮も容赦もないデュアリスは、ある意味、エドワードよりひどいかもしれない。さすがは踏んできた場数が違う。

「重鎮による国宝盗難を無かったことにするのは、長い目で見れば危険だ。ここはひとつ、一足飛びに国の頂点に事情を知らせて、その上で密かに処理してもらうのが、いちばん被害が少なくて済む」

「まぁそりゃ、国王陛下の一声があれば、超法規的措置もいくらだって取れるでしょうけど」

何しろ、エルグランド王国はその名の通り絶対王政。どれほど黒くとも、王が白だと言えば白になる、建前上はそんな国だ。広く知られてはまずいが無かったことにするのも危険なら、王様自らに調査の指揮を取ってもらって、王様とその周囲だけに事情を知っていてもらうのが手っ取り早い。

――が、問題は。

「父上はどうやって、ジューク王《あのバカ》から〝一声〟を引き出すおつもりで？」

そう。この国の現王が、こちらの狙い通りに動いてくれるか、なのである。

息子の冷めた問い掛けに、デュアリスは怯まない。

「いろいろ考えたんだけどな。ここはやっぱり、キースたちに協力してもらうのが最善手だと思う」

突然、話に引き出されたキースは一瞬きょとんとしたが、すぐに『外宮室室長補佐』の顔になる。

「外宮室《われわれ》がお役に立ちますでしょうか?」

「むしろ、この状況でどこが最も柔軟に動けるか考えたら、外宮室が適任なんだよ。お前らの仕事の幅広さから考えたら、どこでマリス女官長の不正に気付いてもおかしくないしな。実際、クロードが気付いたろ?」

「あれはまた、特殊な事情が加味された事例ではありますが。——しかしデュアリス様、ご存知とは思いますが」

「あぁ、分かってる。外宮室に直接、王へ進言する権限はない。そんな制約がついてること自体、もう時代遅れなんだけどな」

国政には一切関わらないスタンスのクレスター一族ではあるが、だからといって彼らが国の仕組みを把握していないかといえば、そんなことはない。むしろ、常に一歩引いて俯瞰的に見ている分、全体がよく見えている側面もあるのだ。特にデュアリスは、その手のことによく気がつく。

「別に、直接伝える必要はないんだ。外宮室が作成した報告書が、参考資料の一つとして王の執務室に届けられることそのものは、ままあることだろ?」

「……まぁ、そうですね」

ごちゃごちゃに記されたデータを、外宮室が分類し直して分かりやすく清書する。雑用係扱いされている外宮室が日常に行っている仕事の一部であり、そうしてできあがったものが上に上に送られ、稀に王が目を通すこともあるらしいとは、キースも聞いたことがあった。

「そうやって、三省の奴らが外宮室を便利に使ってきた逆手を取る。外宮室作の報告書を王に見せて良いのなら、一見すれば報告書、けど、ちゃんと見ればその不自然さに気付くことができて、よくよく読み込めば不正の可能性にまで辿りつける、そんな文書が王の執務机に紛れ込んでいても、誰も文句は言えないだろ?」

——にやり、と。もともと迫力のある魔王顔を、さらに悪そうに歪ませて、デュアリスは悪役満面の笑みを浮かべた。いい加減、デュアリスの悪人面にも見慣れたキースをして、反射的に引いてしまいそうになる。

エドワードが呆れたように肩をすくめた。

「よくまぁ、そんな悪知恵が働きますね、父上」

「悪知恵とは何だ。策略と言え、策略と」

「デュアーは昔から、裏でちまちま作戦を立てて、物事を思い通りに動かすのが好きだものねぇ」

「エリー。フォローになっているようで、全然なってないぞ」

楽しそうなクレスター一家に、頭上から落ち着いた声が響く。

〈しかし、デュアリス様。その策、外宮室の皆様方の負担が重すぎるのでは?〉

「確かに。キースたちは日常的に、一般の官吏の二倍半くらいは働いていますからね。その通常業務に加えて、そんな面倒な報告書の作成となると……」

「いいえ、エドワード。確かに楽な作業ではないでしょうが、する価値のある仕事です」

〝雑用係〟の立ち位置に甘んじながら、実は誰よりも国を想う情熱に溢れた官吏たちの秘密基地。それが外宮室だ。国の未来を左右する、そんな重要な仕事を任されて、「忙しいから」なんて理由で逃げられるわけがない。

「ぜひ、やらせてください。仕事の重要度もさることながら、報告書の皮を被った密告書を作るなんて、なかなかできることではありません。室員たちのスキルアップにも繋がるでしょう」

「――あぁ。頼むぞ、キース」

キースが請け負った以上、『報告書』の心配をする必要はない。……が。

「父上。いくら外宮室が完璧なものを仕上げても、あのぼんが気付かないと無意味ですよ」

「そこなんだよなぁ……正直、今の小僧は不安要素の方が大きい」

噂を鵜呑みにし、周囲に言われるままの〝真実〟を疑いもしない。そんなどうしようもなさからは少しずつ脱し、自分の目で見て、聞いて、考えることを覚えだしたジューク王ではあるが、そうしようと決めた理由は惚れた女。特に後宮関連においては、すべてを寵姫《シェイラ》中心で考えている節がある。『名付き』の側室を訪問したのもシェイラのため、園遊会の開催を決めたのもシェイラのため。

「今のままでは……だめだろうな。いくらディアナたちが頑張ってくれても、限界がある」

〈補足ですが、現在の国王陛下は、『名付き』の側室方を訪問したことがきっかけでシェイラ嬢に拒絶され、後宮全般に関して投げやりになっている節があります。仮に今、後宮関連の報告書を提出したところで、見向きもされないかと〉

「だから、それは、国の最高責任者としてどうなんだよ！」

苛立ったエドワードのド正論に、誰からも異論は上がらない。こめかみを指で押さえつつ、デュアリスはため息をついた。

「それもこれも全て、小僧が政治と後宮を完全に別物として捉えているから起こる齟齬《そご》だ。園遊会が上手くはまれば、事態は好転するかもしれん」

どのみち園遊会までは我々も派手な動きはできん、と呟き、デュアリスは部屋の面々を見回した。

「園遊会を何事もなく終えるために、ひとまずサーラ・マリスに女官長でいてもらわねばならんことに変わりはない。園遊会まで……猶予はおよそ三週間だ」

「その間に、俺たちは国宝を追い」

「我々外宮室は、王に上げる『報告書』を作成します。……ひとまず、帳簿を誤魔化しての公金横領が見えるようにしておけば、後は芋蔓《いもづる》でしょうかね」

「双方が上手くいって、国宝が私たちの側に渡れば、後は――」

「園遊会後、最高権力《こくおうへいか》にアルフォード経由で『報告書』を渡し、彼が異変に気付いたところで外宮室と繋いでもらう。アルの権限なら、キースを非公式に謁見させることも可能だろうからな」

「私はその場で、マリス女官長の罪状について、陛下にご説明申し上げれば良いわけですね」

「気付くかどうかだよなぁ、アレが……」

初対面の妹をさんざん罵ったあげく、寝ずの番をさせておきながら礼の一つも言わず、その後も自分の不始末を無意識で押し付けまくっているジュークを、エドワードははっきり言って敬っていないどころか信用してすらいない。親友であり、国王の側近でもあるアルフォードが見限っていないから、彼もかろうじて様子見に留まっているようなものだ。

辛辣《しんらつ》な息子に、デュアリスは苦笑する。

「そこはひとまず、気付いた前提で話を進めよう。気持ちは分かるが」

「ですね。……えぇと、マリス女官長の罪状を知れば、当然ながら後宮の宝物庫に検査が入るでしょう。そこで、上手く国宝の調査に誘導するわけですね」

「あの横流し一覧表《リスト》を見れば、念のため国宝も確認したい気持ちにはなると思うがな。その辺りの微調整は、外宮室に任せても？」

「はい、お任せください。ウチには芸術品の鑑定に秀でた者がおりますから、いざとなったら奴に進言させます」

「そうして、あえて国宝がない状況を陛下にお見せする、ということね。確かにそうすれば、国王陛下とごく一握りの側近方にだけ、国宝盗難の件を知らせることができるわ」

「ええ。対外的には、『国王陛下が第一発見者』になりますね」

エリザベスに同意してから、エドワードは少し眉根を寄せた。

「問題は、国宝の返却ですが」

「これも、外宮室経由が無難だろうな。国宝を買った人物を、外宮室は別件で密かに追っており、調べる中で〝たまたま〟国宝を発見した、って筋書きはどうだ」

「……こじつけにもほどがありませんか？」

「大事なのは、騒ぎになる前に国宝が無事保管室に戻ることだ。後の辻褄はどうとでも合わせられる。外宮室の手が回らなければ、遺失物扱いで『闇』の誰かに届けさせるさ」

——デュアリスはもちろん冗談で言ったのだが、結果としてこれに近い返却ルートを辿ることになるとは、このとき誰も思わなかった。

キースが軽く笑い、混ぜっ返す。

「国宝が遺失物になる方が不自然でしょう。さすがに我々も、国の宝を取り戻すことに手間や人員を惜しみはしませんよ」

「そりゃそうだろうな」

「ひとまずは、盗まれた国宝の在処《ありか》を突きとめて、『報告書』を作るところからですね。……ようやく女官たちの調査が一段落したのに、なかなか落ち着けませんわね」

「母上、俺しばらく社交は最低限に留めて、『闇』の仕事に加わっても良いですか？　この調査なら、人員は多い方が進むでしょうから」

〈エドワード様が入ってくだされば、正直我々も助かります〉

「分かったわ。社交は私に任せて、あなたはシリウスたちの手伝いをしっかりね」

『社交諜報組』であると同時に『闇』の実働要員でもあるエドワードは、こういうときに便利だ。

母からゴーサインをもらったエドワードは、笑顔を浮かべかけて、すぐに表情を曇らせた。

「……ところで、父上。ディアナには、何と返事をしましょうか？」

社交界の大先輩を相手に一歩も引かず、見事に戦い抜いたディアナ。しかし、その結果突きつけられた現実は、思いのほか重すぎた。

すぐ側にいれば、「よく頑張った」と抱き締めてやれる。「大丈夫だ」と支えてやれる。なのに彼女がいる場所は、近くて遠い後宮の中。

せめて手紙の中だけでも、ディアナの気持ちを軽くしてやりたい。それはきっと、誰もが思っていることで。

目を閉じ、三つ数えて。デュアリスはゆっくりと言葉を紡ぐ。

「今のディアナは、園遊会のことで精一杯だろう。これ以上、煩わせることもない」

「では……？」

「国宝の件は、こちらで一切を引き受けよう。状況に応じて何かしらの助力は必要になるかもしれんが、それも最低限に留める。——ディアナへの返事には、国宝の件はこちらでどうにかする、お前は気にせず、園遊会の準備に励むようにと書こう」

「分かりました。父上、俺もディアナをねぎらってやりたいんで、書いた手紙回してもらえますか？」

「あら、エドだけずるいわ。デュアー、私にも回してね」

末娘を思う仲の良いクレスター一家を見つめながら、キースの瞳も自然と和らぐ。

——明日からは、怒濤の忙しさになりそうだった。

† † † † †

王都の貴族たちは、浮き足立っていた。その原因ははっきりしている。

数日前、娘、もしくは親族を側室に上げている家に、一律で招待状が届いた。薄青の紙に金色で縁取られた招待状は、王族から貴族たちに対する正式な招待を意味する。だいたいは年に三回、シーズン開始の夜会と年迎えの夜会、そしてシーズンを締めくくる最後の夜会に送られてくるものなので、貴族であればその色彩を見慣れてはいる。――が、送られてくる時期がはっきりしているだけに、そこからずれた今回の招待状は、却って珍しいものであった。

それも、全ての貴族に送られたわけではない。側室の家族限定なのである。季節外れの招待状に驚いた貴族たちは、何事かと封を開き、中を読んで二度、驚くこととなる。

国王陛下の御名において、(男子禁制のはずの)後宮にて開かれる、(史上例を見ない大規模な)園遊会への招待。古式ゆかしい文面で短く綴られたその事実の最後に、直筆で一文、責任者からの柔らかな招待文が添えられている。

『○○様もご家族を懐かしんでいらっしゃいます。ぜひ、皆様でおいでくださいませ。お待ち申し上げております。――『紅薔薇の間』側室、ディアナ・クレスター』

男子禁制の後宮にて、百人を超える規模で園遊会が開催されることもあり得なければ、その采配を正妃でもない一側室が執り行っているのも異例だ。加えてその側室が悪名高い『クレスター伯爵令嬢』とくれば、真っ当な精神を持つ者なら三回気絶したっておかしくない。

王に何があったのか、クレスター伯爵令嬢に毒されたのか、彼女の影響力はここまで広がっているのかと様々な憶測が飛び交う中、招待された貴族たちは、滅多にない王宮でのお茶会――要するに昼間の社交――のため、準備に追われていた。

「――じゃあ、ドレスはこんな感じで良いかしらね」

「えぇ。このデザインなら、今ある装飾品を使い回しても目立たないわ」

当然、側室『紅薔薇』の母であるエリザベスも例に漏れず、馴染みの商会を訪れドレスの仮縫いをしてもらっているのである。商品の見本が置かれた売り場の奥にある仮縫い室は、自然光をふんだんに取り入れた造りで、ともすれば気詰まりになりそうな仮縫いの時間も楽しめる。

良くも悪くも目立つクレスター家の伯爵夫人であるエリザベスではあるが、彼女は一人だと驚くほど目立たない。小柄で纏う雰囲気も柔らかいエリザベスは、初対面の相手なら最後まで『クレスター伯爵夫人』だということを悟らせずに会話できる。

ましてや今のように、庶民のちょっと高級なお出かけ服に身を包み、貴族らしくない足取りでさっさか歩けば、クレスター家どころか彼女を貴族と認識できる者もいないだろう。

仮縫いしたドレスを脱いで、元の衣装に着替えたエリザベスを、先ほどから接客してくれていた女性が手招きした。

「お茶を淹れましたわ。少し休みませんこと？」

「休むほど、私は何もしていませんけどね」

笑って言いながら、エリザベスは招かれるまま隣の部屋に入り、ソファーに腰を下ろす。そんな彼女を正面に、ポットを扱っていた女性は苦い笑みを浮かべた。

「ダメよ。疲れた顔をしていらっしゃるわ、エリーお義姉様《ねえ》」

「そう見える？　私もまだまだね。——ありがとう、フィフィ。頂くわ」

お茶を飲むエリザベスを、フィフィと呼ばれた女性が物憂げな眼差しで見つめる。貴族女性の常として、常に優雅に微笑み、疲れや不安を一切見せないエリザベスが、ここまで感情を表に出しているいることに、彼女は心配を隠せない。

クレスター家に生まれた、デュアリスの妹。貴族社会には自由気ままな独身貴族と通しながら、実際はとうの昔にノーラン服飾商会の跡取り息子に嫁いだ。現在は二児の母にして商会の女主人《おかみ》となり、商会を盛り立てるかたわら『独身貴族』の設定を有効利用して貴族社会にも顔を出している。それがフィフィ――フィオネ・ノーランだ。特殊な立場ゆえに、かなりの事情通でもある。

「だいたいのところは、『闇』の皆から聞いてはいるけれど。……上手く、いってないんですってね」

「そうなの。まさかサーラが、ここまで周到《しゅうとう》に立ち回っているとは思わなくて」

「盗んだ品が品だものねぇ……」

サーラ・マリスに焦点を絞っての追跡調査は、彼女の細々した悪事を洗い出すのには大いに役立ったが、そもそもの目的である手を出した国宝に関して、これといった成果を上げられないでいた。サーラの行動を遡っても、彼女と共謀した面々を調べても、付き合いのある貴族を調べても、国宝のこの字も出て来ない。

調査が始まって三日が過ぎた辺りで『闇』たちの纏う空気が鋭利なものになり、五日が過ぎた辺りで人員が更に増え、一週間を超えて皆が悟った。――どうやら敵は、ことこの件に関しては、間に誰も通さず、おそらくは女官長と買い手だけの直接取引で、証拠となりそうなものを一切残さなかったらしい、と。

エドワードも『闇』に混じって、ここ二年の盗品売買専門裏ルートを丹念に辿ってくれたが、それらしい品が売りに出された形跡は見つけられなかった。国宝を取り戻すどころか、そもそも盗まれた品が何なのかさえ掴めない、最悪の展開。クレスター家が誇る『闇』がここまで動いて、取引の形跡一つ見つけられないその用心深さと立ち回りだけは、腐っても女官長にまで上り詰めた人間だといえる。

日々『闇』の報告を受けながら、ずっと険しい表情を崩さなかったデュアリスは、昨夜。――最後の手段に踏み切った。

「シリウスが昨日、国宝保管室を調べてくれたわ。その気になれば、彼に忍び込めない場所も、開けられない鍵もないから」

しかし、できることと、実際にそれを行動に移すことは違う。他でもない王宮の深部、王族の宝を守る砦《とりで》に侵入したとバレれば、最悪、その行為だけで国家反逆罪だ。王の動向が読めない今、大切な家族にそんなリスクを負わせたくないと、デュアリスはギリギリまで迷っていた。最終的にはシリウスが、彼を説得したようだが。

「お兄様がそこまで踏み込むなんて……よほど何も見つからなかったのね。それで、どうだったの？」

「一つの箱が空だった、ってシリウスは言ったわ。――宝冠《ティアラ》が消えていたそうよ」

「また面倒なものに手を出したわね」

後宮に保管されている国宝は全て、王の伴侶たる正妃が身につけるものではあるが、中でも宝冠《ティアラ》は王国の歴史と同じくらい古く由緒正しいものだ。それゆえに正妃の証とされ、正妃以外の頭上に煌めくことを許されていない。歴史的価値も美術的価値も極めて高い、まさしく最高級の〝宝〟。一昔前なら、盗むどころか無断で触れただけで人生が終わる代物である。それを女官の長たる人物が持ち出すとは、ある意味、時代は変わったということか。

「品物が分かれば、また新たな展望が開けるかしら？」

「どうかしらね。エドの話では、それらしい冠が売りに出された形跡もないらしいから……」

「そちら方面から追いかけるのが難しいことに変わりはないってことね。じゃあ、サーラの今の動きから、何か予測することはできない？」

あのサーラが、悪事の証拠を敵に握られて、このまま大人しく引き下がるなどあり得ない。必ず何か企てているはずだ。

フィオネもかつてはクレスター家の娘として、社交諜報に精を出していた。それゆえ、同世代であるサーラの性格は、ある程度把握している。彼女の知るサーラ・マリスは間違っても、格下と見下していた小娘にこてんぱんにされて黙る女ではない。

エリザベスもそれは分かっているのだろう。力なく頷いた。

「何か企んでいるのは間違いなさそうよ。ディアナと取引した翌日には、外にいる手下宛に手紙を出していたし」

「詳しくは調べていないの？」

「動きは随時見張っているわ。けど、私たちが下手に手を出すと、ディアナが彼女を『裏切った』と取られかねない。そうすれば、園遊会の準備が滞《とどこお》ってしまう」

「別にディアナは、自分が黙ると約束しただけで、家族や周りの人間の行動にまで責任を持つと請け負ったわけではないのにね。まぁ、追い詰められた人間にそんな理屈は通じないでしょうけれど」

この調査を、あまり乱暴に行えない原因もそこにあった。女官長と懇意にしている商店や職人を締め上げることは可能だが、それをやってしまうと女官長の手下から本人に情報が伝わり、ディアナの立場が悪くなる。あくまでもディアナが取引の内容を律儀に守っているとサーラに思わせるため、全ては密かに、気付かれぬよう裏側から、進めているのだ。

「彼女たちの動きを見張っている者の話では、なにやら怪しげな、『裏』の人間の数にも入らないような中途半端なヤクザ者たちと、連絡を取り合っているそうなの。これだけ見ても、何か考えていることは間違いない」

「そのヤクザ者たちの動きを追って、彼女の企みを暴いてはどう？」

「盗みに誘拐から人殺し、美術品の横流しから模造品販売まで何でもござれの奴らだから、彼らの動きの表面だけを見て探ることは難しいって。もう少し内に入り込んで調べれば、何か出て来るだろうけれど」

「不可能、ではないのね？　なら、探るべきよ」

「そうね……。今更サーラが何をしたところで、免職は避けられないのだけれど」

マリス伯爵家は中立派だが、サーラは歴史ある侯爵家の令嬢として生まれた古参保守派の代表人物だ。彼らは総じて権力志向が強く、それゆえか滅多に登城せず裏で悪徳を積んでいると噂されるクレスター家を侮る場合が多い。サーラもまさか、クレスター家が総力を挙げて自分を追い詰める準備をしているなんて、夢にも思っていないだろう。仮に――万が一国宝の件が上手く収められなかったとしても、サーラを女官長の座から追い落とす算段はつけてある。……問題が、全くないわけではないが。

目下いちばんの厄介事を思い出し、浮かない顔色がますます沈んだエリザベスに、フィオネが視線だけでどうしたのかと問い掛けた。義理とはいえ姉妹、この手のアイコンタクトはお手のものだ。

「いえね……サーラを免職させると、女官長の席が空くでしょう？　後任が思い当たらないのよ」

今回の騒動は、女官長の首一つ飛ばしておしまいになる簡単な話ではない。女官の中には、自ら進んでサーラの下につき、悪事に荷担した者も多かった。公平な目で見て彼女たちの処遇を決め、新しい体制を整えるためにはやはり、新女官長がどうしても必要になる。

——この難局を乗り切るだけの実力を持ち、後宮にいる側室、女官、侍女と一切の血縁関係、関わりを持たず、公正な視点を保てる人物が。

なおかつ女官長職に就くには、かつて女官として王宮に勤めた経歴があり、既婚であり、実家、もしくは嫁ぎ先の爵位がある程度高いことが必須条件となる。

この全てを満たす人物など、社交の達人であり人脈を武器とするエリザベスをして、簡単には思い浮かばなかった。

「後任を決めないまま、作戦を決行することは可能だけれど。その場合下手をしたら、ますますディアナに負担がかかることになるわ。それだけは避けたいから、手を尽くして探しているのだけれど……」

「——あー、もう！」

義姉《あね》の顔色が優れない原因をこれでもかと羅列されたフィオネは、ついに我慢ができなくなった。

「それだけ切羽詰まってるなら、どうして一言『手伝って』って言わないのよ！」

「……え？」

「『え？』じゃないわよ、まったくもう！　ディアナは間違いなくお兄様とお義姉様の娘だわ、親子揃って他人《ひと》に頼るのが下手なんだから！」

有能すぎる人間は、これだから困ったものだ。大概のことは自分で何とかできてしまうがゆえに、壁にぶつかったときも誰かに頼ることが思い浮かばず、がむしゃらに突進してしまう。見ていてたまったものではない。

「いーい？　クレスター家の皆は確かにとっても優秀よ。でもお兄様はどんなに頑張ったってこの国の貴族で、だからこその制約もたくさんある。国宝保管室へ忍び込む決断がここまでずれ込んだのだって、自分たちの立場が枷《かせ》にならなかったとは言わせないわ」

「それは……」

「お義姉様の人脈は脱帽ものだけれど、それはやはり社交界に重点が置かれてる。市井《しせい》で築いた人間関係なら、間違いなく私の方が上。違う？」

「……そうね」

「自分たちの領域で限界だと感じたら、素直に他を当たりましょうよ。頼られて、守ることに慣れすぎて、クレスターの者たちは本当に、助けを求める能力が欠如してるわ」

「――ずいぶん簡単に言ってくれるじゃないか、フィフィ」

ものすごく唐突に、応接室の扉向こうから、フィオネにもエリザベスにも聞き慣れた魔王声が響いた。間髪入れず扉が開き、お忍びの貴族風衣装に身を包んだデュアリス（顔を隠す鍔広《つばびろ》帽子つき）がつかつか入ってくる。

「なかなかエリーが帰ってこないと思ったら、やっぱりお前が下らんお喋りで引き留めていたか」

「あらお兄様、適度なお喋りは精神の安定に効果的という研究結果をご存知ないの？　私は別に、エリーお義姉様を無理に付き合わせたわけじゃないわ」

「ただのお喋りならともかく、お前のそれは踏み込みすぎだ」

「もっともらしいこと言っちゃって。お義姉様がちょっと遅くなっただけで迎えに来るなんて、お兄様、相変わらずね」

デュアリスが最も過保護になるのは、実はエリザベスに対してだ。それでも普段なら、エリザベスの帰りが少し遅くなった程度で出向いたりしないし、女同士のお喋りに水を差す無粋《ぶすい》もしない。

――それだけ、精神的に余裕がない証拠だろう。

何だかんだ言っても、フィオネは兄が好きで、実家が大切だ。だからこそ、ここまで追い詰められている兄夫婦を放っておけない。

ソファーから立ち上がり、無表情の裏で苛つきを抑えている兄に、フィオネは真顔で向き合った。

「お義姉様からあらかた事情は伺ったわ。このままのやり方でサーラを探っても何も出て来ないことは、まぁ間違いないでしょうね」

「それはお前が考えることじゃない」

「じゃあ、どうすれば宝冠《ティアラ》奪還に近付けるのか、お兄様の考えを聞かせてもらおうじゃない」

「……いい加減にしろ、フィフィ」

「ほら、やっぱり。お兄様だって分かってるんだわ。――サーラが手下を通じて何かを依頼したらしい犯罪集団を探って、彼女の企みを暴く。その裏を掻く形で切り込むのよ」

「フィフィ！」

デュアリスが感情的になるのは、極めて珍しい。子どもたちがいれば、絶対にこんな風に声を荒げることはないだろう。フィオネだからこそ、同じ血を分けたたった一人の妹だからこそ、彼は己を剥き出しにする。

「馬鹿なことを言うな。何の繋がりもない組織に一から『闇』を潜り込ませても、得られる情報などたかが知れている」

「どうして『闇』にこだわるの？　中途半端なヤクザ者なら、中途半端に『裏』をかじっているはず。『裏』の者たちから情報を集めれば、たかが三流の犯罪集団の実態くらいすぐに丸裸よ。王国の裏社会を網羅するクレスター家にとって、それほど難しいことだとは思わないわ」

「『裏』の者たちは、『闇』とは違う。我々が命令できる存在ではない」

デュアリスの回答にフィオネの柳眉が吊り上がる。クレスター家に仕える『闇』は、確かにどこまでもデュアリスに付き従ってくれる存在だ。彼らの力だけで解決できれば最良だろう。――しかしそれが現実的に厳しいからこそ、兄夫婦はここまで疲弊しているのではないのか。

「だ、か、ら！　さっきから言ってるでしょ、命令じゃなくて〝お願い〟するの、『手伝って』って！」

「どこまで巻き込むかも分からんのにか？　そんな無責任なことはできん」

「……冗談も大概にしなさいよ、お兄様」

フィオネの声がぐっと低くなる。姪っ子が顔から何からこの兄に似ていることは今更だが、こんなところまで受け継がなくていい、切に。

激情のまま、フィオネは大きく息を吸い込んだ。

「クレスターの者が代々、『裏』で生きる者たちと築き上げてきた絆は、信頼関係は、その程度のものなの？　薄っぺらい、表面だけの飾り!?　お互いに足りない部分を補って、困ったときは頼って、助け合ってこその〝信頼〟でしょう！　一方的な庇護なんて、彼らも、私たちだって、望んじゃいないのよ‼」

フィオネはノーラン家に嫁ぎ、新たな家族を得た。自分たち以外にも大切にすべき者ができた彼女に可能な限り負担をかけまいと、デュアリスが密かに気を配ってくれていることは知っている。社交シーズンに手伝って欲しいと言いに来るとき、僅かに申し訳なさそうな色が混じることも。

クレスターの一族に生まれたフィオネには、兄一家の気持ちも痛いほど分かる。けれど同時に『外』の者として、対等な〝仲間〟として、歯痒くも思うのだ。

そんなに必死に守ろうとしてくれなくて良い。巻き込むことを躊躇しないで。困ったときはお互い様。力あるあなたたちに頼ることは確かに多いけれど、何も持たない者だからこそ、力になれることもある。

――ただ単純に、大好きな人を助けたい。その心まで、優しさゆえに拒否しないでと。

興奮のあまり涙ぐんで兄を睨みつけたフィオネの頭を、慣れ親しんだ手がぽんと撫でた。振り返ると――いつの間に帰っていたのか、現ノーラン服飾商会の総会長である夫、ジン・ノーランが、その精悍《せいかん》な顔に苦笑を浮かべて立っている。

「人払いを済ませてあるとは言ってもな。興奮しすぎだぞ、フィー」

「ジン……お帰りなさい」

「あぁ、ただいま」

背の高いジンはさり気ない仕草でフィオネを抱き寄せ、ぽんぽんとあやすように頭を撫で続けてくれる。自分を宥《なだ》めることに長けた夫の手に、少し熱くなりすぎていたことをフィオネは自覚した。

大人しくなったフィオネを腕に抱いたまま、ジンはふわりと義兄《あに》に笑いかける。

「お久しぶりです、伯爵」

「そんな他人行儀な呼び方は寄せ。人払いは済ませてあるんだろう？」

「もちろん、フィーの出生はウチのトップシークレットですからね」

穏やかな笑みを絶やさない男ではあるが、様々な分野に進出し、王国全土に支店を構える大商人がただ穏やかなだけであるはずがない。自分にはフィオネを守るだけの力があると遠回しに告げることで、デュアリスにほんの少しの綻びを作る。

「ちょっと前から、話を聴かせてもらっていたのですが。義兄上も、クレスター家の皆様も、少しお疲れのご様子だ。我々がしぶとく、したたかに、お貴族様方を相手に生き延びてきたことは、他の誰よりご存知でしょうに」

仮に巻き込まれたとして、簡単に潰されると思うのかと、その誇り高い瞳は語る。

「フィーの言葉は、直接的に過ぎますが。基本的に間違ったことは言っていないと思いますよ」

「……分かっている」

――そう、デュアリスとて分かっている。今の行き詰まった状況を打破するには、自分たちの力だけでは足りないと。おそらくはエドワードも、『闇』も。

それでも他者の助力を躊躇ったのは、敵の全貌がデュアリスにも読み切れないから。サーラ・マリスの後ろに誰がいて、どんな思惑が蠢《うごめ》いているのか、彼をして未知数だからだ。

だが、直情家の妹に、妹が選んだ男に、教えられる。背中を押される。

躊躇うな。――恐れるな、と。

「――策を練り直そう。『裏』の者たちに協力を仰ぎ、企ての方からサーラ・マリスを切り崩す。

奴の謀《はかりごと》が国宝に関することなら、逆転も可能だ」

「後で私たちにも、その三流犯罪集団とやらの情報をください。分かる範囲で結構ですから。半端者であるならば、『裏』からだけではなく、こちら側からも探れるでしょう」

「あぁ。――頼む、ジン」

その言葉が聞きたかった。フィオネは唇を綻ばせ、ジンはそんな妻を見て、優しい光を瞳に宿す。

「エリーお義姉様」

静かに成り行きを見守っていた美しい義姉をそっと呼べば、エリザベスはここに来たときよりもずっと明るくなった表情で、フィオネを見上げた。

「なぁに、フィフィ」

「先ほど仰った、女官長の後任人事ですけれど。一人、思い当たる方がいらっしゃいます」

「まぁ」

エリザベスの顔に、純粋な驚きが広がった。フィオネは笑って頷く。

「社交の場からは遠ざかって久しいお方ですけれど、条件には合致しますわ。一度ご挨拶に伺って、私からお願いしてみます」

「……ありがとう。お願いね」

「もちろん、任せて」

晴れやかに笑うフィオネに、エリザベスも笑みを零す。いつもの貴族風微笑ではなく、心からの笑顔を。

「――そうと決まれば、ゆっくりはしてられんな」

「落ち着いたら、エドワードも連れて家に食事にいらしてください。ディアナは……まだ、難しいでしょうが」

「ディアナに伝言があれば言ってくれ。どのみち園遊会で顔を合わせる」

「あ、お兄様。その園遊会とやら、もちろん私も『家族』枠で参加しますからね」

ノーラン家に嫁いで長いフィオネではあるが、対外的には独身のままだ。フィオネとジンが恋に落ちた当時、貴族が平民に嫁ぐなんてことはあり得ない珍事だったから。貴族社会では、彼女は今も『フィオネ・クレスター』なのである。

何が起こるか分からない後宮園遊会で、フィオネの力を当てにできるのは正直なところありがたい。……が、彼女の本分はあくまでノーラン家の奥方だ。

デュアリスは視線だけでジンに問い掛け、ジンは全てを承知した笑顔で頷きを返す。本当に、彼には頭が上がらない。

「分かった、フィオネも入れて段取りを組もう。当日は、よろしく頼む」

「ええ、お兄様」

園遊会まで、あと十日。

まだまだ、休んではいられない。

† † † † †

サーラ・マリスの調査に限界を感じ、デュアリスが作戦を大幅変更してからは、これまでの停滞感が嘘のように時間が流れた。気がつけば、後宮園遊会は明日に迫っている。

本日エドワードは、明日の最終確認のため、王宮の人寂しい廊下をぐるりと廻り、外宮室へと顔を出していた。

「おい、内務省に突き返す紙束どこやった⁉」

「証拠資料はこれで全部ですか？」

「この計算式間違ってるぞ！　財務の馬鹿に初級教育からやり直せって言っとけ！」

「あ、内宮関係の資料一式、見つかりました！　報告書に記載済みですか？」

（……忙しいなんてものじゃないな、戦争状態だ）

飛び交う怒号、舞い散る紙束、慌ただしく出入りする室員たちを眺めながら、エドワードは顔をひきつらせる。気がつけば無意識に、手は目の前の書類を分類していた。この状況下で、ぼんやり立って待ち時間を過ごせるほど、エドワードの肝は太くない。

「エドワードすみません、お待たせしま――何やってるんです」

「届けられたばかりと思われる書類の整理。緊急性の高そうなもの、そうでもないけどやっといた方が良さそうなもの、意味不明の雑用、あと放置しといて問題なさそうなやつ、で分けた。あくまで俺の独断と偏見に基づいてだけど」

父親に似て自分ルールの整理整頓に走ってしまうエドワードだが、『闇』の仲間と仕事をする中で、シリウスに協調性も叩き込まれている。外宮室の雰囲気から、何となくこんな感じで仕事をしてそうだと判断しての分類だったが、一通りざっくり目を通したキースの表情から察するに、そう外してはいなかったようだ。

「あなたがクレスター家の方でなかったら、問答無用で引きずり込むのに……」

「褒められてるらしいことは分かるが、表現が物騒だ。あと、俺はお前が思うほど、机仕事は得意じゃないぞ」

「その自己評価は当てになりませんよ」

衝立で区切られた来客スペースらしき場所に案内され、エドワードは腰を下ろす。キースも座ったのを確認し、前置きをすっ飛ばして尋ねた。

「進行具合はどうだ?」

「おおむね順調ですね。いくつか試作をして『報告書』の形態は決まりましたし、何を中心に構成するかもまとまっています。後は、全室員による記載情報の最終確認を経て、清書に移ります」

期限には必ず間に合わせますよ、と請け負うキースの目の下には、うっすらとクマができている。

通常業務に加えて面倒極まりない『報告書』作成に力を注いでくれる外宮室の室員たちには、本当に感謝しかない。

「後で差し入れ持ってくるからな。もう一頑張り、よろしく頼む」

「言われるまでもありませんよ。我々とて、他人事ではないのですから。……それよりもエドワード、あなたたちの方が博打でしょう。本当に大丈夫なのですか」

「そうだな。――上手くサーラ・マリスが引っかかってくれるか、まさに賭けだ」

裏社会で生きる者たちに協力を仰いでマリス女官長の企みの全容を暴き、逆にその企みを利用して彼女たちの中枢に切り込む。デュアリスがそう決断し、女官長の手下と連絡を取っている三流犯罪集団について教えて欲しいと王都を中心に活動している稼業者たちに求めたところ、打てば響くように多くの情報が寄せられた。

庶民向けの宝石類が、ほとんど恐喝《きょうかつ》すれすれのやり方で値切られ、買われているらしい、とか。

古くから続く王都の宝飾品店に泥棒が入ったのに、品物には目もくれず、デザイン画集ばかりが盗まれた、とか。

芸術家、工芸家を自称する放蕩者《ほうとうもの》たちが、最近姿を見せなくなった、とか。

何より――。

「本物より本物らしい模造品を作ると評判の、バックス爺さんが言ってたからな。『粗悪品ばかり量産する屑どもだが、仕事を選ばないのと貴族どもの機嫌を取るのが上手いのとで、ここのところ目立ち始めている奴らがいる。少し前からそいつらがずいぶんと忙しそうだ』って。女官長が盗んだ国宝の模造品を作って、すり替えを企んでいるのはほぼ間違いない」

「状況から見て、模造品が作られていることは確かでしょう。しかし、それと本物をすり替える確証がどこにありますか？　もしかしたら、できあがった模造品をそしらぬふりで保管室に入れるかもしれませんよ」

「あるにはあるだろうけど、その可能性は低い、ってのが父上の見立てだ」

「デュアリス様の？」

「サーラ・マリスが何故今更焦って、模造品なんかを手に入れようとしてるのか？　それはディアナが、『女官長は国宝に手を出した』と知っているからだ。公金横領や備品の横流しも立派な罪だが、それはあくまでも〝国〟に対してのもので、最悪全てが明るみに出たとしても、職と爵位を無くすだけ。――だが、国宝に手を出したとなれば、それは〝王家〟に対する重罪だ」

貴族の定義はいろいろとあるが、その一つが王家への絶対的な忠誠を誓う者、ということだ。王家に対して何か罪を犯した場合、庶民よりも貴族の方が罰則は重い。サーラ・マリスは侯爵家出身の伯爵夫人、しかも女官長職を拝命し、その地位を利用して国宝を盗み出したわけだから、貴族の規範を乱さないためにも、最重罰が科される可能性は極めて高い。

斬首——即ち、死罪。

「あの手の悪党は、往生際だけは立派に悪いからな。生きてさえいれば巻き返せると、いちばんヤバい罪だけは何とかなかったことにしようとしたって、全然おかしいことじゃない」

「できると思う辺りが、頭の弱い証拠ですが」

「そうでもないさ。実際俺たちも、ディアナが暴いてくれるまで、まさか女官長が国宝にまで手を出しているなんて予想だにしてなかったろ？　他の悪事はともかく国宝横流しに関しては、物的証拠も掴めなかった。これで女官長の企みが成功して、国宝が無事保管室に戻れば、この件に関して女官長を追及することは不可能になる。女官長の自白を聞いたのはディアナだけだし、そのディアナは彼女の罪を『自分からは告げない』って約束してるわけだから」

「言われてみれば……確かに、あながち的外れの企みというわけでもないですね」

「つまり——逆に言えば、この企みが失敗して、国宝保管室に国宝が『ない』なんてことになったら、どう頑張っても女官長はおしまいってこった」

直接的な意味で命のかかっている企てに、まさか模造品は使わないだろうというのが、デュアリスの見立てなのである。

「自身の罪を発覚させない——横流しそのものを『なかったことにする』ためには、本物を保管室に戻すのが最も確実だろ？　となれば、模造品は何のために作っているのか」

「――返却交渉の手間を省いて買い手から本物を無断で取り戻し、その事実をすぐには相手に悟らせないために、目眩《めくら》ましの役割を果たさせるため、ですか」

「その線が濃厚だろうよ。俺たちがどれだけ女官長の周囲を洗っても、未だに国宝の買い手はその正体を見せない。それはつまり、女官長側の奴らがこれまで、そいつと一切接触していないってことだ。国宝を返してもらうにしても、無断でこっそり持って行くつもりなのは、まず間違いない」

国宝の模造品を、わざわざ作っているという事実も、逆説的にこの推論をより確かなものにする。

「要するに、サーラ・マリスだって全くの無能じゃないわけだ。ディアナを敵に回した以上、クレスター家を敵に回したことも理解しているはずだし、だから余計に国宝の買い手と接触する危険は避け、相手にすら悟らせないようにこっそり取り返す方向に走ったんだろうな」

「敵対した相手があなた方でさえなければ、成功する可能性は高かったでしょうね。クレスター家が『裏社会の帝王』と呼ばれていることは理解していても、まさかそれがある意味で真実だなんて、普通は思いませんから」

キースの揶揄にエドワードは苦笑した。

貴族社会で語られている『クレスター家の裏社会帝王説』は早い話、犯罪集団の頂点に君臨している悪の親玉的イメージだ。悪辣《あくらつ》な手で私腹を肥やす、まさに全人民の敵。

コレは完全に勘違いである。むしろ、先祖代々どんな誤解が重なってここまで邪悪な想像図ができあがったのか、ちょっと興味がある。『帝王』のオチがデュアリスだったことは、ついこの間知ったけど。

そういった、童話に出て来るような分かりやすい〝悪〟ではなくて。陽の光を浴びる世界の裏側で、かつては身勝手に使われ、長い年月を掛けて強者と渡りあっていくことを覚えた、したたかな稼業者たち。時には法を侵し、時には法の隙間を縫うように、けれども決して人としての誇りを喪うことなく生きてきた『裏』の人々との繋がりならば、クレスター家の右に出る者はいないだろう。

エドワードは、ゆっくりと笑う。

「藪《やぶ》をつついて、蛇どころか竜《ドラゴン》が出かねない案件だからな。父上も苦慮されていたようだが、『裏』の皆の協力がなければ、これほど迅速に事を進めることは不可能だった。――確かに、サーラ・マリスは運が悪い」

「ちょっと手伝って欲しいことがある」と呼びかけて、すぐに「いいよ。何か困り事？」と返してくれる。百年ではきかない膨大な年月を掛けて築き上げたクレスター家と『裏』の信頼関係があったからこそ、彼女の企ては暴かれたのだ。

――そして、この信頼関係があるからこそ、彼女の企てを逆に利用し、破滅へと追い込むこともできる。

「ディアナとやり合ってから今日まで、サーラ・マリスは手下を通じて模造品を作らせはしたものの、それ以外の動きを見せていない。模造品は数日前にできあがって、彼女の屋敷に納品されているにもかかわらず、だ。……となると」

「彼女が動くのは、明日、関係者一同が一定時間拘束される園遊会の間である――と。デュアリス様は、そう予測なさったわけですね」

「だめ押しでディアナに、女官長を自由にするよう言っといたしな。理由は伏せて」

「おや、それはまた何故？」

「今のディアナは、園遊会の準備で限界突破してるだろ。こんな企てを教えるのは、精神衛生上良くない……と、これは父上の受け売りだけど」

もちろんそれもデュアリスの気遣いには違いないが、女官長を罠に嵌めるには、その真意を知る者はできるだけ少ない方が良い、という理由もあるだろう。特にディアナは女官長にとって、要注意人物なのだから。

「後は、女官長が上手いこと『鍵開け師』のところに行ってくれるか。そこだけが、不確定要素の強い、一番の賭けだ」

「枯れ井戸の鍵開け師……でしたか。噂は私も聞いたことがありますが」

「『裏』の世界では、かなりの有名どころなんだぞ。王都を縄張りに活動する、侵入と盗掘の第一人者。貴族からの依頼でのみ仕事を遂行するって辺りも、生粋《きっすい》の『裏』の人間らしいよな」

「表の顔を聞くのは、ヤボなのでしょうね？」

さすがは、クレスター家との付き合いが長いキースである。王都を縄張りに動く『裏』の人間が、かなりの割合で善良な小市民を装っていることを、彼は何となく察している。

エドワードは肩を竦めた。

「この作戦が順調に進めば、嫌でも知ることになるだろうさ。今、俺から奴らについて詳しく話すことはできない」

「ええ。あなたが信頼し、最も重要な部分を任せられると判断しているだけで充分です」

規則だの慣習だのに邪魔をされて、しょっちゅう仕事が滞る外宮室にいるキースはむしろ、何ものにも縛られない『裏』の人々に好意的だ。クレスター家を通じてその片鱗を知る度に、自分たちもそれくらい自由に動けたらどれだけ清々《すがすが》しい気持ちになるかと思うらしい。

「マリス夫人も王都で暮らして長い貴族ですし、『枯れ井戸の鍵開け師』の話は当然知っているでしょう。その実績も、実力も。ならば、絶対に失敗できない国宝のすり替えを確実に行うために、彼らを選ぶ確率は高いはずです」

「だが、絶対じゃない。女官長が自分の手駒を動かす可能性も残っている。――賭けだな、まさに」

確率は、高い。しかし、確実ではない。デュアリスの言葉を借りれば、「八、二」だ。

けれども、ここまで来たら迷ってはいられない。

「女官長が『鍵開け師』を選べば、俺たちの勝ちだ。『二重すり替え』が決行される」

「マリス夫人が用意した模造品を、愚かな買い手の屋敷に残し。本物の宝は『鍵開け師』に。そして――」

「サーラ・マリスの手には、本物よりも本物らしい、最高級の模造品を渡す」

つい先ほど、『こんな無茶な依頼をぎりぎりに持ってくるアホがおるか、お前らはつくづく常識を知らん、コレに懲りたら次からはもっと早くに仕事を寄越せ！』という心温まる手紙とともにクレスター邸へ届けられた、清楚ながら凛とした輝きを放つ麗しい芸術品を思い出し、エドワードの唇は自然と綻ぶ。――バックス老の実力を目の当たりにするのは初めてだったが、模造品作製専門の彼を一流の職人として讃える声が止まない理由を、理屈ではなく感覚で理解できた。あれは最早、神の御業《みわざ》の領域だ。

「あれなら、サーラ・マリスは本物だと疑わない。予定通り、保管室に『戻して』くれるだろう」

「ですが、エドワード。そこまで精巧な模造品を用意してしまって、大丈夫なのですか？　この作戦は、国宝保管室を調べた陛下に、本物が消えていると気付かせねば無意味です。本物よりも本物らしい模造品など、下手をすれば偽物だと認識されず流されてしまうのでは」

「女官長は気付かんだろうし、国王陛下《あのバカ》も騙されるだろうけどな。アルがいるから大丈夫だ」

「アルフォードが？」

「うっかり忘れられがちだけど、アイツあれでも、代々国の歴史を記録し、研究してきたスウォン家の人間だぞ。国宝が何故『国宝』なのか、その成り立ちからよく知ってる。バックス老の腕前は超一流で、俺の目から見てもあの品が本物で問題ないように見えるけど、さすがに宝の由来までは真似できないからな。アルは誤魔化されないさ」

　国王に最も近しい人間であるがゆえに、今回の詳細をエドワードはアルフォードに一切知らせていない。が、この策の重要部分に、アルフォードは間違いなく関わっている。知らないままに、けれども間違いなく役割を果たしてくれると、エドワードは確信していた。

「いずれにせよ、まずは明日。サーラ・マリスが動くかどうかだ」

「『鍵開け師』にお話は？」

「今日の夜、行く予定にしてる。ぎりぎりまで女官長側の動きを見極めて、少しでも確証を得たいからな」

「あなた方らしくもない。気弱ですね」

「言っとくが、俺たちはそれほど剛胆《ごうたん》でもないぞ。特別な強運を持っているわけでもないからな、賭け事となれば慎重にもなるさ」

「では、我々も共に賭けましょう。人数が増えれば、運も招きやすいと言います」

滅多に見せないキースの笑みが、この勝負の行く末を物語っているようだった。

全ては明日。ありとあらゆる思惑を乗せて。

——園遊会が、動き出す。

† † † † †

ふわり、風に乗って。心が引きちぎられるかのような、泣き声が届く。

絢爛《けんらん》豪華の粋を集めたかのような王宮の中にあって、王のために咲く花を集めた後宮の頂点に立って、おそらくディアナは、人生で最も不自由だった。——他でもない、心が。

シーズン開始の夜会では、『紅薔薇』となったディアナに、デュアリスは不要な接触を避けた。遠目から見たディアナは完璧とも言える貴族令嬢。それが彼女の仮面であり鎧《よろい》だと知っているがゆえに、いつまで『紅薔薇様』を続けられるだろうかと、漠然とした不安を感じたことを覚えている。

そして、今日。久々に顔を見て話せる喜びと、頑張りすぎていないだろうかと案じる気持ちを胸に、訪れた後宮で。やせ細り、今にも折れてしまいそうな愛娘と再会した。

微笑みを絶やさないままに、エリザベスが隣で愕然としたのが、気配で分かる。エドワードの纏う空気が、親しいものだけに分かる険しさを帯びた。

家族水入らずの語らいなどと言っても、周囲の目がある時点で上っ面のものだけにならざるを得ない。自分たちを前にしてなお、『紅薔薇』としての役目に囚われた娘に、デュアリスは想像以上の衝撃を受けた。

「正直……母として、これほど自分に腹が立ったことはありませんわ」

「父上、もうとっとと連れて帰りましょう。これ以上ディアナに、背負う必要もない荷物を背負わせ続ける理由はない」

人混みに紛れ、会場から抜け出しての短い会話の中、エリザベスとエドワードが最初に口にした言葉が、ディアナの現状を何よりも雄弁に物語っていた。これ以上は無理だ、と。

分かっていたことだった。ディアナは昔から……それこそ物心つく前から、人を愛し、人の幸福を願い、そのために動くことに疑問を覚えない。『好き』の幅が広いのだ。成長してからは、つい頑張りすぎてしまう彼女を、皆で本人には気付かれないよう、制止することもしばしばだった。

そんな娘が、自分たちの目の届かない後宮などに入って。苦しむ者たちを目の当たりにして。自らの言動一つが、王国の未来を左右しかねないと気付いて。

――限界を超えてもなお、頑張り続けないわけがなかった。

（エドの言うとおり、後宮から引き上げさせるか。しかし、ここでディアナがいなくなれば、後宮の勢力図は乱れる。戦乱の引き金になりかねないと分かって、ディアナが大人しく頷くか……）

現在、ランドローズ侯爵令嬢率いる『牡丹派』がある程度大人しくしているのは、ディアナが『紅薔薇派』をまとめ上げたからだ。頭たるディアナが居なくなれば、『紅薔薇派』が空中分解することは目に見えている。そうなれば、一度抑圧された分、ディアナ入宮以前にも増して、後宮では激しい新興貴族弾圧が始まるだろう。必然的に、外宮における保守派の声も大きくなる。

しかし、一度でも『牡丹派』に対抗できた側室たちは、今度こそ黙っていないはずだ。抵抗だってするだろう。理不尽な扱いを受けた側室の実家とて、これ以上は許せないと政の場で声を上げる。保守派がどれだけ偉ぶろうが、経済力と技術力は革新派の方が圧倒的に上。彼らが本気で王国と保守派に牙を剥けば、この国は大変なことになる。

ディアナが『紅薔薇』となったことで間一髪躱《かわ》せた事態が、ディアナが後宮から去れば、パワーアップして戻ってくる。まさに、戦までのカウントダウン状態となって。

優しすぎる娘は、仮に後宮を引き払い、その後戦になったとして、生涯己を責めて生きていくだろう。あのとき逃げなければ、もっと頑張れば、未来は変わったかもしれないと。皆が幸せになる未来を、掴めたかもしれないと。

半世紀を生きてきたデュアリスは、さすがに若者たちが理想とするような、〝誰もが幸福になる未来〟が絵空事だと悟っている。人の幸不幸は本人の心の有り様だけが決める主観の最たるものであり、それゆえに他人がどれほど力を尽くそうと決して幸福になれない人間は、残念ながら存在するのだ。極論を言えば、戦乱の世の中、人の命を奪い続けることにしか幸福を見出せない者は、太平の世では決して幸福を得られない。

しかし、だからといって、平和な世を守ろうと尽力するディアナを、間違っているとも思っていない。生きているからこそ人は幸福にも不幸にもなれるのであって、ひとたび戦乱の世が訪れれば、平和な時代よりは確実に多くの命が刈り取られる。命あっての物種なのだから、戦は起こらないに越したことはない。

そして、何より。ディアナが後宮から去ることが戦争の要因の一つになるのだとしたら、その他大勢の幸せはともかく、ディアナは確実に不幸になるだろう。王国の未来など知ったことではないが、目先の現実に囚われて大切な娘を不幸にしかねない選択をすることが、果たして正しいのかどうか。デュアリスはらしくもなく迷っていた。

とにもかくにも、ディアナを『紅薔薇』から引き離すことが最優先だろう。そう結論づけ、社交に精を出しつつも、ディアナを抜け出させるチャンスを窺った。予定外にカレルド男爵夫妻《ばかども》と接触し、人目を集めてしまったが、過ぎた注目は逆に隙を生む。話が一段落したところを見計らって、フィオネが見せ物の始まりを告げて人々の注意を逸らした。『紅薔薇』への関心が薄れたところで、エドワードがディアナを救い出す。仮に誰かの目に留まったとしても、兄と妹が一緒にいるだけのこと。特に気にされることもない。

そうして、人混みを抜けて、人気のない廃園まで来て、やっと。――ディアナは『ディアナ』を、取り戻せたようだった。

「――父上」

切れ切れに届く女性たちの声を拾いながら、園遊会の様子も感じ取れる絶妙な位置にいたデュアリスに、滅多にないことではあるが、エドワードが不機嫌丸出しの様相で近付いてきた。

「機嫌が悪いな、エド」

「ええ、気に入らないことばかりですよ。いちおう婚約者のはずの誰かは俺に黙って女性近衛騎士団とやらの団長に収まっているし、そもそもの元凶はこの期に及んでまだ好きな女のことしか考えてないし、妹は泣くし、父親はそれでも妹を連れて帰るって言わないし」

「分かりやすい八つ当たりだなー。まぁちょっと待て。ディアナの様子を見て、エリーとフィフィの意見も聞いて、それから最終決定だ。俺の見立てじゃ、ディアナは帰るって言わないだろうけどな」

「そんなことは分かってますけどね。それでディアナが潰れたら、父上はどうするおつもりです？」

「――んなの、国を見限るだけに決まってんだろ」

たかが十七歳の少女に全てを押し付けて、潰してしまうような国家など、存続する価値もない。それはデュアリスの――否、クレスター家の絶対的な真理だ。

デュアリスが言い切ったのを見て、エドワードは少し落ち着いたらしい。不機嫌さは変わらないものの、荒《すさ》んだ空気が少し和らいだ。

「安心しました。父上も、きちんとお怒りのご様子だ」

「当たり前だろうが。俺が目に見えて怒ったら、周囲が無駄に怯えるから、出さないようにしているだけだ」

大事に大事に育ててきた娘を、あれほど追い詰めて、傷付けて。怒らないわけがない。

「小僧は――ここが正念場だな。ここで踏ん張れなかったら、もうおしまいだろう」

「クリスと、少し話せたんですけどね。あの国王《バカ》、女性騎士団を準備していたことを当日まで後宮側に一切告げず、園遊会の開始直前にその事実を投げつけたことでディアナがキレて、アルも本気で怒って、ちょっとした修羅場だったそうですよ。あぁもちろん、クリスは俺が叱っておきました。婚約者の俺にディアナ絡みの件を話さないとか、ホント、あり得ないですからね」

「度を過ぎた束縛は嫌われるぞ?」

「そういう問題じゃないです」

「ま、お前ら二人のことは二人で解決しろ。……そうか、それもあったんだな」

『紅薔薇』の仮面の裏側で、ディアナがぴりぴりと張りつめていたことは、家族全員が感じ取っていた。園遊会が始まる前から、既に一波乱あったわけだ。

「後宮近衛の件は、アルが相当こってり絞ったみたいで、園遊会が終わったらディアナに謝るって言っていたとかなんとか。ディアナは受け付けないでしょうけれど」

「謝られたところで、今更感がハンパないからな」

「で、反省したのかと思った矢先に大テーブル前の一件でシェイラ嬢が矢面《やおもて》に立って、頭がそれ一色になったっぽいです」

「……まさか、会いに行っているのか?」

「ちらっと見た感じだと、こそこそ抜け出そうとしたところをライア・ストレシア嬢に見つかってお説教されてました」

社交界の花と名高いストレシア侯爵令嬢ならば、甘ったれたぼんぼんの操縦など朝飯前だろう。

デュアリスはほっと息をつく。

「ストレシア侯爵令嬢とユーストル侯爵令嬢が後宮に上がっていたのは、不幸中の幸いだったな。ディアナとも顔見知りで、堂々と声を掛けてくれる貴重な人物だったが、まさか後宮でこれほどディアナの側に立ってくれるとも思わなかった」

「ストレシア侯爵家は代々保守派でしたし、ユーストル侯爵は実に油断のならない中立派ですからね。そのご令嬢方が『クレスター伯爵令嬢』のディアナをどう見てくれるかなんて、まるで予想できませんでしたし」

「派閥の枠を超えて、ディアナと手を結ぶべきだと判断してくれたのだろう。本当に、感謝だな」

この園遊会も、裏からずいぶんと支えてくれたと聞く。落ち着いたら直接礼を述べるべきだろう。もう一人、キール伯爵令嬢も。

「これほどに周囲に恵まれて、それでも踏みとどまれなければ――」

この国の、王は。

続けようとした言葉は、ぶすくれたエドワードに遮られる。

「……別に、馬鹿の肩を持つつもりは、ひとっ欠片もありませんけど。しぶとく、頑張る気がしてます、何となく」

「――ほぉ？」

「アルが、見捨ててませんから。あいつの人を見る目は確かです」

ものすごく嫌そうに、それでも疑いなく言葉を紡ぐ息子に、知らず知らず、笑みが落ちた。

そうだ。未来の判断は、若者たちの不器用などたばたぶりを見守ってからでも遅くはない。きっと自分たちが若い頃も、こうして父親たちは信じて待っていてくれたのだろうから。

〈デュアリス様、エドワード様〉

ふとどこからか、よく知る声が聞こえてくる。姿勢を変えず、ただ黙ることで、デュアリスは言葉の続きを待った。

〈――目標は、枯れ井戸へ入りました〉

「そうか。では、賭けは我らの勝ちだな」

〈御意〉

気配がふっと掻き消える。待ち望んでいた知らせのはずが、エドワードは神妙な顔だ。

「父上、今回で痛感したんですけど」

「何だ？」

「俺、賭け事向いてないです」

デュアリスは思わず吹き出した。エドワードの背中をばんと叩く。

「何を今更。殴って話をつけたがるお前に、じりじり相手の腹を読む博打はそりゃ向いてねーわ。当たり前だろ」

「そうなんですけどねー……」

「あんまり難しく考えるな。お前はお前のやり方で、次の世代を治めていけば良い」

ちまちま策を考えることが性に合っているデュアリスにしかできないこともあれば、体当たりで『裏』の者たちと関わり、分かり合うエドワードにしかできない政《まつりごと》もある。デュアリスはむしろ、そんな息子が創《つく》る未来を見るのが、今から楽しみだ。

「――さて、これで全ては整った。後は、王の器量次第で全てが決まる」

「ディアナが後宮に残るなら……女官長免職作戦に、無関係ではいられないでしょうね」

「持ちこたえられないようなら、お前の言うとおり連れて帰るさ。ま、たぶん大丈夫だろ」

耳を澄ませても、もう泣き声は聞こえない。

次に顔を合わせるとき、きっと娘は笑っている。

† † † † †

表も裏も慌ただしいながら、表向きはつつがなく、大きな問題が起こることもなく、エルグランド王国史上初の後宮園遊会は幕を閉じた。招かれた人々は、見事に整えられた素晴らしい秋庭と、供された珍しくも美味なお茶や菓子、隅々まで行き届いた心配りと、客を最後まで飽きさせない趣向の数々に満足し、さすがは王家よと口々に褒め称えた。それが全くのお世辞でないことは、園遊会が終わったその日の夜会から、派閥を問わず園遊会の話題で貴族たちが盛り上がったことと、キール伯爵に領地で栽培している茶葉についての問い合わせが殺到したことなどで推《お》し量《はか》れる。

そしてまた、前例のない史上初の後宮園遊会を一側室の身でありながら見事に成功させたと、ディアナの名は一気に知れ渡った。これまではどちらかといえば、当代の『クレスター伯爵令嬢』のイメージが先行していたが、家名も親も関係なく、現王の後宮の頂点に君臨する『紅薔薇様』として、ディアナ自身に注目が集まるようになったのだ。

ただ、ディアナ本人にその自覚はない。『秋庭のデザインも、園遊会の企画も、催し物のアイディアも、全部他の人（主に『名付き』の三人）の手によるもの。自分は表向きの責任者として、考えてくれたものをそのまま外宮に伝えただけの、いわば窓口でしかなかった。数多くの賞賛は自分のものではない』と、顔に似合わず自己顕示欲の欠片もない娘は、そう手紙に記していた。自分は何もしていないと頭から思い込んでいるがゆえに、〝園遊会を成功させた側室〟として人々の耳目《じもく》が己に集まるであろうことが想定できないらしい。――その評価が、至って妥当だということも。

保守派と革新派、中立派が一堂に会した園遊会で、派閥を超えて招待客を一律に満足させたことが、どれだけとんでもない離れ業か。古来からのしきたりを重んじ、何事にも伝統と格式を優先させる古参保守派貴族と、外《と》つ国と積極的に交流することで新しい市場を開拓し、その業績を評価されて貴族の仲間入りを果たした新興革新派貴族。この両者では当然ながら、好みも見る点もまるで違う。今回エドワードは、必要に迫られてこれまであまり縁のなかった古参貴族の社交に多く顔を出したが、あまりに雰囲気が重々しくて誰か死んだのかと、最初はちょっと本気で心配したそうだ。派閥を超えた社交が滅多に展開されない理由の一つは、単純な趣味嗜好の不一致なのである。

しかもディアナは、実家のクレスター家こそ王宮の勢力争いには全く関心のない中立派だが、後宮では何故か、革新派側室を束ねる存在だ。その彼女が采配したとなれば、保守派貴族の園遊会を見る目は自然と厳しくなる。公平に見て大した粗《あら》ではなくても、バイアスがかかればものすごい疵《きず》に見えてしまうだろう。実際あちこちで、貴族のしきたりに明るくない招待客たちが、小さなトラブルを起こしていたようだ。

そういった数々の難点を、ディアナは、後宮の女性たちは、見事な演出とチームワーク、心を尽くしたおもてなしで徹底的にカバーした。伝統と格式を大切にしながらも、新しい異国の文化を端々に織り交ぜて。落ち着けるだけではなく楽しめる空間を作り、美味しいお茶とお菓子で人々の心を和ませた。どこかで問題が発生すれば、即座に情報を共有して迅速に対応。園遊会を壊しかねないほど機嫌を損ねる貴族が出る前に、ピンポイントで便宜を図るなどして、会の円滑な進行に全力を注いだ。

デュアリスとエリザベスが端から見ていても、彼女たちの連携は実に素晴らしかった。『手引き書でも作っていたのか』と冗談混じりに手紙に書いたほどだ。ちなみにその問い掛けには、『そこまで本格的なものを作っていたわけではないけれど、予想されるトラブルに関しては事前にある程度取り決めてありました』と、我が娘ながら真面目すぎる答えが返ってきた。

ディアナ一人の功績でないことは確かである。社交界に出てまだ日が浅く、自身で会を開いた経験もないディアナ一人では、とてもあのような演出は不可能だっただろう。

けれど、同時に。ディアナがいなければ、どれほど秀逸な演出を用意しようと、園遊会をまとめ上げることもできなかったはずなのだ。どんなに優れた提案も、そのままではただの空想。彼女の言う、「皆のアイディアをまとめて、分かりやすく整理して、外宮に伝える窓口」があって初めて、あの空間は現実のものとなった。全ての情報を総括して、全体図が頭に入っていたディアナだからこそ、起こり得るトラブルも予測がついたし、事前に協力者たちとの間で当日の流れをすり合わせることができた。そうして準備をしていたからこそ、当日に数々の想定外が重なっても、裏側ではばたばたしつつも進行に大きな影響を与えることなく、園遊会を成功に導くことができたのだ。

貴族たちの賞賛も、好悪入り交じった注目も、決して的外れではない。ディアナ自身は一切望んでいないとはいえ、彼女は少々、目立ちすぎた。

「きっと……これから、ディアナを正妃に擁立《ようりつ》しようとする動きが、出て来るでしょうね」

「このまま、ディアナが『紅薔薇』として後宮内外で動くようになれば、自ずとその声は高まるだろう。これまでは『クレスター伯爵令嬢』の名で覆い隠せていたあの子の本質を、見抜く者も増えてくるはずだ」

貴族だからといって、誰もが見る目のない愚か者などと、デュアリスたちは思っていない。クレスター家が招かれる社交の階層と重ならず、直接彼女を知る機会のなかった者たちが、今後『紅薔薇』を通してディアナを知れば、決して噂されているような悪女ではないと気付く可能性も増える。

——園遊会を通して、ジューク王が、ディアナの本質に触れ、大きく変化したように。

「王の変容も善し悪しだな。小僧がディアナに心を許せば許すほど、正妃をディアナにと望む声はますます強くなる。たとえ、双方の間にあるのが恋情でなくとも」

「王家の婚姻に、男女の愛は必ずしも絶対ではありませんもの。むしろ、最初から愛情で結ばれている方が稀ですわ」

「愛した女性の身分が低く、お飾りの正妃と寵愛する側室を置いた王も、歴史上は存在するからな。……ましてやこれから、少なくとも後宮内においては、保守派の勢力は大きく削がれることになる」

王の意識は、園遊会の前後で大きく変わった。この機を逃す手はない。

クレスター家と外宮室の意見は一致し、昨日、アルフォード経由で、外宮室渾身の『報告書』が王の机の上に紛れ込んだ。意識を変えて政務に取り組んでいた王は、感じた疑問を放置せず考えを深めて、見事、後宮を隠れ蓑に行われていた公金横領に気が付き——今日、まさに今、後宮の調査に乗り出している。

作戦は立て、事前準備にもかなり噛んだが、実行段階になればクレスター家がすることはない。せいぜい、王宮内外から、事態の推移を見守ることくらいである。

外宮室と、ノーラン家と。『裏』の人々と。

大勢の力が結集して迎えた今日は、きっと全て上手くいく。——サーラ・マリスの貴族生命は、もう風前の灯火だ。

後宮のためには……長い目で見ての王国のためには、彼女をこの段階で追い落とすことは、必要なこと。

しかし、彼女がいなくなり、後宮の風通しが良くなることで、頂点に立つディアナはより鮮明に、貴族たちの目に映る。

……真っ当な者なら、思うだろう。園遊会を成功させ、対抗派閥を抑えて後宮に平穏をもたらした現『紅薔薇』を、そのまま正妃に、と。王に寵姫がいるとしても、政治能力に優れた正妃と世継ぎを産むべく寵愛を受ける側室が同時に存在することなど、珍しくはないのだから――。

「……ねぇ、デュアー。もしも、ディアナがそんなことになったら」

「させんよ。――俺が、そんなこと許すと思うか」

優しい、優しすぎるディアナは、それが全てを円満に治める最善策だと思えば、お飾りの正妃に甘んじるかもしれない。別段、結ばれたい相手もいないから、と。心を殺して、狭い世界で朽ちてゆく。

「エリー。ディアナを、初めて町へ連れて行ったときのこと、覚えてるか」

「ええ、よく覚えてるわ」

ディアナ本人は、さすがに覚えていないだろう。やっと転ばず歩けるようになった幼い彼女を、デュアリスとエリザベスは散歩がてら、町へ連れ出した。

懐かしいあの日の光景を、エリザベスは目を細めて思い出す。

「初めて人が大勢行き交う場所へ行って、泣いてしまわないかと心配していたけれど……あの子ったら、ちょっと目を離した隙に人混みに紛れ込んで、町の人たちを籠絡《ろうらく》して、ちゃっかりあちこち見物しちゃって」

気がついたら消えていたディアナに青ざめたのもつかの間、生まれたときから切れ長の目はデュアリス譲り、一目見て「デュアリス様のお嬢様」と領民たちに見抜かれたディアナは、人混みの先であっさり保護されていた。知らない人に抱き上げられて怖がるどころか、目線の高さにディアナはきゃっきゃと喜び、指さしであちこち行きたがり、あっという間に領民たちのお姫様になって。

――そのとき、デュアリスは悟ったのだ。

「ディアナは、知らない世界を、新しい景色を見ることに、何よりの喜びを感じるのだろう。ある意味、我が一族の直系らしい娘だ。狭い後宮《せかい》に閉じ込められて、生涯塀に切り取られた空を眺めて過ごすなど、空飛ぶ鳥が翼をもがれるようなもの」

ディアナの優しさに、これ以上つけ込むなら。――デュアリスは父として、『クレスター伯爵』として、黙ってはいられない。

「あの子は……呆れるほどに、自分のことを分かっていないのね。心が広い世界を渇望《かつぼう》していることも、自分自身の優しさが自由を望む心を殺そうとしていることも……国を憂う〝味方〟こそが、鳥籠となりかねないことも」

「それがディアナの美点であり、同時に弱点だな。――叶うならば、そんなディアナの全てを受け入れて、あの子が自ら鳥籠の囚人となることを選んだそのときには、無理矢理にでも攫《さら》って逃げてくれるような、そんな誰かに出逢ってくれれば」

父親として、デュアリスはディアナを守る。そんなことは当たり前だ。

けれど、親は必ず、子どもより先に逝く。自分が死んだその後に、優しい娘はどう生きるのか。世界から、自分自身から、彼女は己の身を守ることができるのか。誰かに娘を託したいと思ってしまうのは、きっと親の利己《エゴ》なのだろうけれど、それでも願わずにはいられない。

心の底から娘を愛し、その幸福の一助となってくれるような、そんな誰かがいないかと。

「――ま、小僧は論外だがな」

「あら、現在進行形で頑張っていらっしゃるのに」

「王国にとって良き王になるのと、ディアナにとって最高の伴侶になるのは両立しない。そもそもディアナに心がない時点で論外だ」

この先ディアナと（一方的に）和解する日が来たとしても、ジュークがディアナを女性として愛することはないだろう。単純に、女の好みの問題で。

くすくす笑うエリザベスに、デュアリスは胡乱《うろん》な目を向ける。

「笑い事じゃないぞ、エリー」

「ホント、昔から顔に似合わないロマンチストよね、デュアーは。あなた以上にディアナを愛する男性なんて、この先現れるのかしら？」

「俺も昔、同じことを思った。親父以上にフィフィを溺愛する男がいるわけがない。従ってフィフィは嫁に行けない、ってな。が、実際にはジンがいたわけだ」

あの跳ねっ返りをあれほど愛し、操縦できる男がいるなんて、つくづく世の中とは広いものだと、若かりし頃のデュアリスはしみじみ思ったものだ。フィオネでさえ嫁に行けたのだから、美人で優しくてお人好し、活動的ではあっても暴れん坊ではなく、貴族スキル以外にも料理に洗濯、裁縫に掃除と何でもできる自慢の娘を、好きになる男がいないわけがない。

「――ま、今はまだ、そこまで骨のある奴は見当たらないからな。娘《ディアナ》を守るのは父親《おれ》の役目だ。小僧が血迷って、ディアナを正妃にするなんてことを言い出したら……」

言葉はなくとも、ただでさえ怖い魔王面に、身の気もよだつような冷酷な微笑を浮かべたデュアリスを見れば、何を考えているかは推して知るべしである。エリザベスは黙って視線を逸らした。

……自分も怒らせたら怖いと親しい人によく言われるけれど、夫に比べれば大したことはないと、感想ではなく事実として思う。

〈デュアリス様、エリザベス様〉

頭上から、静かな声が降ってきた。二人は同時に上を見る。

「動いたか？」

〈はい。合図を受けて、『鍵開け師』が王宮内に入りました。外宮室の室員と無事に合流した模様〉

「山は越えたな。サーラ・マリスの様子は？」

〈まだ足掻いているようですが、『鍵開け師』と本物が王宮に入った以上、時間の問題でしょう。王の側にはキース様がついていて、全体の流れを整えていらっしゃいますので〉

「シャロン様は？　ご領地での引き継ぎが長引いて、昨日王都に着いたばかりと伺っていたけれど」

〈早朝のうちに、密かに王宮に入られていたようです。外宮室の室長から、これまでの詳しい経緯をお聞きになったとか〉

エリザベスが口にしたシャロンとは、フィオネが見つけた女官長の後任者だ。社交界から遠ざかって久しかったシャロンは、ノーラン商会のお得意さまで、フィオネは商会の女将として、随分と懇意にしていたようだ。貴族でありながら貴族社会から遠ざかっていたシャロンならば、逆に今の後宮で舵を取る長として相応しいと、フィオネは園遊会の準備で忙しい合間を縫って、何度もシャロンを口説いてくれて。その熱意に絆《ほだ》されたシャロンは、現状を見るだけ見ましょうと腰を上げてくれたそうだ。実際に女官長職を引き受けてくれるか、それはディアナがシャロンの眼鏡にかなうかどうかに掛かっている。

「全て揃ったな。これで、サーラ・マリスは終わりだ。――時代が、動く」

「……良き方へ、流れるでしょうか」

結果として〝敵〟となったサーラに対し、しかしエリザベスの表情に憎しみや嫌悪は見られない。同じ時代を超えてきた者として、彼女がある意味で時代に翻弄《ほんろう》された〝被害者〟だということを、エリザベスはよく分かっている。

〝保守〟と〝革新〟――二派の対立は、一元的に片付けられるような、簡単な問題ではないのだ。そう、知っているからこそ。安易に答えることは、デュアリスにはできない。

「さぁな。ただの人の身には、未来など想像もつかないが……」

――それでも。想像もつかない、と言いながら、デュアリスの翡翠の瞳は深く煌めいている。その深淵はまるで、まだ見ぬ未来そのものが、彼の奥底に渦巻いているかのように見えて。

全知全能の神、アメノスの如く、デュアリスは厳《おごそ》かに告げる。

「時代が激流となり、全てを飲み込もうとも、ディアナは進み続けるだろう。目指す未来へ、がむしゃらに」

苦しんでも、傷ついても、折れても、それでもなお、彼女は前を向いて進む。

それはまさに——希望の、具現。

そんな娘に、デュアリスが、エリザベスが、できることは。

「たまに息抜きさせて、いざというときは逃げ場になってやらないとな。——たとえディアナの選択で世界が滅んでも、俺たちだけは、ディアナの味方だ」

これまでも——これからも。

自分たちは、家族なのだから。

目と目を見交わして、二人は柔らかく、微笑み合った。

悪役令嬢後宮物語　3

*本作は「小説家になろう」（http://syosetu.com/）に掲載されていた作品を、大幅に加筆修正したものとなります。

2015年11月20日　第一刷発行

著者 ……………………………………………………… 涼風

イラスト ……………………………………………… 鈴ノ助
発行者 ……………………………………………… 及川 武
発行所 ………………………… 株式会社フロンティアワークス
〒173-8561　東京都板橋区弥生町 78-3
営業　TEL 03-3972-0346　FAX 03-3972-0344
アリアンローズ編集部公式サイト　http://www.arianrose.jp
編集 ……………………………………… 平川智香・原 宏美
装丁デザイン ………………………… ウエダデザイン室
印刷所 ……………………………… シナノ書籍印刷株式会社